ATELIER

HANS FLESCH-BRUNNINGEN

MASKERADE

ROMAN

Herausgegeben
von Wolfgang Straub

Aus dem Englischen übersetzt
von Alexander Pechmann

EDITION ATELIER WIEN

INHALT

SCARUS:
Das größre Stück der Welt so zu verscherzen
Durch puren Unverstand! Wir küßten uns um
Länder und Provinzen.
ENOBARBUS:
Wie sieht's aus?

Shakespeare: Antonius und Kleopatra, III, 8

Für Hilde und Peter in Freundschaft

ERSTER TEIL

1

Das Zimmer war schon warm. Es war zehn Uhr früh und Rom im Juni. Rosika stand vor einem der vier Spiegel und legte etwas Rouge auf. Ich kehrte ihr den Rücken und rasierte mich. Das Zimmer war mittelgroß. Die Tür zum Balkon stand offen. Sonnenlicht strömte herein. Eine Stufe führte auf den Balkon. Sie ließ das Zimmer ein wenig extravagant erscheinen. Mit einem Schritt gelangte man hinauf zum Balkon, mit einem zweiten auf die Straße hinunter – mit einem Sprung, wenn man wollte.

Wir konnten die Autos unten auf der Straße vorbeifahren hören; wir waren zu weit oben. Dies war der Corso d'Italia, ein sehr vornehmer Stadtteil Roms. Ich verdiente genug Geld; seit mehr als zwei Jahren bezog ich ein regelmäßiges Einkommen als Autor für die *Wiener Presse*. Ich musste mich einfach glücklich fühlen.

Sie machte sich immer noch fein, als ich mich fertig rasiert hatte. In einer Ecke des Zimmers lagen Bücher auf dem Fußboden. Eigentlich arbeitete ich nicht hier, sondern in der Bibliothek gegenüber. Ich hatte auch die »Arbeitszelle« für mich allein und schrieb dort. In einer anderen Ecke lag Wäsche, die Frühstückstassen standen auf dem Frisiertisch.

Ich sagte: »Hoffentlich bist du bald fertig. Sonst kommen wir zu spät.«

Rosika machte auf dem Absatz kehrt und schnitt eine Grimasse. Sie sah aus wie ein wütendes Baby und brachte mich zum Lachen.

Sie sagte: »Hetz mich nicht schon wieder! Wir nehmen ein Taxi zum Vatikan.«

»Gehen wir lieber zu Fuß. Ein Taxi kostet Geld.«

»Haben wir kein Geld mehr? Ist der Brief noch nicht angekommen? Und der Scheck? Ich möchte bald abreisen. Niemand bleibt im Juni in Rom.«

»Aber all die Teilnehmer dieser berühmten Vortragsreise sind noch in Rom. Zählen diese Leute nichts?«

»Hör auf, meine Freunde zu beleidigen! Du bist schrecklich.«

»Du bist schön«, sagte ich. »Küss mich.«

Natürlich war sie schön. Ich hatte sie erwählt, ich hatte wegen ihr Frau und Kind verlassen; vielleicht sogar mehr als das. Und sie? Auch ihre Scheidung war keine Kleinigkeit gewesen. Vielleicht hätte sie wirklich mehr an ihre Familie denken sollen.

Sie trug das braune Kleid mit den Punkten und den braunen Strohhut mit hochgeklappter Krempe. Beim Gehen schlug der kurze Rock gegen ihre schlanken Beine. Es war ein hübscher Anblick, dieses Flattern und Wehen im Wind.

Im Korridor trafen wir unsere Gastwirtin, Signora Cappa, die Gattin von Oberst Francesco Cappa. Sie sagte: »Guten Morgen! Wieder viel zu tun?« Hinter ihr stand ihr Pudel, blind und taub.

»Es ist schließlich fast halb elf«, sagte ich. »Wie geht's dem Oberst? Funktioniert der Aufzug?«

Nein, der Aufzug funktionierte nicht. Wir gingen die Marmortreppe hinunter und überquerten den belebten Corso d'Italia. Später bogen wir in die Via Vittorio Veneto ein, wo sogar zu dieser Stunde die jungen Leute von Rom den Bürgersteig füllten. Sie standen uns im Weg, tranken Wermut und plauderten. Rosika ging zwei Schritte vor mir, die Autos lärmten fürchterlich, weil auch sie nicht durchkamen, die Damen und Herren sprachen mit sehr schrillen Stimmen, lachten und winkten, und einige der jüngeren Männer warfen Rosika anzügliche Blicke zu – daran hatten wir uns inzwischen völlig gewöhnt. Wir lebten seit fast zwei Jahren in Italien.

Sie trug ihren Fuchspelz träge über der Schulter, den Schwanz nach hinten und den Fuchskopf auf ihrer Brust. Ich sagte zu ihr: »Liebst du mich? Liebst du mich immer noch so wie am Anfang? Denk an die schönen Nächte in Venedig!«

»Ich verstehe dich nicht«, rief sie über ihre Schulter und über ihren Fuchs zurück.

»Liebst du mich?«, fragte ich sie sehr laut, denn hier verstand sowieso niemand Deutsch.

Sie drehte sich blitzartig um und lachte mir ins Gesicht. »Welch ein Ort, um so eine Frage zu stellen! Wie übers Telefon.«

»Aber wir sind am Telefon. Möchtest du einen Wermut?«

»Nicht morgens und nicht vor unserem Vortrag.«

Wir gingen durch die Porta Pinciana in den Park. Es war angenehm und kühl unter den immergrünen Eichen. Auf der großen *Cavalizza* zu unserer Linken ritten einige Offiziere im kurzen Galopp, ein junges Paar schaute ihnen zu. Hier war es schön, wie in einem dunklen Tunnel. Ging man weiter in den Park hinein, stieß man auf den Pavillon, wo Rosika nachmittags gern ihr Eis aß, und noch weiter hinten floss der kleine Bach, wo die Kinder der kultivierten römischen Familien ihre winzigen Papierboote zu Wasser ließen, während die Kindermädchen und deren Verehrer zusahen. Noch weiter entfernt stand das Casina delle Rose, wo Rosika vor zwei Tagen mit mir getanzt hatte und wo wir einen Kavallerieleutnant kennengelernt hatten, auf den ich später eifersüchtig werden sollte.

Wir waren seit ungefähr zwanzig Minuten unterwegs. Ich trug meinen leichten, olivgrünen Anzug, ohne Weste, braune Schuhe und keinen Hut, wie üblich. Dazu ein schönes Seidenhemd, das ich erst vor einem Monat bei Manucci im Ausverkauf günstig erstanden hatte. Als wir die *piazza* erreicht hatten, wo immer viele Droschken warten und von wo man eine schöne Aussicht über die Piazza del Popolo darunter und auf die Kuppel des Petersdoms dahinter hat, sagte ich:

»Nehmen wir eine Droschke, sonst kommen wir zu spät.«

Ich rief einen Kutscher, wir fuhren zwischen den Oleanderbüschen die Piazza del Popolo entlang, weiter auf einer langweiligen Straße zum Tiber und über den Tiber zum anderen Flussufer.

Rosika berührte leicht ihr Gesicht. Ich bemerkte, wie viele Sommersprossen sie hatte. Doch hier unter der Plane einer römischen Droschke waren wir gut geschützt, und die Sonne konnte uns nichts anhaben.

Ich sagte: »Du solltest etwas wegen deiner Augen unternehmen. Vielleicht brauchst du doch eine Brille?«

»Gefallen dir meine Augen nicht?« Sie holte ihren Kamm hervor und begann ihre natürlichen Locken wild zu kämmen, so wie sie es gern tat. »Wir brauchen Urlaub. Sobald das Geld eintrifft, fahren wir weg.«

»Selbstverständlich«, sagte ich.

»Fragt sich nur wohin?«

»Ja ... wohin? Ich würde gern wieder nach Ischia fahren, weil es so still ist und wegen meiner Arbeit.«

»Oh! Weil du eifersüchtig bist, muss ich mich wieder verkriechen? Zu unserem zweiten Urlaub? Eigentlich müsste man doch überall arbeiten können. Paul konnte es einfach überall. Man könnte nachts arbeiten.«

»Bei mir läuft es am besten, wenn ich in der Stadt arbeiten kann. Hier in Rom ging es sehr gut. Sogar in den letzten Wochen, als es so heiß war.«

»Du sperrst mich einfach ein, und ich langweile mich zu Tode. Bist du sicher, dass dein Buch das wird, wonach die Öffentlichkeit heutzutage verlangt?«

»Das solltest du lieber mir überlassen. Natürlich ist es das richtige Buch. Außerdem ist es kein Buch, sondern ein Werk. Es wird mich jahrelang beschäftigen.«

Rosikas Augen trübten sich merklich. »Wie du willst. Aber was geschieht, wenn dein Vertrag mit der *Presse* ausläuft? Du kümmerst dich nicht im Geringsten um deine Karriere. Wenn ich dich nicht antreiben würde, hättest du gar keine Zukunft.«

Der Kutscher war fast eingeschlafen. Ich beugte mich vor und schrie: »*Avanti!*« Er nickte und rief seiner langsamen Stute etwas zu.

Ich war verärgert, wandte mich wieder an Rosika und sagte bissig: »Du bist also enttäuscht von mir? Womöglich besuchst du all diese Vorträge nur wegen meiner Karriere?«

»Natürlich«, sagte sie ziemlich forsch. »Ich muss dich antreiben.« Wir bogen gerade auf die große Piazza San Pietro. Zur Linken und Rechten schlummerten die berühmten Kolonnaden, und ein paar berufsmäßige Fremdenführer erholten sich am Brunnen, denn an jenem Tag war kaum mit Touristen zu rechnen.

Rosika sprach mit ihrer sanftesten Stimme: »Ich langweile dich wohl fürchterlich? Vielleicht möchtest du lieber nach London, deinen Sohn besuchen?«

»Ich tu, was immer du willst«, sagte ich, denn ich war müde.

Sie klatschte in die Hände. »Das ist großartig! Einfach großartig! Dann fahren wir nach Griechenland. Kecz meint, es sei dort den ganzen Sommer kühl und windig. Kein Schirokko, und der Wein ist gut. Du magst doch guten Wein, Moio?«

Wir sahen eine andere Droschke von rechts näherkommen. Sie versuchte, den Eingang zu den Vatikanischen Sammlungen gleichzeitig mit uns zu erreichen. Und wir erkannten darin Dr. Pucher und seine Frau, die uns zuwinkten. Rosika winkte zurück, es wurde munter gewinkt und gegrüßt. Dr. Pucher lüftete seinen Hut, unser Kutscher erwachte, weckte auch seine Stute auf, und sogleich begann ein großes Rennen zur schmalen Durchfahrt, weiter die schmale Straße entlang, rund um den Petersdom und vorbei an den Schweizergarden; gerade als wir dabei waren, das Rennen zu gewinnen, fuhr von hinten ein Taxi auf sehr unfaire Weise heran und gewann, indem es unsere beiden Droschken überholte und vor der Eingangshalle hielt. Ihm entstiegen Professor Marius, unser wichtigster Redner, der Direktor des Deutschen Archäologischen Instituts, sowie mehrere junge Männer, die Karten und Akten trugen.

Wir wechselten Grußworte mit den Puchers, gingen dann zusammen in einen der großen Säle, und hier begann der Vortrag über antike Kunst vor ungefähr zwanzig Zuhörern, hauptsächlich festen Mitgliedern der deutschen Kolonie in Rom.

Der Vortrag dauerte für gewöhnlich eine gute Stunde. Ich liebe das alte Griechenland und das alte Rom und hielt Professor Marius für ebenso geistreich und interessant wie immer. Trotzdem hatte ich Mühe, wach zu bleiben, denn die Hitze war sehr ermattend und auch das Plätschern der Brunnen von den verschiedenen Höfen des Vatikans leistete seinen Beitrag.

Ich amüsierte mich damit, mir die Leben der Anwesenden vorzustellen. Rosika stand direkt neben mir. Sie hatte die besondere Gabe des unsichtbaren Gähnens, und ich beneidete sie darum. Sie flüsterte ihrem Nachbarn zur Linken etwas zu, Professor Keczkeny, dessen Studentin sie vor langer Zeit gewesen war. Er war in Rom auf Besuch, und ich mochte ihn mehr oder weniger. Auch er flüsterte.

Auf den *Corriere della Sera* in meiner Hand schrieb ich: »Sehen sie nicht allesamt aus wie Statuen aus dem Reich der Götter? Wie würde dir Baronin Zuckmantel als eine der neun Musen gefallen?«

Rosika schrieb zurück: »Heb dir deine Geistesblitze für deine Artikel auf und lass dich dafür bezahlen!«

Und ich: »Anscheinend hast du etwas gegen meine Geistesblitze. Du bist eine Materialistin!«

Sie: »Hör lieber zu. Kecz sagt, sein Vortrag sei recht klug.«

Ich: »Du zum Beispiel siehst wie eine dieser leicht gegürteten Nymphen aus, du hübsches Stück Marmor. Ich liebe dich.«

So ging es weiter, hin und her. Wir waren schon durch mehrere Räume gegangen und standen nun im Hof des Apollo di Belvedere, der aussah, als hätte die Hitze ihn ausgelaugt und völlig ausgedörrt. Unsere Gruppe verwandelte sich in eine Art Salzsäule. Die Damen und Herren vom Institut, die dem Professor mit den verschiedenen Objekten aushelfen mussten, behaupteten sich am besten. Das war die richtige deutsche Haltung. Respektvoll, aber nie unterwürfig. Ging es mich etwas an, wo sie politisch standen? Das alles hatte ich hinter mir gelassen. »Kilian« – wer war Kilian? Ich hatte sogar meinen Namen vergessen. Ich scherte mich nicht im Geringsten um Politik. Tatsächlich scherte ich mich auch nicht im Geringsten um den Vatikan. Mein Interesse galt Rosikas Armen. Wie immer fragte ich mich, warum sie niemals Sommersprossen an den Armen hatte. Sie bekam dort auch keinen Sonnenbrand.

Der Vatikan ist einer der großartigsten Paläste Europas. Ich konnte die Weltgeschichte tatsächlich mit verbundenen Augen und kleinen Schritten durch die Säle schreiten sehen. Genau wie ihre Schwester Justitia.

Inzwischen musste sogar der Papst eingeschlafen sein.

In diesem Moment endete der Vortrag. Zunächst schien es niemandem aufzufallen. Alles verharrte an Ort und Stelle. Ein junger Mann trat aus einem der Korridore ins gleißende Sonnenlicht. Ich kannte ihn aus dem Institut. Ein gewisser Dr. Gerhart Hesmert. Er sah auf ziemlich altmodische Art sehr gut aus, blond und sonnengebräunt und all das, sein kariertes Jackett hing über seiner Schulter wie der Dolman eines Husaren. Wie ich trug er keinen Hut, aber er hielt zumindest einen in der Hand, wahrscheinlich, um sich vor Sonnenstich zu schützen.

In der anderen Hand hielt er eine große Mappe und eine Papiertüte voller Kirschen. Er schien bei seinen Kollegen sehr beliebt zu sein, besonders bei den Frauen, denn man begrüßte ihn mit lautem Hallo. Er war eben von einer Autofahrt nach Florenz zurückgekehrt, wie ich gleich erfahren sollte.

Rosika kannte ihn noch nicht, da sie nicht am Institut arbeitete. Sie holte ihren winzigen Kamm hervor, nahm ihren Hut ab und begann sich leidenschaftlich zu kämmen. Dann öffnete sie ihre Handtasche und nahm ihren Lippenstift heraus. Sie zog ihre Lippen nach. Als sie merkte, dass ich sie beobachtete, sagte sie:

»Moio, du bist albern. Warum sollte ich nicht? Ich tu, was mir gefällt.«

Ich sagte: »Er heißt Hesmert, und sein Fachgebiet sind die römischen Triumphbögen. Soll ich ihn dir vorstellen?«

Professor Marius kam, nachdem er ein paar Worte mit den Puchers gewechselt hatte, zu uns herüber und küsste Rosikas Hand. Sie ließ ihren Lippenstift im Nu verschwinden. Marius sagte: »Meine liebe Frau Boldt, Sie sind eine unserer emsigsten Studentinnen!« Frau Pucher, die Rosika sehr mochte, kam herüber und sagte: »Oh, Frau Boldt ist ganz verrückt nach dem alten Rom.«

Marius fragte mich: »Wie kommt Ihre Arbeit voran, Doktor Boldt? Ich lese Ihre bezaubernden kleinen Essays in der *Presse* mit großem Vergnügen.«

»Ja!«, sagte Rosika und hakte sich bei mir ein. »Ist er nicht geistreich?«

Sie warf Dr. Hesmert heimliche Blicke zu. Er stand inmitten einer Schar Frauen und verteilte seine Kirschen. Wie er seine Hand von der Papiertüte zu den Handflächen seiner Freundinnen und zurück in die Tüte bewegte, hin und her – irgendwie missfiel mir das. Als er einen von Rosikas heimlichen Blicken erwiderte, bemerkte ich eine Regung, und er stellte dem Mädchen neben ihm eine Frage. Ich konnte ihre Antwort deutlich hören: »Ja. Frau Boldt. Die Gattin von Martin Boldt, dem Journalisten.« Und dann sah ich Dr. Hesmert zu uns herüberkommen. Er sagte etwas zu Professor Marius, und Marius kicherte. Dann sagte Marius zu ihm: »Ja. Aber nur, weil Sie so freundlich waren. Mit Vergnügen.«

Marius stellte ihn vor.

»Also«, ich wandte mich insbesondere an die Puchers, »wir könnten doch alle zusammen essen gehen. Es wäre ein großes Vergnügen, Dr. Hesmert, wenn Sie sich uns anschließen möchten.«

Die Puchers bedauerten, uns nicht begleiten zu können. Sie aßen immer zuhause zu Mittag, denn es war Juni und ihre Kinder waren während der Ferien bei ihnen. Also machten wir vier uns auf den Weg, Rosika und ich, Keczkeny und der Neuankömmling, Dr. Gerhart Hesmert aus Flensburg in Schleswig.

2

Dieser Dr. Hesmert war zweifellos sehr direkt. Er fragte mich sofort, ohne Umschweife, ob ich gegen die Nazis sei. »Oh, nein«, sagte ich vorsichtig, »nicht besonders. Ich bin nicht hier, um die Welt zu verändern. Man gewöhnt sich an alles.«

»Ich bin ein hundertprozentiger Nationalsozialist«, sagte er. »Aber hier in Rom mache ich keinerlei Parteiarbeit.«

»Mein Mann ist in erster Linie Humorist«, sagte Rosika. »Er ist nicht mehr Mitglied irgendeiner Partei. Welchen Zweck hätte das auch im Ausland?«

»Oh, ja«, sagte Hesmert. Er lächelte und zeigte seine perfekten Zähne. »Wir alle bewundern ihre satirische Ader natürlich sehr, Herr Boldt. Ich frage mich oft, woher sie all die Informationen haben. Sie haben wohl eine besondere Quelle?«

Ich lachte: »Tatsächlich lese ich nicht einmal regelmäßig die Zeitung.«

»Um so besser für Sie, würde ich sagen«, warf Kecz ein, der bis jetzt geschwiegen hatte.

All dies geschah in der kleinen Bar an der Ecke der Piazza San Pietro und der Piazza Rusticucci. Die Bar wurde von einer Markise mit braunen und weißen Streifen vor der Sonne geschützt, die Theke war aus Metall, und in den Regalen hinter dem Besitzer, der das Gesicht einer Ratte hatte, standen all die Sirupe, *sciroppi* genannt, und die alkoholischen Getränke in vielfarbigen Reihen.

»Nein danke. Ich trinke nie Alkohol«, sagte Hesmert, was mich ziemlich verblüffte, da er nicht danach aussah.

»Vielleicht einen Aperitif?«, wiederholte ich, aber Rosika sagte ebenfalls nein. Letztlich tranken nur Kecz und ich einen. Hesmert nahm eine Art Sirup, eine *orzata*, die ich ihm empfohlen hatte.

Ich erinnere mich genau daran, was wir zu jenem Anlass tranken, denn zum ersten Mal tranken wir zusammen mit Hesmert, und später wurde alles ganz anders. Diesmal hatten wir – das heißt Kecz und ich – einen starken *grappa* als Einstieg und dann einen puren Wermut, und da uns wegen der Drinks noch heißer wurde, womit wir hätten rechnen können, trank jeder noch einen *Americano*. Inzwischen war es halb zwei, und wir verließen das Lokal.

Ich hatte nicht mehr viel von meinem Monatslohn übrig, aber ich bezahlte für uns alle. Rosika warf mir deswegen einen wütenden Blick zu. Draußen riefen wir eine Droschke und fuhren langsam über den Tiber in den Stadtteil San Carlo al Corso. Kecz sagte: »Ich sitze neben dem Kutscher, weil nur ich einen Hut trage. Außer Rosika natürlich.« Rosika lachte.

Hesmert zwängte sich in den schmalen Sitz uns gegenüber und fächerte sich mit seinem Hut zu.

Er sagte: »Lustig ... Hier sitze ich nun Seite an Seite mit der österreichisch-ungarischen Monarchie. Mir ist wirklich sehr heiß.«

»Ich hoffe, das liegt nicht an uns«, erwiderte Rosika. Sie nahm ihren Fuchs ab und legte ihn in den Schoß.

Hesmert sah sie an. »Ich muss natürlich nicht erwähnen, dass der innere Kreis der Partei es unter den gegebenen Umständen nur ungern sieht, wenn man mit Österreichern verkehrt. Aber das schert mich nicht.«

»Sehr interessant«, sagte Rosika. »Wenn Sie nur meine Vergangenheit kennen würden, um ein Beispiel zu nennen. 1919 war ich ...«

Ich unterbrach sie: »1919 warst du ein kleines Mädchen mit schlechten Manieren.«

»Ich hatte ganz gute Manieren, als ich mich der Ungarischen Partei anschloss. Lass mich nicht immer vor anderen Leuten als Dummchen dastehen. Vielleicht wusstest du damals nicht, wie man sich benimmt?«

»Wissen Sie, Dr. Hesmert«, warf ich ziemlich hastig ein, »wissen Sie, dass der *Americano*, den wir eben zusammen getrunken haben, von dem amerikanischen Multimillionär Gould erfunden wurde? Vor vielen Jahren reiste Gould durch Sizilien, als sein Fremdenführer sich irgendwo in der ungastlichen Provinz verirrte. Gould hatte nur eine Zitrone übrig.«

Hesmert stolperte ein wenig, als er aus der Kutsche stieg, obwohl er keinen Tropfen getrunken hatte. »Ich vertrage die Hitze sehr schlecht«, sagte er. Wir waren im Schatten, aber er hatte seinen Hut aufgesetzt.

»Ja, ich weiß, Sie kommen aus dem Norden.« Ich bezahlte den Kutscher. Kecz auf seinem Sitzplatz rührte sich nicht.

»Kecz!«, rief Rosika und zog an seinem Ärmel, der herabhing, als wäre kein Arm darin. »Kecz, sind Sie eingeschlafen? Kommen Sie, *djere ide*, Mittagessen!«

Mir war bereits klar geworden, dass Kecz nur aus Pflichtgefühl mit mir getrunken hatte. Vielleicht wollte er sich beweisen, dass er ein Trunkenbold war wie der alte Bacchus. Er war ein sehr unvernünftiger Bewunderer des antiken Griechenlands. Er rieb seine Augen und machte ein noch traurigeres Gesicht als sonst.

Als wir das Kellerlokal betraten, das wir seit einigen Monaten besuchten, sagte Hesmert: »Die Fahrt gestern Nacht hat meine Nerven ein wenig zerrüttet. Habe ich Ihnen von dem Unfall erzählt?«

»Entschuldigen Sie!«, sagte ich. »Erzählen Sie uns alles nach den Makkaroni. Hallo, Ercole!« Ich grüßte den Wirt, der ein paar leere Makkaroniteller jonglierte. Das Lokal war recht dunkel, sehr kühl und hübsch, aber ganz verlassen.

»Schade, dass wir so spät dran sind«, sagte Rosika. »Wir bekommen nichts mehr zu essen.«

Ihre Scheinheiligkeit ärgerte mich, und ich sagte: »Keine Sorge wegen dem Essen. Viel eher tut es mir leid, dass ich unseren neuen Freund nicht mit unserer Gruppe bekannt machen kann.«

Rosika hatte an anderen Tischen mehrere Flirts genossen, hauptsächlich mit Herren vom Faschistischen Luftfahrtsministerium und ein paar Reisenden aus besseren Kreisen. Einer von ihnen, der Ravioli hieß – ja, genau wie das Gericht –, war ihr Liebling. Er hatte nur vier Finger an seiner linken Hand und sah aus wie der Kaiser Vespasian. Doch unglücklicherweise war heute nicht einmal Ravioli anwesend.

»Ercole!«, rief ich. »Wir hätten gern *pastasciutta* für vier, mit *alici*. Und dazu Weißwein. Und was können wir danach bekommen?«

»Wir haben noch etwas kaltes Lamm und Salat. Die Herren haben nicht viel mehr übrig gelassen.«

»Gut«, sagte ich. »Ich hoffe, die *pasta* ist fertig. Bringen Sie sie so schnell wie möglich und dazu den Wein, und beeilen Sie sich!«

»Moio, du solltest nicht schon wieder Wein trinken!«

»Merken Sie sich das, Dr. Hesmert, trinken Sie nie Wein zum Mittagessen. Und wenn doch, dann Weißen. Das Lokal heißt ›L'Aliciaro‹, weil es hier so köstliche *alici* gibt. Sogar in der Renaissance gab es an dieser Stelle schon ein berühmtes Gasthaus, Kecz! Heute ist dieses Viertel die letzte Zuflucht des ältesten Berufs, Venus Vulgaviva, Dr. Hesmert. Wie Sie wissen, haben der Papst und unser Mausi die Prostitution aus der Ewigen Stadt vertrieben.«

Kecz aß seine Makkaroni ganz wohlerzogen *al'italiana*. Er sagte: »Denken Sie bloß nicht, dass ich alles glaube, was Sie erzählen, mein lieber Freund!«

Hesmert kämpfte mit seinen Makkaroni. »Um ehrlich zu sein«, sagte er, »es gefällt mir nicht, dass Sie dem Premierminister diesen lächerlichen Spitznamen geben.«

»Wie soll ich ihn sonst nennen? *Duce*? Führer? Natürlich nenne ich ihn Führer, wenn Sie das bevorzugen. Nehmen Sie etwas Wein, Dr. Hesmert.«

»Sehr gern. Ich trinke Weißwein sehr gern. Zum Wohl, Frau Boldt!«

»Zum Wohl!«, sagte Rosika, und sie stießen an. Der Wein war dunkelgelb, und anfangs spürte man seine Wirkung nicht. Er war sehr gut gekühlt, aber ich bat Ercole trotzdem um etwas Eis, und er brachte es, weil ich diese Sitte bei Aliciaro eingeführt hatte. Für gewöhnlich verglich ich diesen Wein mit Öl, aber so ölig war er gar nicht. Er sah nur so aus und rann die Kehle hinunter wie Öl.

»Erzählen Sie uns von Ihrem Unfall letzte Nacht!« Ich mischte den Salat. »Was ist passiert?«

Hesmert erzählte. Während er sprach, sah ich ihn mehrmals an und dachte, ich würde ihn entweder sehr mögen oder gar nicht. Ich wusste noch nicht, ob ich ihn mögen würde oder nicht.

»Nun ... Das Institut schickte mich mit einer sehr wichtigen Aufgabe nach Florenz. Mehrere Herren der deutschen Kolonie begleiteten mich – aber das tut nichts zur Sache. Wir durften den Wagen des Instituts nehmen und hatten es eilig, weil diese Fotos heute Professor Marius übergeben werden mussten.«

»Waren das dieselben Fotos, die Sie in der Droschke so innig ans Herz gedrückt haben wie Ihre Liebste?«, fragte Rosika. Entgegen ihrer Gewohnheit trank sie ein zweites Glas Wein.

»Hier sind sie!«, sagte Hesmert stolz. Er zeigte uns die Fotos, die auf einem Platz neben ihm lagen. Er hatte den Sessel sehr nah zu sich herangezogen und heftete seinen

Blick hin und wieder auf die Fotos, wie eine Mutter auf ihr Kind.

»Nun, unter diesen Umständen sollten wir wohl die Mahlzeit beenden, Dr. Hesmert. Die Rechnung, Ercole, und noch etwas Wein!«, rief ich. »Die Fotos sollten wahrscheinlich schon seit einiger Zeit bei Marius sein, oder?«

»Ja«, sagte Kecz und kicherte. »Wir sollten Sie wirklich nicht aufhalten!«

»Ruhe!«, sagte Rosika und legte ihre Hand auf Keczs Ärmel. »Ruhe bitte, und lassen Sie ihn seine Geschichte erzählen.«

»Die Fotos sind eigentlich nicht so wichtig«, sagte Hesmert. Sein sonnengebräuntes Gesicht wurde dunkelbraun. »Ich wollte nur sagen, dass wir es eilig hatten, als wir das Kind überfuhren.«

»Was?«

»Ja, aber es war gar nicht unsere Schuld. Der Unteroffizier der Miliz, der das Unfallprotokoll aufnahm, gab uns in dieser Hinsicht Recht. Wir hätten ja nicht damit rechnen können, dass zu dieser späten Stunde noch eines dieser Kinder unterwegs war – so wie sie zu Tausenden am helllichten Tag in den Dörfern herumlaufen, ohne dass sich jemand um sie kümmert.«

»Zukünftige Soldaten für den *Duce*!«

»Es war ungefähr ein Uhr früh. Das Kind lief direkt ins Auto. Wir bremsten hart; Max saß am Lenkrad. Er ist der beste Fahrer in unserer Einheit. Der Wagen wurde auch leicht beschädigt. Es war ein Mädchen, ungefähr neun Jahre alt.«

»Eine zukünftige Mutter von Soldaten!«, unterbrach ich erneut. Ich stürzte ein weiteres Glas Wein hinunter. Der Wein begann Wirkung zu zeigen, und plötzlich wurde mir klar, wie sehr ich Rosika liebte. Doch sie schob meine Hand von ihrem Knie.

Hesmert rückte näher. »Es war ein seltsames und unheimliches Schauspiel. Von überall kamen Bauern mit ihren Frauen. Jeder trug eine Fackel, genauso wie auf einem alten Gemälde; sie schrien alle durcheinander, drohten uns sogar, doch wir zeigten ihnen unsere Ausweise und sagten ihnen, wir seien Deutsche, und dann traf die Miliz ein, sehr tüchtig, und sie räumte die Straße. Nun gab der Mond etwas Licht. Es wäre nicht passiert, wenn der Mond früher geschienen hätte. Alles wirkte leer und verlassen, bis auf das kleine Geschöpf, das mitten auf der Straße lag. Sie hatten nicht einmal ihr Gesicht bedeckt; die ganze Brust war aufgerissen, ihre Augen starrten nach oben und ihre Arme lagen kreuzförmig ausgestreckt. Sie hatte nur einen sehr kurzen Rock an, fast so kurz wie Ihrer, Frau Boldt. Und das Blut hatte in der Dunkelheit genau dieselbe Farbe wie die geteerte Straße ...«

»Aufhören!«, rief Rosika. »Oh, bitte, hören Sie auf! Bitte, bitte, hören Sie auf!«

»Ja«, sagte ich zu Kecz. »Die italienischen Straßen sind heutzutage in einem hervorragenden Zustand.«

»Wurden Sie lange aufgehalten, Dr. Hesmert?«, fragte Kecz. Ich hätte nie gedacht, dass er zu einer solchen Bosheit fähig war. Er begann mit mir über die Musik des Altertums zu sprechen, mein Steckenpferd, wie jeder weiß. Wir tranken unseren Wein aus, und ich zahlte abermals. Rosika sprach mit Hesmert.

Ich hörte nicht alles, was sie sagten, aber ich hörte Hesmerts Erklärung, warum sie es mit den Fotos so eilig gehabt hatten: Marius brauchte sie dringend für seine Vortragsreise in Pompeji.

»Fahren Sie auch nach Pompeji, bei dieser Hitze?«, hörte ich Rosika ihn fragen. Ich bemerkte, wie ihr Blick sich auf Hesmert heftete.

»Ich verlasse die Stadt sehr bald. Aber nicht nach Pompeji. Ich fahre nach Griechenland. Aber glauben Sie bloß nicht, dass mir wegen der Hitze in der Droschke schwindelig wurde.«

»Weswegen dann?«

»Ich bin nicht daran gewöhnt, in der Nähe einer so schönen Frau zu sein. Sie haben die herrlichsten Arme, die ich mir vorstellen kann.«

»Und Sie machen mir das altmodischste aller Komplimente. So ist das also: Ihnen wurde wegen meiner Arme schwindelig.«

»Oh, ich rede dummes Zeug. Ich kenne hier keine Damen. Sie müssen mir verzeihen.«

»Aber Sie sahen nicht so aus, als wäre Ihnen schwindelig«, sagte Rosika. Sie lehnte ihren Kopf an meine Schulter.

»Gehen wir«, sagte ich. »Schade, dass wir die Gruppe nicht getroffen haben. Liebst du mich, Rosika?« Die Anderen konnten es unmöglich hören. Aber vielleicht hatte ich die Entfernung und meine Lautstärke falsch eingeschätzt, denn Rosika verzog fürchterlich das Gesicht.

»Nicht, wenn du betrunken bist.«

Draußen war alles still und ausgestorben. Die acht Ecken der kleinen *piazza* waren still und ausgestorben, und die Drehorgel, die dort spielte, konnte man kaum hören. Die Häuser warfen kurze Schatten und sahen aus wie bissige alte Damen. Ein Einäugiger bediente die Drehorgel und ein Einarmiger streckte die Hand nach Münzen aus. Rosika gab ihm etwas. Das tat sie immer.

Ich blieb stehen und packte Hesmert am Arm. »Hören Sie! Die Stille! Es ist die Mitternachtsstunde des Mittags. Hören Sie die Götter überall rascheln und sich regen? Rom liegt ausgestreckt auf dem Bratrost seiner alten Sünden, nur um in weiteren vier oder fünf Stunden noch einmal gut durchgebraten zu werden.«

»Das verstehe ich nicht«, sagte Hesmert. Er starrte Rosika einfach nur an.

»Ich verstehe das sehr gut«, sagte Kecz.

»Er ist ein bisschen verrückt«, sagte Rosika. Sie tippte sich leicht an die Stirn.

»Halt den Mund!«, schrie ich sie an.

Sie ging ein paar Schritte weiter, und ich nahm Hesmerts Arm. Wir standen in der schattigen Schlucht des Corso, und ich rief eine Droschke. Der Boden brannte unter unseren Füßen, als stünde die Erde in Flammen.

»Kennt ihr den Weg, ihr alle?«, fragte ich, als wir beide allein in der Droschke saßen. »Ja!«, rief Kecz. »Ich folge einfach der Via della Scrofa ...«

»Wir sehen uns später im Institut, Dr. Hesmert!«, rief ich. Wir fuhren los. Rosika sprach in der Droschke kein einziges Wort zu mir. Sie war gekränkt, weil ich sie angeschrien hatte. Wir trafen zwei Nonnen, die wie schwarze Zuckerhüte unter der weißen Sonne schwebten, als hätten sie weder Arme noch Beine. Ich zählte sofort rückwärts von zehn bis eins. Ich bin sehr abergläubisch.

»Sei nicht albern!«, sagte Rosika. Sie lachte wieder.

3

Oben in unserem Zimmer war es recht kühl, da die Sonne zur anderen Seite des Hauses gewandert war. Das Zimmer war dämmrig, erfüllt von jenem sonderbaren gestreiften Licht, das wir alle so gut aus den Tropenfilmen mit Marlene Dietrich kennen. Rosika legte die Kirschen, die sie vor unserer Haustür gekauft hatte, in die Waschschüssel. Sie hatte eine Vorliebe für Hygiene. Dann zog sie sich aus und trug nur noch ihren geblümten Schlafrock, als sie das Moskitonetz zuzog und sich auf dem Bett ausstreckte. Sie hob eine alte Zeitung mit einem meiner Artikel vom Boden auf, holte die Kirschen aus der Schüssel, warf sie auf die Zeitung und begann sie zu essen. Ich zog mich ebenfalls aus und legte mich neben sie.

Es war sehr still unter dem Moskitonetz. Die wenigen Autos, die unter dem Fenster vorbeifuhren, glitten leiser als sonst vorbei. Der Wind bewegte sanft und angenehm die Jalousie. Ich schloss die Augen. Rosika lag reglos auf dem Rücken.

Ich sagte: »Du magst also diesen Hesmert?«

Sie sagte: »Ich rede mit dir, nachdem du geschlafen hast. Nicht vorher. Lass mich die Kirschen aufessen. Nimm dir welche, wenn du willst.«

Ich streckte meine Hand über sie und nahm eine Handvoll aus der Tüte. Ich spuckte die Kerne aus. Sie sagte: »Hast du je erlebt, dass ich mich in einen Deutschen verliebe? Besten Dank, mein erster Mann hat mir gereicht.«

»Aber ihn hast du doch geliebt, oder?«

»Niemals!«, rief sie. »Quäl mich nicht mit deiner Eifersucht.«

Sie schloss die Augen und ließ die Zeitung zu Boden gleiten. »Ich will jetzt schlafen. Mach kein Gesicht wie dein Vater. Versuch lieber auch zu schlafen.«

Ich schloss meine Augen, aber nur halb. Ich beobachtete sie durch meine halb geschlossenen Lider. Sie drehte sich um, streifte ihren Morgenmantel ab und legte sich hin mit dem nackten Rücken zu mir.

»Wie kann ich dich an meinen Vater erinnern? Du hast ihn nie getroffen.«

»Du hast mir ein Foto von ihm gezeigt. Gute Nacht.«

Etwas schnüffelte an der Tür. Zu dieser Tageszeit, wenn jedes andere Lebewesen schlief, kroch der halbtote Pudel im Haus herum und steckte überall seine schnüffelnde

Schnauze hinein. Ich berührte Rosikas Rücken mit meiner Fingerspitze.

Ich sagte: »Meiner Meinung nach ist es nicht gerade klug von dir, so viel mit Hesmert zu reden. Weißt du denn nicht, dass jeder Deutsche im Ausland Berichte über seine Landsleute abgeben muss? Vielleicht will er herausfinden, wer ich *wirklich* bin!«

Ich lachte sogar ein bisschen.

Sie sagte: »Ich kann dich nicht hören. Ich habe keine Ohren am Rücken.«

»Dann dreh dich halt um.«

»Bitteschön ...«

Ich sah sie nicht länger an. Ich dachte an meinen Vater, der sich kurz nach dem Krieg in der fürnehmsten Dachstube von Schloss Ottenschlag in Oberösterreich erschossen hatte. Er hatte einen Anatomieatlas und einen blauen Stift in die dunkle Stube mitgenommen und einen blauen Kreis um sein Herz gemalt, um sicherzugehen, dass er nicht danebenschoss. Meine erste Frau Trudi war ebenfalls früh verstorben. Ich dachte auch an sie. Vielleicht hatte ich doch zu viel Wein getrunken, denn ich dachte nie an sie, es sei denn, ich hatte ein Gläschen zu viel.

Rosika sagte: »Die sollten den Hund in der Mittagszeit lieber einsperren. Ich kann nicht schlafen, wenn er immerzu herumschnüffelt.«

»Er ist vielleicht auch ein Schnüffler.«

»Ha! Ha!« Rosika lachte laut. »Ha! Ha! Ha! Na schau, jetzt machst du dich über dich selber lustig.«

»Ich bin schließlich Humorist, nicht wahr? Wenn man nur nicht so viel Angst haben müsste ...«

»Angst? Vor was denn?«

»Oh«, sagte ich und legte meinen Arm um Rosikas Schulter, ohne mich sonst zu bewegen. »Dies sind gefährliche Zeiten. Weißt du, dass du in der Hauptstadt eines Landes leben kannst, das unter der grausamsten Tyrannei schmachtet, ohne die Schreie derer zu hören, die zusammengeschlagen werden, und ohne die Tränen der Hinterbliebenen zu bemerken?«

»Ich will im Bett nicht über Politik sprechen.«

»Du kannst«, fuhr ich fort und zog meine Hand zurück, »du kannst ein perfektes Eheleben führen, zur selben Stunde aufstehen, zur selben Stunde essen und doch würde kein Blick durch die Mauern deines Herzens dringen.«

»Aber wir stehen nie zur selben Stunde auf.«

»Ich meine das allgemein.«

»Geht es wieder um deine Vergangenheit? Willst du mich dafür bestrafen? Oh, ich bin eine unglückliche Frau! Du solltest dich nicht wundern, wenn ich anderswo Trost suche.«

»Bei Hesmert?«

»Ja. Bei Hesmert. Das wäre zumindest weniger kompliziert als das alles.«

Ich schwieg. Ich wusste, wohin das führen würde. Ich schloss wieder meine Augen. Sie begann ihre Brüste abzutasten. Das machte sie ziemlich oft, weil irgendein Arzt ihr vor Jahren geraten hatte, »vorsichtig zu sein«. Es gab da eine winzige Schwellung. Früher führte ich es auf ihre Kinderlosigkeit zurück. Sie war jetzt fünfundzwanzig und hatte nie ein Kind gehabt, weder von ihrem ersten Freund Arpad, einem Theaterdirektor in Budapest, noch von ihrem ersten Mann, Baron von Münsterberg. Vielleicht hatte sie zuvor viele andere »Freunde« gehabt, von denen sie mir nie erzählt hatte? Ich konnte die entsetzliche Eifersucht in meinem Herzen nicht länger beherrschen. Ihre halb mütterliche Geste ließ mich ebenfalls an Wolf denken. Sie sollte lieber Kinder bekommen und sie mit ihren schönen Brüsten säugen. Vielleicht hätte sie

Wolf, meinen Sohn, säugen sollen, aber er war schon zu groß. Sie drehte sich plötzlich auf den Bauch und legte den Kopf auf ihren Arm. Sie sah mich nicht an. Ich sagte: »So wie du daliegst, könnte man dich leicht für einen Hermaphroditen halten, wie den, den wir im Museum gesehen haben.«

»Nun ... Ich könnte das Gegenteil beweisen«, sagte sie ziemlich laut, als hätten wir nie die Absicht gehabt, schlafen zu gehen. Sie lächelte im Dunkeln.

»Komm schon«, sagte ich.

»Nein!«, rief sie, und als sie merkte, dass ich es ernst meinte, zog sie das Moskitonetz auf, sprang hoch und lief in die Mitte des Zimmers. »Nein! Du hast wieder einen deiner verrückten Eifersuchtsanfälle und willst deine Wut an mir auslassen. Bleib, wo du bist. Du bist betrunken. Ich schlafe nicht mit Trunkenbolden.«

Ich stand neben ihr. Die Jalousien klapperten. Ich sagte: »Das will ich nicht. Nur ein bisschen spielen.«

»Was?«, fragte sie und näherte sich wieder.

»Wie wäre es mit Statuen?«, fragte ich. Das war ihr liebstes Spiel.

»Na gut!« Sie stellte sich vor dem größten Spiegel im Zimmer in Pose und verharrte leblos wie ein Modell. Ich ergriff ihren rechten Arm, dann ihren linken und sagte: »Zunächst einmal Venus, die aus dem Bad steigt. Stell diesen Fuß etwas weiter nach vorne, nur ein kleines bisschen, und dreh den Kopf nach links.«

»Bin ich hübsch? Gefalle ich dir? Was jetzt?«

»Jetzt zur Abwechslung die verlassene Ariadne. Hierfür musst du dich hinlegen und dein linkes Bein etwas länger strecken.«

»Ich tu was du willst«, sagte sie mit geschlossenen Augen. »Aber ich kann dieses ernste und ungezogene Geturtel nicht leiden.«

»Keine Angst. Ich bin jetzt nur Künstler. Das Dämmer-
licht steht dir sehr gut. Wirst du mich mit Hesmert betrügen? Sag schon.«

»Das würde mir nicht im Traum einfallen. Ich liebe
dich. Mit dir ist es so kühl und angenehm.«

»Was für ein Kompliment!«, murmelte ich. Ich ärgerte
mich schon wieder. Mir war klar, dass jedes Spiel irgendwo, auf die eine oder andere Art enden musste, also ließ
ich Rosika von der Polsterbank aufstehen und auf einen
niedrigen Lederhocker steigen. Hier verlangte ich von
ihr, eine verschlungene Pose einzunehmen, bei der sie
jeden Moment das Gleichgewicht verlieren könnte. Sie
protestierte kleinlaut, wobei sie mich daran erinnerte,
dass es ihres Wissens kein Original zu dieser Nachah-
mung gab.

»Du kannst nicht alles wissen«, sagte ich. »Du bist die
Rachefurie, du musst nur ein wenig mit den Zähnen knirschen, dann ist es erstaunlich ähnlich. Darf sich der Künstler denn nicht etwas Eigenes ausdenken? Hast du keine
Phantasie? Kein Verständnis für die Gefühle eines Künst-
lers? Glaubst du, ich spiele dieses Spiel einzig und allein
zu deinem Vergnügen? Wer hat es sich denn schließlich
ausgedacht?«

»Du, natürlich du, ganz ohne Frage. Wie lange willst du
mich noch so stehen lassen? Ich kann nicht einmal mein
Gesicht im Spiegel sehen ...«

»Bis du umfällst.« Gleichzeitig gab ich dem Hocker einen leichten, äußerst heimtückischen Stoß, gerade stark
genug, damit sie das Gleichgewicht verlor und die Arme
senkte. Noch scheinheiliger als sonst trat ich einen Schritt
zurück, und sie fiel auf den Teppich.

»Oh! Das tut mir aber leid!«, rief ich und eilte zu ihr,
um ihr auf die Füße zu helfen. »Ist es meine Schuld? Wie
ungeschickt!«

Sie lag einige Sekunden lang am Boden, während ich über ihr stand. Sie sagte: »Bist du verrückt?«, und sprang auf. Ich setzte mich, nackt wie ich war, auf die Marmorstufe, die zum Balkon führte. Ich stützte meinen Kopf auf meine Hand. Die Kälte meiner marmornen Sitzfläche spürte ich in allen Gliedern.

Rosika setzte sich neben mich. Sie küsste mich auf die linke Wange. »Komm, komm, sei ein braver Junge! Bist du beleidigt? Was habe ich getan?« Jemand klopfte an die Tür. »Das ist Enrietta mit den *sciroppi*«, sagte ich. Ich sprang auf von dem kalten Marmor, zog hastig meinen Morgenmantel an und öffnete die Tür einen Spalt weit, damit der Pudel nicht auch hereinkommen konnte. Enrietta, das fröhliche Zimmermädchen, rief draußen im Korridor »Guten Morgen!« Das war ihr Lieblingsscherz. Sie war ein sehr molliges und lustiges Wesen.

Auf dem Tablett standen zwei Gläser mit Sirup, eines blutrot und vermutlich Orange für Rosika, das andere milchweiß; dies war *orzata* für mich. Es war also schon fünf Uhr! Wie die Zeit über süßem Nichtstun verging! Ein Brief lehnte an meinem Glas. Aus der Ferne konnte ich die hübschen österreichischen Briefmarken und den Briefkopf meiner Zeitung erkennen.

In Gedanken versunken reichte ich das Tablett Rosika. Sie sagte: »Siehst du ... Sobald jemand kommt, wirst du ganz vernünftig. Im Grunde bist du ja vernünftig, nicht wahr, Moio? Du machst doch nie etwas völlig Verrücktes, Moio?«

»Nein, nein ...« Ich antwortete völlig geistesabwesend. Ich hatte das seltsame Gefühl, dass etwas Schreckliches bevorstand. Ich nahm meinen *orzata* und öffnete den Brief. Während ich ihn las, schlüpfte Rosika zurück unter das Moskitonetz, zog ihren Morgenmantel an und stellte das blutrote Glas auf ihren Bauch. Wie immer hatte sie einen

Strohhalm bekommen. Damit schlürfte sie emsig ihr Getränk. Ich achtete nicht einmal darauf, ob sie mich beobachtete oder nicht.

Der Brief kam von meiner Zeitung, der *Wiener Presse*, gegründet 1798. Sein Briefkopf war in altertümlicher deutscher Frakturschrift gedruckt, die neuerdings wieder in Mode gekommen war. Wer wagte zu behaupten, die Republik Österreich von Schuschniggs Gnaden sei weniger deutsch als das ursprüngliche deutsche Vaterland? Erst vor einem Monat hatte ein bedeutender Österreicher verkündet: »Wir sind deutscher als die Deutschen«. Die Dinge entwickelten sich jetzt mit großer Geschwindigkeit.

Der Brief lautete wie folgt:

Wien, 5. Juni 1936
Unser Aktenzeichen: MR/LZ (Ch.-Red.)

Lieber Dr. Boldt!

Wir bestätigen den Eingang Ihrer Skizze »Katzen bekriegen sich im Forum« sowie Ihres Essays »Es ist nie zu spät!«, ein Gedicht »Maria« und verschiedene Aphorismen, die wir wie verabredet unter der Überschrift »Sprössling der Unterwelt« veröffentlichen werden. Diese Texte befinden sich bereits in Druck und werden in den nächsten Wochen so gedruckt, wie Sie sie verfasst haben – bis auf kleine, rein editorische Änderungen.

Zudem freuen wir uns, Ihnen mitteilen zu können, dass Ihr garantiertes Gehalt für die zweite Hälfte des Juni über 500 öS. Ihnen als internationale Postanweisung in Lire überwiesen wurde. (Genehm. Devisenstelle Nr. 3548294 von 1936)

Wir möchten jedoch diese Gelegenheit nicht ungenutzt lassen, um Sie abermals darauf hinzuweisen, dass wir täglich mehr Leserbriefe erhalten, die sich über Ihre

Arbeit beschweren. Wir persönlich haben stets darauf hingewiesen, dass Sie, lieber Dr. Boldt, nachdem Sie monate- oder sogar jahrelang der beliebteste unserer literarischen Kolumnisten gewesen sind, letzthin nicht jene Tugenden der Umgänglichkeit und gesellschaftlichen Einsicht gezeigt haben, welche in diesen schwierigen Zeiten von einem der klügsten und vielseitigsten Humoristen in Mitteleuropa um so dringlicher verlangt werden. Wie sonst wäre es zu erklären, dass Sie in Ihren letzten Artikeln in übertriebener humanistischer Gefühlsduselei beinahe selbst übertroffen haben, indem Sie Mitgefühl für »tollwütige Hunde, Katzen und Sozialisten« zeigten, wie Sie sie in einem Zug zu nennen belieben und dabei alle drei beleidigen – wie sonst, frage ich, könnte man jenen »Linksruck meines Herzens« wegerklären? Ich hoffe, wir müssen Sie nicht immer wieder daran erinnern, dass wir deutsch sind – und deutsch zu sein bedeutet, hart zu sein. Wir haben seit langem aufgehört, »Österreicher mit weichen Knien« zu sein, und sind stolz darauf, wie Sie ebenso gut wissen wie wir. Deshalb stehen wir kampfbereit – zur Verteidigung! – Schulter an Schulter mit unseren alten Verbündeten aus dem ruhmreichen Weltkrieg, aber auch Schulter an Schulter mit unseren neuen Verbündeten von jenseits des Brenners, Schulter an Schulter mit dem mächtigen Mussolini.

Lieber Dr. Boldt, wir sind dabei viel mehr zu verlieren als 135 gekündigte Abonnements (laut Rechnungsprüfer), und Ihre seltsamen Artikel sind hierfür zumindest teilweise verantwortlich. Wir sind auch dabei, unseren Ruf als <u>deutscheste</u> Zeitung Österreichs zu verlieren sowie den guten Willen unserer Regierung, was unter den gegebenen Umständen gleichbedeutend ist mit dem guten Willen anderer befreundeter Regierungen. Abschließend möchten wir Sie hiermit darüber in Kenntnis setzen, dass, ganz unabhängig von obigen Anmerkungen, unsere bestehende Vereinbarung auf keinen Fall über Anfang August 1936 hinaus erneuert oder verlängert werden kann, aus dem einfachen Grund, weil unsere wirtschaftliche Lage strengste Sparmaßnahmen erforderlich macht. Nach dem 1. August dieses Jahres müssen Ihre Manuskripte wie alle anderen unverlangten Einsendungen behandelt werden.

Wir möchten Ihnen versichern, dass für diese Maßnahme allein unsere wirtschaftliche Lage verantwortlich ist und sie nichts mit der Qualität Ihrer Arbeit zu tun hat. Wir sind immer für Redefreiheit eingetreten – freilich innerhalb rechtlicher Grenzen.

Wir verbleiben mit freundlichen Grüßen

Für immer Österreich!

Wiener Presse, Chefredakteur

Neufelder   Hawlatschek

m.p.   m.p.

»Gib mir bitte Bleistift und Papier«, sagte ich zu Rosika, faltete den Brief und steckte ihn unter mein Kissen. Rosika stellte rasch ihre Orangeade beiseite und brachte mir das Verlangte. Sie musterte mich überaus demütig. Sie stellte keine Fragen.

»Auch meine Brieftasche, bitte.«

Ich zählte mein Bargeld und blätterte mein Scheckheft durch. Ich rechnete alles durch. Ich füllte eine Seite mit Zahlen, dann legte ich mich wieder auf das Bett.

Da war es – genau das, was ich erwartet hatte! Deswegen hatte ich solche Angst gehabt. Grundgütiger, noch einmal von vorne beginnen! Was hatte ich in diesen zwanzig Jahren nicht alles getan? Autos verkauft, und davor, Grundgütiger, ich war sogar Leutnant in der guten alten österreichischen Armee gewesen. Ich hatte Philosophie studiert. Dann kam meine Zeit als Revolutionär in

Deutschland, als meine Genossen mich »Kilian« nannten und ich überall nur allzu bekannt war. Meine erste Ehe. Der Bankrott meines Vaters – doch daran war mein Großvater schuld gewesen. Und meine Mutter, süße Adelina. Ich hatte ihr diesen Monat noch nicht ihre 100 Schilling geschickt. Sie ging immer wieder bankrott. Und sich als Mutter mit sechsundfünfzig beim Reiten den Arm zu brechen, nur weil der Liebhaber ein Reiter ist, jung und fröhlich. Liebe! Deshalb hatte ich mich zwei Jahre lang zum Narren gemacht! Von meinem Buch über die »Grundlage der Zerstörung« waren weniger als zwanzig Seiten geschrieben. Es würde nie fertig werden; und selbst wenn, wer würde es jetzt noch veröffentlichen?

Es wird vollendet werden, dachte ich. Dann überlegte ich, morgen nach Ischia zu fahren; dort konnte man billig leben. Bleistifte gab es überall zu kaufen, und meine Schreibmaschine hatte ich immer dabei. Wie viele Artikel, wie viele Bücher hatte ich auf dieser guten, alten, treuen Maschine geschrieben?

Aber Rosika, wie weit würde sie mich begleiten? Wie weit?

»Zeig mir den Brief, bitte!«, sagte sie in ihrem beharrlichsten Ton. »Schlimme Nachrichten?« Sie streichelte meinen Arm.

»Ich will dir nicht deine gute Laune verderben, mein Schatz. Der übliche Quatsch.«

Ich dachte wieder an meinen Sohn. England war natürlich weit weg, aber Rosika und ich könnten trotzdem den Sommer in Tante Cecilys Villa irgendwo in Surrey verbringen. Dann könnte Wolf seinen Urlaub bekommen.

»Du behandelst mich wie ein Modell oder wie eine Hure«, sagte Rosika. Sie drehte mir den Rücken zu. Das Moskitonetz war in Unordnung geraten, und ihre Füße hatten sich in sein loses Ende verwickelt.

Ich beugte mich über sie und befreite sie. »Keinesfalls«, sagte ich. »Gerade eben habe ich gedacht, dass du eigentlich für ein gutes Leben bestimmt bist.«

»Wie bitte? Bin ich nicht deine Gefährtin?«

»Ich weiß, ich weiß«, sagte ich. »Wir leben in einer modernen Ehe. Wir sind einander treu und arbeiten zusammen. So lange es funktioniert.«

»Machst du dich wieder über meine Zeichnungen lustig? Die *Presse* mochte sie immer sehr. Haben sie nicht geschrieben, dass die Artikel mit Illustrationen gegenüber denen ohne bevorzugt werden?«

»Die schreiben eine Menge unwahren Quatsch.«

»Zeig mir den Brief!«

Sie streckte die Hand unter das Kissen, aber ich war schneller. Wir kamen einander sehr nahe. Ich roch ihr kastanienbraunes Haar. Ich lächelte und sagte: »Zu einer Bedingung!«

»Oh, du bist albern ...«

»Ich bin glücklich mit dir.«

»Aber ich ebenfalls.« Ich hörte nicht mehr zu.

Später zeigte ich ihr den Brief. Sie ärgerte sich nicht sonderlich. Wir sprachen den Rest des Nachmittags darüber, ohne das Bett zu verlassen, über all die Möglichkeiten. Eigentlich war sie nur strikt dagegen, nach London zu fahren.

Als wir aufstanden, waren wir ebenso schlau wie vorher.

4

Schlussendlich mussten wir uns anziehen, denn wir waren bei den Puchers zum Essen eingeladen. Rosika trug ihr tief ausgeschnittenes Kleid, ich meinen schwarzen Anzug und den schwarzen Hut. Bevor wir aufbrachen, wollte ich das Haus über unsere baldige Abreise informieren.

Oberst Cappa kroch aus der Küche. Ich sagte es ihm. Es gab unerwarteten Widerstand. Hinter dem Oberst in seinen Hausschuhen erschien die Gastwirtin und unterstützte ihn herzlich. »Tun Sie uns das nicht an, Dr. Boldt«, sagte Cappa. »Sie wissen ja, Dr. Boldt, dass ich Deutschland sehr liebe. Das alte Deutschland, meine ich ... Sie wissen schon. Ist es nicht grässlich, was sie dort treiben?«

»Oberst Cappa, ich kenne Ihre Meinung, die ich sehr schätze. Aber ich muss gehen.«

Signora Cappa erhob im Dunkeln ihre Stimme. »Sie müssen auf jeden Fall für den ganzen Monat zahlen, Dr. Boldt. Das haben wir so abgemacht, nicht wahr?«

»Komm schon!«, rief Rosika aus dem Korridor. »Ich hoffe, der Aufzug funktioniert heute.«

»Wir haben noch reichlich Zeit, Rosika. Ich muss mich erst um das Geschäftliche kümmern.«

Es gab eine Menge Geschrei. Wir hatten nichts Schriftliches, da wir sozusagen Freunde der Cappas waren. Da ich mich entschlossen hatte, Geld zu sparen, wann immer es möglich war, wollte ich nicht nachgeben. Schließlich einigten wir uns. »Schön«, sagte ich. »Das wäre also geregelt. Wir ziehen in einer Woche aus.«

Ich traf Rosika auf der Treppe. Der Aufzug war noch nicht repariert. »Wir haben jede Menge Zeit«, sagte ich, als wir unter den Kastanienbäumen standen. »Gehen wir lieber zu Fuß.« Wir durchquerten eine kleine Gasse zur Via Pinciana. Wir gingen an den Hinterhöfen prächtiger Paläste entlang. Zu unserer Linken lag der Park der Villa Borghese mit dem ausgedörrten Gras und den Stecheichen. In dieser Stunde zwischen Büroschluss und Theateröffnung waren die Straßen fast menschenleer. Die Statuen auf den Brunnen in den Hinterhöfen waren zum Teil mit Stroh umhüllt, als ob der Winter käme. Wir begannen wieder darüber zu sprechen. »Sieh dir dieses

36

vertrocknete Gras an«, sagte ich. »Es hängt mir zum Hals heraus. In England gibt es die schönsten Wiesen, die man sich vorstellen kann. Grüner als hierzulande im Winter. Außerdem ist jetzt in London Hochsaison. Man kann in die Oper gehen.«

»Ich dachte immer, wir müssten sparen. Wie viel Geld hast du denn noch? Dann habe ich noch gehört, dass es in England den ganzen Sommer regnet. Aber wenn es um väterliche Pflichten geht, kann man natürlich nichts einwenden.« Sie seufzte tief.

»Keine Sorge. Wir haben noch genug Geld für zwei oder sogar vier Monate. Hängt ganz davon ab.« Das war vielleicht nicht ganz richtig. In Geldfragen war ich immer ein wenig optimistisch.

»Bleib doch lieber in Rom und nutze deine Beziehungen in Italien.«

»Möchtest du immerzu in Italien leben?«

»Warum nicht? Haben wir überhaupt ein Zuhause?«

Wir trafen eine Gruppe uniformierter Faschisten. Sie marschierten im Gleichschritt und sahen ziemlich gut aus. Sie wirkten nicht sonderlich militärisch, als hätten sie noch nicht viel vom Krieg gesehen. Als Rosika sie ansah, erwiderten sie ihren Blick, grinsten und rissen ein paar Witze, wahrscheinlich über ihr Abendkleid. Rosika lächelte ebenfalls, und einige der Unteroffiziere salutierten. Rosika schien geschmeichelt. »Die haben den Krieg noch vor sich«, sagte ich. »Sonst würden sie nicht lachen.«

Als wir die Nachbarschaft von Puchers Haus erreichten, das nicht weit vom Königlichen Münzamt lag, begegneten wir zwei Lastwagen voller gewöhnlicher Soldaten, die ganz anders aussahen. Ihre Kleidung war schmutzig grün, und sie standen zusammengepresst wie Sardinen in den ratternden Fahrzeugen.

»Diese Truppe kommt gerade vom Einsatz«, sagte ich.

»Woher weißt du das alles?«, fragte Rosika. »Du liebst Italien wohl nicht?«

»Es zu lieben tut ein bisschen weh. So wie dich zu lieben.«

»Weißt du noch, wie du am Anfang sagtest, dass du nur sexuelle Gefühle für mich übrig hast? Was für eine herrliche Zeit!«

»Meine Gefühle haben sich nicht geändert. Zumindest nicht zum Schlechteren!«

Wir standen vor der Haustür, und ich berührte die Türklingel. Rosika drängte sich an mich und drückte ihr Bein gegen mein Knie. »Bleiben wir noch einen Sommer in Italien, bitte, Moio. Irgendwo. Nein, bitte, noch nicht klingeln. Versprich es mir zuerst! Küss mich. Pass auf mein Make-up auf. Pressen wir so viel Saft wie möglich aus dem Leben! Denk mal einen Moment nicht an Politik, Quatschkopf! Bitte, versprich es!«

»Ich verspreche gar nichts.«

Den Ehrengast bei den Puchers spielte heute Abend Professor Tucci, der Bildungsminister in den frühen Tagen des Faschismus gewesen, aber seither in Ungnade gefallen war. Schwalbach war auch da, ein Wiener Dichter und Dramatiker, den ich schon früher getroffen hatte, sowie ein Arzt aus Bozen. Der Arzt aus Bozen hatte Rosika behandelt, als sie krank wurde, und war ein wenig in sie verliebt. Er hatte ein Glasauge; ich glaube, sein linkes. Sobald man ihn kennenlernte, erzählte er einem, dass er keineswegs ein Kriegsversehrter sei, sondern das Auge beim sorglosen Umgang mit einer Gonokokkus-Kultur verloren habe.

Ebenfalls anwesend war ein hoher Beamter des Propagandaministeriums. Pucher lud ihn nur deshalb ein, um sich mit den Autoritäten gutzustellen. Ein erstaunlich gutaussehender Mann, eben aus Abessinien zurückgekehrt.

Wir saßen im Salon und warteten, dass man das Dinner servierte. Frau Pucher ließ Zigaretten anbieten. Schwalbach nannte sie »Meine Gönnerin!« oder »Unsere liebenswürdige Gastgeberin!« Er meinte das völlig ernst. Er war ein ziemlich berühmter Dichter.

Pucher trug ein herrliches Seidenhemd, und ich sah ihn zum ersten Mal ohne Weste.

Schwalbach sagte: »Unser Wien ist schöner denn je.«

»Ach«, seufzte Frau Pucher. »Ich sehne mich so sehr nach Wien. Aber natürlich kann man sich eine so lange Reise nicht mehr als einmal im Jahr leisten.«

»Wie geht die Arbeit voran?«, fragte mich Pucher. »Möchten Sie die Kinder sehen, bevor sie zu Bett gehen?«

Rosika saß zwischen dem Arzt namens Baracchi und dem Kerl vom Ministerium. Er hieß Loria. Tucci wirkte gelangweilt, weil es keine Drinks gab.

»Oh, ja!«, sagte ich und nahm Puchers Arm. »Gerne.« Ich mochte Pucher. Im Korridor erzählte ich ihm: »Sie haben mich gefeuert. Ich muss als Freischaffender ganz neu anfangen.«

Er zeigte ein wenig Bedauern, aber keine Verwunderung. »Sie stehen nicht gut da. Weiß Gott, was die nächsten Monate bringen.«

»Was meinen Sie?«

»Ich wollte nur sagen ... Aber bitte ganz unter uns ... Ich meine ...« er schien zu zögern.

»Ich bin fertig mit der *Presse*. Keine Angst. Nur weiter.«

»Bei uns steht ein freundschaftliches Abkommen mit Hitler kurz bevor. Es ist wegen der Touristen aus Deutschland. Wir können ohne die deutschen Touristen nicht überleben und die *Presse* nicht ohne Deutschland.«

»Das bedeutet Kapitulation vor Hitler, nicht wahr?« Pucher zuckte die Schultern. »Auf lange Sicht bleibt nicht viel anderes übrig. Unsere einzige Hoffnung ist, dass Italien keine Deutschen auf dem Brenner dulden wird.«

»Hitler kann mit Österreich machen, was er will. Wenn Österreich nicht selbst Widerstand leistet, hilft niemand. Ein freundschaftliches Abkommen! Mit Hitler!« Ich regte mich sehr auf.

»Ich sehe die Dinge nicht ganz so schwarz. Die Tatsache, dass er den Brenner nicht schon eingenommen hat, obwohl Italien in Abessinien gerade hinreichend abgelenkt ist, deutet darauf hin, dass er wahrscheinlich noch von einer langen Wartezeit ausgeht.«

»Während diese Kinder groß werden?«, fragte ich. Ich trat an das erste der Kinderbetten. Puchers zwei Buben waren dick, blond und freundlich. Sie waren vier und sechs Jahre alt und krähten vergnügt über diesen unerwarteten Abendbesuch. Sie zeigten bereits die geselligen Umgangsformen ihrer Eltern. »Hallo Kinder!«, sagte ich und plauderte ein wenig in kindlichem Ton.

Wir hatten Fischmayonnaise auf Muschelschalen, dann Geflügel mit Salat und zu guter Letzt eine echte Wiener Mehlspeise, an der Tucci sich besonders gütlich tat. Frau Pucher wirkte sehr geschmeichelt. Aus patriotischen Gründen musste man sauren Wein aus Gumpoldskirchen trinken, und erst zur Mehlspeise gab es Wein aus den Castelli Romani. Rosika amüsierte sich köstlich und war in Hochform. Pucher sprach einen Toast auf die österreichisch-italienische Freundschaft. Zum Kaffee kehrten wir zurück in den Salon. Wir saßen oder standen herum. Frau Pucher und Rosika bildeten eine Damengruppe, und ich konnte hören, wie sie über die Deutschen im Allgemeinen und Hesmert im Besonderen sprachen.

»Ich warne Sie, Frau Boldt«, lachte Frau Pucher. »Jeder konnte sehen, dass er Feuer gefangen hat.« Pucher ging zu ihnen und sagte zu seiner Frau: »Wir müssen das Beste aus der Zeit machen, die uns bleibt. Unsere lieben Freunde verlassen uns bald. Hör zu. Für Morgen schlage ich Ostia vor. Schwimmen und Baden.«

»Herrlich!«, rief Rosika. »Noch einmal schwimmen. Schwimmen ist das Schönste auf der Welt. Was meinen Sie, Major?« Sie sprach Loria mit seinem militärischen Rang an, obwohl er keine Uniform trug.

»Ich reite lieber«, sagte Loria.

»Nun ... Wohin wollen Sie denn reisen?«, fragte mich Frau Pucher. Ich hatte schon ein paar Drinks, also versuchte ich witzig zu sein, zuckte die Schultern und sagte: »Wer weiß? Vielleicht in Richtung Tod.« Der Schnaps führte mich zu Tucci. Er saß dick und rot auf einem Stuhl, der viel zu klein für ihn war, und summte irgendeine Opernarie.

»Haben Sie Interesse an Kunst?«, fragte ich ihn. »Ich bin selbst Künstler. Ich heiße Boldt.«

Er hob sein Glas. »Lang lebe die Kunst! Doch dieser verdammte Staat schert sich nicht im Geringsten darum.«

»Seltsam, dass Sie das sagen!«, sagte ich. »Man liest doch überall, wie viel der Faschismus für die Kunst tut.«

»Nicht das Richtige, nie das Richtige, mein junger Freund. Aber womöglich sind Sie Journalist und möchten mich interviewen? Ich habe nichts gesagt, gar nichts. Lang lebe der *Duce*! Lang lebe die Revolution!«

»War es denn eine Revolution? Ich wollte schon immer wissen, ob man so etwas Revolution nennt.«

»Wenn bei einer Revolution eine Klasse abdankt und eine andere sie ersetzt, dann war es eine echte Revolution. Man betrachte nur einmal die Wohnungsfrage. Ich persönlich wohne im Haus des Flüchtlings Salvucci. All die Häuser und Villen auf unserem Hügel haben früher antifaschistischen Journalisten gehört. Wenn das keine Revolution ist!«

»*Ôte-toi que je me mette?* Ist das alles?«

»Das ist alles. Und *Giovinezza*.«

Am anderen Ende des Zimmers sagte Schwalbach: »Dr. Pucher, Sie wissen, was Sie uns versprochen haben?« Er drohte scherzhaft mit dem Finger und küsste die Hand unserer liebenswürdigen Gastgeberin.

»Was hat er uns denn versprochen?«, fragte ich Baracchi im Flüsterton. Rosika lachte und runzelte die Stirn. »Trink nicht so viel, Moio!«, rief sie, und alle lachten mit ihr.

»Professor Tucci passt auf mich auf«, sagte ich.

Pucher las also fast eine Stunde lang aus seiner Verstragödie *Dubarry* vor, die während der Französischen Revolution spielte. Wenn er eine Pause machte, konnte man das Wasser in den Brunnen vor dem Haus plätschern hören. Tucci schlief ein, ohne allzu lästig zu fallen. Alle applaudierten Pucher, als er zu Ende gelesen hatte, am lautesten Schwalbach, der angeblich ein Experte war. Er war ganz begeistert von dem Stück.

»Großartig! Vorzüglich! Es muss einfach auf die Bühne kommen!«, rief er mehrmals und küsste weiterhin die Hand der Frau des Dramatikers. Pucher kam zu mir herüber. Mehr Drinks wurden serviert. »Was halten Sie davon?«, fragte er mich schüchtern. Ich mochte ihn wirklich sehr. Er hatte seine Verse so schön vorgetragen. »Niemand will es herausbringen«, jammerte er.

»Niemand will es herausbringen«, wiederholte ich. »Schade. Heutzutage kann einfach niemand mehr so schreiben.«

»Wie meinen Sie das?«

»Die Zeiten haben sich geändert. Sie sind direkter. Keine Abschweifungen. Ich habe das schon vor Langem gelernt. Ich habe damit aufgehört, irgendetwas Ernstes zu schreiben.«

Frau Pucher sagte: »Dr. Boldt, Sie haben selbst etwas über die Französische Revolution geschrieben, nicht wahr?«

Alle starrten mich an. Ich sagte: »Ja. *Die Amazone.*« Rosika fühlte sich ausnahmsweise wie ein Fisch im Wasser. Sie stand auf und gesellte sich zu mir. Sie sagte: »Ja. Und ich habe es im *Pester Lloyd* rezensiert. Es war eine wohlwollende Rezension, nicht wahr, Moio?«

Wieder lachten alle. Aber nun richteten sich ihre Blicke auf sie. »Oh, Frau Boldt, Sie schreiben auch?«, fragte Loria und sah ihr tief in die Augen. »Sie sind ja wirklich eine vielseitige junge Frau!«

Es lief immer auf dasselbe hinaus.

Professor Tucci musste gehen und nahm uns in seinem Wagen mit. Er hatte einen Chauffeur in Livree, der nach Knoblauch roch. Zuhause schliefen wir sofort ein.

Am nächsten Tag ging ich zur Bank und hob mein Honorar für die zweite Junihälfte ab. Dann spazierte ich zum Institut, um meine Sachen zu packen und auf Wiedersehen zu sagen. Rosika räumte zu Hause ein wenig auf. Sie sagte, sie würde mich um drei Uhr abholen. Wir hatten uns alle geeinigt, nach Ostia zu fahren. Der Himmel war wolkenlos. Bis acht Uhr abends herrschte Tageslicht.

Wir hatten auch vereinbart, die Stadt am nächsten Dienstag zu verlassen, aber nicht ausführlich darüber gesprochen, wo wir hinwollten. Rosika hatte auf jeden Fall ihre Sommerkleider für einen Aufenthalt irgendwo im Süden herausgesucht.

Ich sorgte bei meinen Papieren und Büchern für eine gewisse Ordnung, stellte alle Werke, die ich für meine Geschichte verwendet hatte, zurück ins Regal und spitzte noch einmal meine Bleistifte. Da ich davon ausging, dass Rosika sowieso nicht pünktlich erscheinen würde, begann ich ein etwas langatmiges Gespräch mit Dr. Riegler, dem Bibliothekar. »Sind Sie gut vorangekommen?«, fragte er mich. »Schade, dass wir einen unserer besten Leser verlieren. Aber im Juli schließen wir sowieso.«

»Ich möchte mich jetzt richtig ans Werk machen«, sagte ich. »Bislang habe ich nur Zweitklassiges vorgelegt. Ich sollte mich lieber noch von Professor Marius verabschieden.«

Die Eingangstür öffnete sich, und Hesmert trat ein. Er sagte Hallo, ich erwiderte den Gruß überaus freundlich und wir gaben uns die Hand. Er trug abermals einen Stapel Mappen oder Fotografien unter dem Arm. Aus dem Stapel ragten einige größere Papiere heraus. Ich konnte sehr gut erkennen, dass sie mit roter Schrift bedeckt waren und ausschließlich aus Namenslisten bestanden. Damals achtete ich nicht sonderlich darauf.

»Sie müssen mich entschuldigen, aber ich habe es sehr eilig.« Sein Benehmen kam mir ziemlich arrogant vor, als er Dr. Riegler ansprach, der gewiss älter als auch erfahrener war. »Ist Professor Marius da?«

»Wenn ich bitten darf«, sagte Riegler spitz und musterte ihn kurz.

»Oh, die Fotos!«, sagte ich.

»Ja, natürlich, die Fotos«, sagte Hesmert. Er klopfte und verschwand durch die Tür.

»Ein sehr vielseitiger junger Mann!«, sagte ich.

»Sehr vielseitig!«

Ich wartete an meinem Schreibtisch ein Weilchen auf Rosika. Sie kam eine Viertelstunde zu spät. Hesmert war schon ebenso lang bei Marius in dem anderen Zimmer.

»Da bist du ja«, sagte ich, als Rosika eintraf. »Na schön, ich verabschiede mich ein andermal von Marius. Es ist noch genug Zeit.«

»Pst!«, sagte ein junges Mädchen, das neben mir saß und in einem Folianten mit Farbfotografien las. In der Bibliothek war Reden tatsächlich untersagt. Doch hinter der Tür, durch die Hesmert verschwunden war, hörte man eine heftige Auseinandersetzung. Riegler schien sich daran zu stören und machte einen Schritt in Richtung Tür. Rosika stand neben meinem Tisch, und ich konnte sehen, wie sie die Ohren spitzte. Sie trug ihren kürzesten Rock und eine künstliche Blume im Knopfloch.

Wir gingen die Treppe hinunter. Im Vestibül sagte ich: »Du warst so lange weg, dass wir lieber ein Taxi nehmen, sonst verpassen wir den Zug.«

»Kecz kommt auch mit. Ich hoffe, die Puchers haben nichts dagegen.«

»Bestimmt nicht. Haben sie nie.«

»Bist du sicher?«

Jetzt merkte sie, dass sie ihre Handschuhe im Lesesaal vergessen hatte. »Ich hol sie dir«, sagte ich.

»Nein!«, sie war schneller als ich. Ich setzte mich in einen der Lehnstühle. Neben mir hatten zwei jüngere Mitglieder des Instituts ein kleines Techtelmechtel. Dieses Mädchen hatte auch ihren Badeanzug dabei, so wie Rosika. Heute schien jedermann schwimmen zu gehen. Ich hoffte nur, dass es im Zug nicht zu heiß war. Ich freute mich ebenfalls aufs Schwimmen, falls man das, was ich im Wasser anstellte, so nennen konnte. Ich hörte Rosikas Stimme aus dem Korridor im ersten Stock. Sie kam mit Hesmert die Treppe herunter. Hesmerts Gesicht war dunkelrot angelaufen, und als er vor mir stand, taumelte er wieder ein bisschen, genau so wie an jenem Tag vor dem Aliciaro. Ich hielt ihn am Arm fest.

»Oho!«, sagte ich. »Ist Ihnen wieder übel?«

Rosika brach in Gelächter aus. »Ha! Ha! Ha! Ihnen scheint immer übel zu werden, wenn Sie mir begegnen.«

»Nichts, gar nichts!«, sagte Hesmert. »Ich hatte zufällig gerade ein hitziges Gespräch mit Professor Marius.«

»Wir müssen uns trotzdem beeilen.«

»Moio, Dr. Hesmert begleitet uns. Ich habe ihn eben gefragt. Er wollte gerade irgendwohin schwimmen gehen. Hast du nicht gesagt, die Puchers hätten nichts dagegen?«

»Die Puchers haben bestimmt nichts dagegen. Schön, dass Sie uns begleiten, Dr. Hesmert. Es wird Ihnen guttun.«

Wir nahmen ein Taxi, doch als wir am Bahnhof am anderen Ende von Rom ankamen, stellten wir fest, dass wir den Zug knapp verpasst hatten. Die Puchers waren abgefahren, aber Kecz wartete auf uns. Er überbrachte die Nachricht, es habe ihnen furchtbar leidgetan, aber sie hätten wegen der Kinder aufbrechen müssen.

»Der nächste Zug fährt in einer halben Stunde, Rosika«, sagte Kecz. Er schüttelte den Kopf. Es war so warm, dass es am besten schien, im Warteraum des neuen Bahnhofs zu bleiben, der kühl und bequem war.

»Ich möchte ein Eis!«, sagte Rosika, und Hesmert begann, nach einem Eisstand zu suchen.

»Ich gehe mit Kecz auf die andere Straßenseite, auf eine *orzata*«, sagte ich. »So viel ich weiß, gibt es in italienischen Bahnhöfen keine *orzata*. Freilich nur, wenn Kecz mitkommen möchte.«

»Mein halbes Königreich für eine *orzata*!«

Hesmert kehrte mit zwei Eisbechern zurück, zwei Kugeln Vanille und zwei Himbeere. »Nein danke!«, sagte ich. »Ich esse nie Eiscreme. Davon bekomme ich Zahnweh.«

»Ich nehme Ihres, Moio!«

»Gehen wir irgendwohin, wo es kühler ist.«

»Wie viel schulde ich Ihnen?«, fragte Kecz und nahm sein Eis. Hesmert antwortete nicht und ging voraus in den Warteraum erster Klasse, ohne auf Rosika zu warten; wir hatten schließlich nur Fahrkarten zweiter Klasse.

Rosika folgte ihm. Sie holte ihn an der Tür ein.

Wir beide, Kecz und ich, fanden eine zweitklassige Kneipe genau gegenüber dem Bahnhof. Ich bestellte zwei *Americani* mit viel Eis, dann nochmals zwei und dann zwei trockene Wermuts. Kecz hielt immer noch sein Eis in der Hand, und es schmolz über den ganzen Becherrand.

Das ärgerte mich. »Gestatten Sie«, sagte ich und gab das restliche Eis dem großen Hund, der durch die leere Bar streifte. »Dr. Hesmert ist reich genug, um Hunde mit Eiscreme zu füttern.«

»Sie sollten nicht so eifersüchtig auf Rosika sein wie eben«, sagte Kecz unvermittelt.

»Ich kann diesen Hesmert nicht leiden.«

»Das kann niemand. So sind die Deutschen. Ein großes und widerwärtiges Volk.«

»Ich liebe die Deutschen!«, schrie ich. »Was stimmt nicht mit den Deutschen? Die Nation von Goethe und Nietzsche.«

»Genau! Nietzsche! Was wusste Nietzsche über das antike Griechenland? Nichts! Und jetzt machen die Nazis einen Gott aus ihm.«

»Unrechtmäßig!«

»Völlig rechtmäßig! Derjenige, den man falsch versteht, ist dafür verantwortlich.«

»Nicht Nietzsche. Ich liebe Nietzsche.«

»Wen lieben Sie sonst noch? Ihre drohenden Augen sagen, dass Sie eher eine Menge Dinge zu hassen scheinen.«

»Ich liebe Rosika!«, schrie ich noch lauter.

»Jeder liebt Rosika. Ich habe sie selbst geliebt.«

Ich bestellte den vierten *Americano*. Ich sah auf meine Uhr, wir waren nicht länger als zehn Minuten fort. Bestimmt waren inzwischen andere Leute in diesem Warteraum. In Rom gab es keine leeren Warteräume. Hier war es jedoch viel kühler, mit Wermut und *Americano*, mit meinem lieben Freund aus Ungarn, der das antike Griechenland liebte und außerdem Rosika.

»Hatte Rosika viele Freunde, bevor sie heiratete?«, fragte ich Kecz.

Er zuckte die Schultern. »Nicht mehr als sieben oder acht.« Er kicherte. Ich sprang auf und packte seine Krawatte.

»Machen Sie sich nicht lächerlich ... Sind Sie verrückt ... es war nur ein Scherz. Und Sie wollen ein Mann mit der philosophischen Einstellung der alten Griechen sein!«

»Lang lebe das alte Griechenland! Darauf trinken wir!«

»Lange lebe das alte Griechenland! Die Christen haben die Eifersucht erfunden.«

»Für Sie ist das Christentum immer an allem schuld!«

»An allem!«

»Auch am Faschismus?«

»Auch am Faschismus.«

Auf der Straße spielte eine Drehorgel *»Sul mare lucido ...«* Ich hatte Tränen in den Augen.

»Ich liebe Italien auch. *Haec est Italia diis sacra!*«

»Sie sollten Italien trotzdem verlassen. Rom vergiftet Ihren Verstand. Rosika sagte mir, ihr würdet bald abreisen. Wie wäre es, einmal einen Blick auf das Original zuwerfen? Warum nicht nach Griechenland fahren? In Griechenland weht nie ein so erstickender Schirokko. Die Luft ist reiner ...«

Nun verlor ich den letzten Halt. In meinem Herzen explodierte etwas wie eine Granate. Ich war erfüllt von verrückten, verzweifelten und wilden Entschlüssen. Ich wollte auf der Stelle zugrunde gehen, mein ganzes Geld in vierzehn Tagen ausgeben (das dürfte sich als gar nicht so schwierig erweisen!), und dann wünschte ich mir, ich könnte zusammen mit Rosika von der Akropolis springen, in den sicheren Tod. Die ganze Welt war Dreck, ich war selbst Dreck und der Nationalsozialismus regierte die Welt, die Hesmerts regierten die Welt. Rechtschaffene Menschen würden besser leben, indem sie stürben.

Ich unterbrach Keczs Lob Griechenlands. Ich sagte: »Man hat Sie bestochen! Rosika hat Sie bestochen. Man hat Sie angewiesen, mich zu überreden, nach Griechenland zu fahren. Dann fahre ich eben nach Griechenland. Mir ist das egal. Aber wussten Sie, dass Hesmert ebenfalls nach Griechenland reist? Na schön, Sie wissen nichts, Sie sind unschuldig; na schön, ich fahre jedenfalls nach Griechenland, ins Land der Götter.«

»Bitte, beruhigen Sie sich, bitte. Sie können nicht schwimmen, wenn Sie so aufgeregt sind!«

»Sie wollten sagen ›betrunken‹, nicht wahr? Ich bin völlig nüchtern. Die Rechnung! Ich sagte, die Rechnung!«

Der Drehorgelspieler war gegangen. Der Hund lag in einer Ecke mit Hesmerts Eis im Bauch, und Rosika und Hesmert warteten am Bahnsteig, ungefähr vier Schritte voneinander entfernt. Beinahe hätten wir auch diesen Zug verpasst.

5

In Ostia gingen wir durch die Sperre, traten hinaus auf einen großen Platz, der immer noch wie der Wilde Westen aussah, rochen das Meer, betraten das *stabilimento*, wo die Bäder lagen und wo wir inmitten einer Menschenmenge vor dem Kartenschalter steckenblieben. Ich suchte nach unseren Saisonkarten, aber Hesmert erreichte den Schalter schneller als ich. Ich wurde ein paar Minuten aufgehalten und stellte fest, dass in unserem Kartenheft nur eine Karte übrig war.

»Geh voraus!«, schrie ich Rosika zu. »Ich muss noch eine Karte kaufen.« Rosika ging mit Hesmert weiter, und Kecz folgte ihnen. Ich suchte lange nach meinem Geld und hielt die ganze Schlange hinter mir auf. Ich hatte es irgendwo versteckt und konnte es nicht finden. Schließlich fand ich es. Ich streifte eine Zeitlang durch die prächtigen Korridore, aber Rosika, die schon ihren Badeanzug trug, wartete auf mich am Eingang zum Strand und nahm meinen Arm.

»Wir sollten die Puchers suchen«, sagte sie. Wir zogen zusammen los.

Der Sand war schwarz, das Meer weiß. Die Sonne strahlte am Himmel und ließ es wie Perlmutt aussehen. Man konnte die Segelboote kaum erkennen. Dampfer fuhren in einem großen Bogen, und hin und wieder kam einer näher an die Küste. Eine Kapelle spielte am Pier. Viele Kinder liefen herum, und bald fanden wir die Puchers mit ihren. Zur Linken konnte man hinter einem Drahtzaun jenen Teil des Strands ausmachen, der für Invaliden und aus Abessinien zurückgekehrte Faschisten reserviert war. Dort konnte man manch einen Krüppel sehen, der seine verletzten und heilen Glieder sonnte.

Ich legte mich in den Schatten der Badehütten und schloss die Augen. Pucher erzählte eine lustige Geschichte über seine Kinder. Im Halbschlaf konnte ich alles hören, aber wie aus weiter Ferne. Das Lachen und Plaudern und Planschen und die Rufe der Eisverkäufer vermengten sich mit dem sanften Murmeln der See zu einer schläfrigen Melodie. Das Meer war ruhig. Nicht weit von mir hingen ein paar nasse Badeanzüge über dem Holzgeländer. Es roch nach nassen Badesachen und nach dem Öl, mit dem sich die Leute einrieben, nach dem Seetang und dem Meer.

Ich hörte Hesmert mit Rosika flüstern. Ihre Stimme hörte ich nicht. Jetzt war es mir einerlei. Ich streckte mich auf dem Sand aus. Ich hielt alles für ziemlich lächerlich.

Hesmert sagte zu Rosika: »In Amerika gibt es Schönheitswettbewerbe für jeden einzelnen Körperteil. Ist das nicht absurd? So wollen sie die perfekte Frau zusammensetzen. Wie ein Puzzle, mechanisch!«

Rosika lachte und sagte etwas.

Hesmert sagte: »Erster Preis für alles. Sie sind die schönste Frau, die ich kenne.«

Ein Schatten fiel über meine Füße, die noch in der Sonne lagen. Ich begriff, dass Rosika aufgestanden war. Hesmert lag wohl immer noch auf dem Bauch. Ich hörte ihn sagen: »An erster Stelle natürlich die Beine. Und dann ... die Dinge, die man niemals erwähnt.« Rosika lachte erneut und legte sich wieder hin.

Pucher kam zu mir herüber und sagte: »Ich gehe schwimmen. Kommen Sie mit, Doktor?« Ich stellte mich schlafend.

»Sie sind verrückt!«, hörte ich Rosika sagen. Sie hatte aufgehört zu lachen. Ich wünschte, ich könnte aufstehen, doch das Meer, der Tang und die Badeanzüge rochen zu gut. »Glauben Sie wirklich, uns ungarische Frauen kann man so leicht herumkriegen? Auf Wiedersehen, mein Freund!«

Rosika lag nun neben mir im Schatten und berührte meine Wange mit ihrem Finger. Hesmert stand rechts von ihr und ließ etwas Sand auf meine Schenkel fallen.

»Lassen Sie ihn in Ruhe«, sagte Hesmert. »Er schläft.« Er sprach in einem fast zärtlichen Ton. »Sie behandeln ihn nicht gut genug. Sie sollten ihn viel besser behandeln.«

»Er tut nur so, als ob er schläft.« Rosika warf sich auf mich und streichelte mein Gesicht mit ihrem Haar. »Moio!«

Durch die halb geschlossenen Lider konnte ich sehen, dass Hesmert sich umgedreht hatte und jemanden grüßte, der in der Sonne vorbeiging. »Entschuldigen Sie mich einen Moment!«, sagte er zu Rosika und ließ sie allein. Ich kroch hinaus in die Sonne. Pucher und seine Frau kamen Hand in Hand vom Wasser zurück und beugten sich vor.

»Es ist schön und warm«, sagte Frau Pucher. »Hat Dr. Boldt gut geschlafen?«

»Dieser junge Herr hatte nach dem Essen ein Gläschen zu viel«, sagte Rosika geringschätzig.

»Keineswegs!«, sagte Kecz, der sich unserer Gruppe anschloss. »Keineswegs! Wir hatten nur Sirup.«

»Ich möchte Süßigkeiten und Nüsse von der Frau dort drüben, aber etwas Hübsches. Bitte, Moio!«

Ich regte mich nicht. Ich sagte: »Ja. Oh ja, natürlich.« Aber ich ging langsam hinaus in das pralle Sonnenlicht und sah nach Puchers Kindern. Sie waren winzige Punkte am Horizont, fischten nach Krabben und Quallen, die das Meer ausgespuckt hatte. Die rosa Quallen lösten sich auf dem Trockenen in nichts auf. Doch im Wasser stachen sie einen, wenn sie die Haut berührten.

Kecz und Pucher kehrten zurück, ein jeder mit kandierten Früchten. Pucher hatte kandierte Weintrauben an einem Spieß, Kecz kandierte Feigen.

»Wir sind den Früchten nachgejagt«, sagte Kecz. »Bitteschön, meine Liebe«, sagte Pucher. Aus einem Strohkorb, den er hinter seinem Rücken versteckt hatte, verteilte er eine weitere Handvoll kandierter Früchte an seine Familie. Die Kinder ließen die Früchte in den Sand fallen, und im Nu war alles klebrig. Hände, Sand und ihre kleinen, sonnenverbrannten Gesichter waren völlig verschmiert.

Ich lachte. Ich half Frau Pucher, die Kinder zu säubern. Rosika lachte ebenfalls.

Ich setzte mich neben sie. »Siehst du«, sagte sie, »ich kann meine Früchte ebenso gut ohne dich bekommen.«

»Aber wo ist Hesmert?«, fragte ich. Ich spielte den Ahnungslosen.

»Er scheint einige Freunde getroffen zu haben«, sagte Frau Pucher. Rosika legte sich auf den Rücken.

»Ich will schwimmen!«, sagte sie.

»Wir machen einen kleinen Spaziergang«, sagte Pucher. »Ich bin hungrig nach dem Schwimmen. Sie haben

dort drüben eine vorzügliche Erfrischungsbar. Bier, Dr.
Boldt, *Birra Spiess*!«

»Ich bleibe bei den Kindern«, sagte ich.

»Oh, das ist sehr freundlich von Ihnen«, sagte Frau
Pucher. »Aber machen sie sich bloß keine Umstände. Sie
kümmern sich um sich selbst.«

Rosika schmollte: »Wie lange muss ich noch auf meine
Schwimmrunde warten?«

»Nur ein Weilchen«, sagte ich. »Ich hoffe, dein Hesmert
ist bald zurück.«

»Willst du denn gar nicht schwimmen, alter Faul-
pelz?«

»Ich dachte, du schwimmst nicht gern mit mir.«

»Nein. Solange du mit den Füßen am Boden bleibst, gefällt es mir nicht.«

»Aber Schatz, du kennst mich doch gut genug, oder?«

»Ja, ich kenne dich gut genug«, sagte sie. Ich fühlte
mich gekränkt. Sie aß schweigend ihre kandierten Feigen.
Kecz kam vorbei und schrie: »Wundervoll! Herrlich!«, und
verschwand wieder. Er meinte das Meer. Rosika winkte,
während sie die Feige aß.

»Er schwimmt noch schlechter als du!«, sagte sie geringschätzig. Ich gähnte und drehte mich auf die andere
Seite. »Langweilst du dich?«, fragte Rosika. »Vielleicht
denkst du, dass Ehe nur aus Langeweile besteht? Du bist
mittlerweile ein echter Ehemann geworden. Langweilig,
gelangweilt und eifersüchtig.«

»Natürlich langweile ich mich. Für mich ist Langeweile
schön. Ich gehe ein Bier trinken.«

»Du lässt mich allein?«

»Es ist nicht meine Schuld, wenn dein Verehrer dich
sitzenlässt«, scherzte ich. Eigentlich war ich Hesmert jetzt
dankbar. Ein feiner Kerl. Er machte sich gewiss nicht wirklich etwas aus Rosika.

»Du musst nicht gleich albern werden, nur weil Hesmert ein paar alte Freunde getroffen hat. Er kennt hunderte Leute in Rom. Du benimmst dich abscheulich.«

»Aber Rosika«, sagte ich und streichelte ihre Schulter. »Ich will doch nur, dass du dich amüsierst. Ich hasse ernste Komplikationen, wenn man andere und wichtigere Dinge im Kopf hat.« Das war gelogen. Ich liebte ernste Komplikationen. Aber ich wollte es mir nicht eingestehen.

Sie sagte: »Du glaubst wohl, ich bin in ihn verliebt?«

»Nein«, sagte ich. »Ich bin sicher, du bist kalt wie Marmor. Aber er ist bis über beide Ohren in dich verliebt.«

Rosika saß da, mit den Armen um ihre Knie. Hesmert kehrte zurück, zog sie an der Hand hoch und lief mit ihr hinunter zum Wasser. Ich konnte sehen, wie sie sich nebeneinander in die Wellen stürzten. Ich stand auf, sah nach den Kindern und sagte Heidi, dem Älteren, dass ich jetzt baden ginge. Er nickte ernst und legte den rechten Arm um die Schulter seines jüngeren Bruders. Ich warf mich ins Wasser, fühlte die Kälte meine sonnengewärmte Haut umfangen, schwamm weiter und hielt an, als ich die unsichtbare Trennlinie zwischen dem tiefen und seichten Wasser erreichte. Seit ich vor ungefähr fünfzehn Jahren in der Donau gegenüber Ottenschlag beinahe ertrunken wäre, litt ich unter der seltsamen Hemmung, nicht in tiefem Wasser schwimmen zu können. Ich mogelte hier so wie üblich, aber Rosika kannte meine Schwäche. Trudi hatte sie auch gekannt, doch sie war selbst eine schlechte Schwimmerin gewesen, und wir hatten nicht viele Gelegenheiten für lange Badeausflüge gehabt, als wir so knapp bei Kasse waren. Rosika konnte jedoch vorzüglich schwimmen.

Ich sah, wie sie mit Hesmert weit hinaus schwamm. Man konnte nur ihre Köpfe erkennen. Ich wusste, dass sie Hesmert inzwischen bestimmt von meiner Schwäche erzählt hatte. Ich sah ihre Köpfe nebeneinander und wie

Hesmert seinen Arm aus dem Wasser streckte. Ich gab vor, ihn nicht zu sehen, und kehrte zurück zum Strand. Die Puchers standen in ihren langen Bademänteln neben ihren Kindern und winkten ebenfalls.

Ich war fuchsteufelswild. Wann immer ich jener unsichtbaren Linie im Wasser näherkam, spürte ich eine Hand, die mich nach unten zog, nach unten. Meine Bewegungen wurden hektisch. Ich kam nicht voran. Hesmert schwamm näher an mich heran. Ich hörte seine Stimme über den Wellen: »Kommen Sie hierher, Doktor, hierher! Ich stehe so fest wie ein Pfosten! Ich bin ein Hafen für die Schiffbrüchigen.«

Ich konnte sein Gesicht nicht genau sehen. Die Sonne stand direkt hinter ihm, ziemlich tief. Ich konnte weder Hohn noch Mitleid in seiner Stimme entdecken. Ich sah seinen Arm. Wahrscheinlich stand er doch auf festem Grund. Der Strand von Ostia war also viel seichter als ich gedacht hatte. Rosika war zurückgeschwommen. Ich hielt geradewegs auf Hesmert zu. Ich gab vor, nicht zu bemerken, dass er sich immer weiter zurückzog. Der Abstand zwischen uns blieb derselbe. Ich wusste, dass ich bereits seit langem in tiefem Wasser schwamm. Schließlich erreichte ich ihn. Wir schwammen nebeneinander zurück. Er sagte kein Wort und sah mich nicht einmal an. Ich war ihm dankbar. Nicht einmal Trudi, von Rosika ganz zu schweigen, war auf eine so einfache Idee gekommen.

Tropfnass näherten wir uns den anderen. Ich sagte: »Vielen Dank, Dr. Hesmert!« Ich gab ihm die Hand. Er wusste nur zu gut, was es bedeutete, und erwiderte den Handschlag. Er sah mir ins Gesicht. Nun wusste ich, welche Richtung meine Gefühle für ihn eingeschlagen hatten. Ich mochte ihn. Er hatte mich geheilt.

»Bravo, Moio!«, rief Rosika. »Haben Sie das gesehen, Dr. Pucher; haben Sie gesehen, Kecz, wie weit hinaus er geschwommen ist? Oh, ich bin so glücklich, Moio. Unser lieber Dr. Hesmert hat ...«

»Ich habe gar nichts getan. Bitte schweigen Sie!«, sagte Hesmert beinahe grob, und ich mochte ihn noch mehr.

Ich legte meinen Finger an die Lippen. »Er hat das Richtige getan. Danke.«

»Jetzt sind es zwei, die mich anschreien!«, sagte Rosika. Frau Pucher kicherte ein wenig boshaft.

»Geh vor und zieh dich an!«, sagte ich. »Damen haben den Vortritt!«

»Ich gehe duschen!«, rief Rosika und lief eilends davon.

»Verlaufen Sie sich nicht wieder!«, rief Pucher ihr hinterher. Wir Männer gingen am Strand entlang. Alle vier nebeneinander. Ich war in Hochstimmung, da ich jetzt so gut schwimmen konnte. An solch einem Abend, kühl und mild, wurden meine ganze Ausbildung, meine ganze Vergangenheit, Ottenschlag und »Kilian«, beide übermütig und voller Aufregungen, bedeutungslos. Ich hatte diese Phase hinter mich gebracht. Ich rauchte eine Zigarette mit anderen Männern. Es war schön, mit Männern zusammen zu sein. Männer – keine Parteimitglieder. Auch keine Frauen. Ich nahm Hesmerts Arm. Ich sagte: »Vielleicht gehen wir wirklich mit Ihnen nach Griechenland.«

»Oh, das wäre wunderbar!«, sagte Hesmert. Kecz warf mir einen langen, vorwurfsvollen Blick zu. Die Sonne schien blutrot, die Kinder wurden zurück in die Badehütten gescheucht, die Soldaten nebenan waren schon gegangen, die Segel waren von mannigfaltigen Farben durchdrungen, die Abendwolken lösten sich auf, die Aufseher des *stabilimento* ließen ihre Schlüssel klimpern. Hesmert sprang auf, Kecz steuerte langsam auf die Erfrischungsbar zu. Pucher rauchte mit mir seine Zigarette zu Ende.

»Wie lange wird dieser Frieden noch anhalten?«, seufzte er. »Ich beneide Sie oft, Doktor. So frei, so sorglos.«

»Er wird noch lange andauern. Wir hatten diesen Krieg in Abessinien und haben hier viel weniger davon mitbekommen als die Börsenspekulanten in der Londoner City.«

»Sie sind heute sehr optimistisch. Gestern Abend haben Sie eine ganz andere Meinung vertreten.«

»Gestern war ein anderer Tag«, sagte ich. »Gestern habe ich nämlich ungerecht über Ihr Stück geurteilt.«

Pucher lachte glücklich. Jeder sollte glücklich sein. Es gab nichts Traurigeres und gleichzeitig so Tröstliches wie einen Sommerabend an den Küsten des Mittelmeeres.

»Ach ja? Sie glauben also, dass ich schreiben kann? Lieber Doktor Boldt, ich habe seit Jahren eine Idee. Ich würde gern über das Leben des heiligen Petrus schreiben.«

Wir zogen uns an. Da die Frauen immer noch auf sich warten ließen, tranken wir ein Bier an der Erfrischungsbar. Hesmert erschien, und Pucher hörte auf, über Petrus zu sprechen. Hesmert sah noch besser aus als sonst. Er schien vergessen zu haben, die Schnürsenkel an seinem rechten Schuh zuzubinden, und ich wies ihn darauf hin. Er schwieg und stellte seinen Fuß auf einen Hocker. Er band seine Schnürsenkel. Ich fragte ihn nach seinen anderen Freunden, und er antwortete stockend.

Ich legte ihm eine Hand auf die Schulter. »Seien Sie nicht albern«, flüsterte ich in sein Ohr. »Das ist es nicht wert.«

»Was?«, fragte er zurück. Kecz trank bereits sein viertes Bier. Wir hatten schrecklichen Sonnenbrand. Endlich erschienen die Frauen. Rosika war wirklich sehr hübsch. Sie trug eine Halskette aus roten Korallen. Sie wirbelte ihren Badeanzug herum wie eine Studentin auf Urlaub. Sie nahm meinen Arm.

»Gehen wir doch alle zu Michele essen!«, sagte ich.

»Wir müssen die Kinder nach Hause bringen«, sagte Frau Pucher. Ihr Mann trug den jüngeren Buben. Er war fast schon eingeschlafen. Rosika streichelte ihn und sah mich dabei an.

»Ein süßer Bub«, sagte ich.

Wir stiegen in den Zug. Diesmal hatten wir alle Karten erster Klasse. Im Abteil waren wir unter uns. Draußen bedeckte giftiger Nebel die Campagna. Die Farben waren Grau, Blau, Grün und Gelb wie Schwefel, zerronnen jedoch ineinander. Eine Zisterne oder ein antikes Aquädukt ragte über die wolkige Luftschicht wie die Überreste eines versunkenen Kontinents. Die Sonne hatte uns verlassen.

Niemand sagte ein Wort. »Das ist der Schirokko!«, sagte Kecz und deutete nach draußen. »In Griechenland gibt es keinen Schirokko.«

»Ich weiß, ich weiß«, sagte Rosika. Ihre Augen wirkten müde.

»Also fahren wir nach Griechenland!«, sagte ich laut. Ich musterte Rosika. »Bravo!«, sagte Hesmert. Er war nicht länger durcheinander. »Bravo! Fahren wir, alle zusammen.«

In Rom, an der Endstation, wurden Rosika und ich durch die Menge von den anderen getrennt. Wir kamen nur schrittweise voran. Rosika flüsterte: »Mir ist etwas sehr Peinliches passiert. Ich erzähle es dir, wenn du versprichst, nicht wieder eifersüchtig zu werden. Du bist ein vernünftiger Moio, nicht wahr?«

»Versprochen«, sagte ich.

»Im *stabilimento* habe ich mich irgendwie zwischen den Herrenduschen verlaufen. Das ist die verdammte Schlamperei in diesen faschistischen Einrichtungen! Und dann kam jemand herein, als ich unter der Dusche stand, und ich glaube immer noch, dass es Hesmert war.«

»Hat er darüber gesprochen?«

»Nein! Was glaubst du denn? Ich habe ihm klargemacht, dass er mich nicht so behandeln kann. Aber seitdem benimmt er sich seltsam.«

»Unsinn. Deine Schönheit hat ihn wohl verwirrt.«

»Man kann mit dir nicht über irgendetwas Ernstes sprechen.«

»Nein. Kann man wahrscheinlich nicht.«

6

Michele war ein etwas kleineres Gasthaus als das berühmte Isidoro um die Ecke, aber größer als das Aliciaro. Wie in all den Gasthäusern im alten Judenviertel von Rom waren Artischocken die Spezialität. Irgendwie gelangten sie zu jeder Jahreszeit an Artischocken. Man kochte sie *alla Giudia*, das heißt mit viel Öl und gerösteten Brotrinden. Auch der Wein war vorzüglich.

Im Winter saß man auf Bänken und Sesseln entlang den Wänden rings um den Küchenbereich; im Sommer draußen im Hof nebenan. Der Hof wurde von einer Straßenlaterne beleuchtet, deshalb kostete die Beleuchtung nichts.

Das Lokal war voll besetzt. Wir mussten uns mit einem Tisch zwischen dem Kücheneingang und dem Hof begnügen, wobei unsere Sessel im Hof standen. An der Wand gegenüber hingen zwei riesige Plakate, eines mit Marlene Dietrich in Seidenstrümpfen, das andere mit Werbung für eine bekannte Kosmetikfirma – ein Mädchen, noch nicht ganz erwachsen, das mit struppigem Haar auf einer Puderquaste herumschwamm. Darunter die Worte: *cipria si-vi-emme.*

»Aber heute trinken Sie ein Gläschen?«, fragte ich Hesmert, während ich bestellte. Ich bestellte Artischocken für uns vier. Rosika sagte, sie sei hungrig nach dem Schwimmen. Ich bestellte zwei Portionen junges Lamm.

»Das Lamm wird sowieso nicht mehr ganz jung sein«, sagte Kecz.

»Ich muss zugeben, dass ich Durst habe«, sagte Hesmert.

»Dann sollten Sie Wein nehmen. Zu diesen fetten Gerichten muss man einfach Wein trinken«, sagte ich. Der Wein wurde in Krügen serviert, und ich füllte die Gläser, die wie Zahnputzbecher aussahen.

»Ich fühle mich herrlich«, sagte Rosika. »Die Haut brennt, die Muskeln sind gesund, das Herz schlägt langsam. Man ist in der Stimmung, alles zu tun.«

»Ja, nichts geht über schwimmen«, sagte ich. »Zum Wohl, Hesmert!«

Die Artischocken kamen mit dem Lamm. Rosika meinte, das Besteck sei schmutzig, und ging hinein, um es austauschen zu lassen.

Kecz sagte: »Wie diese Italiener ständig eine Frau anstarren!«

»Weil sie keine Strümpfe trägt«, sagte ich.

»Hier trägt niemand Strümpfe!«

»Aber niemand hat so schöne Beine«, sagte Hesmert. Er trank sein drittes Glas.

»Tatsächlich?«, fragte Kecz und sagte etwas auf Ungarisch zu ihr. Rosika zupfte ihr Kleid ein wenig zurecht, während ihr Hals röter wurde als ihre Korallen.

»Kecz meint, man könne zu viel sehen«, sagte sie mit gerümpfter Nase. »Wie albern! Im Badeanzug sieht man viel mehr.«

Hesmert wandte den Blick ab. »Das ist schon in Ordnung, Rosika«, sagte ich. »Wir wissen alle unsere Augen zu nutzen. Denn wovon das Auge überfließt, davon spricht der Mund. Zum Wohl, Rosika!«

Einige Zeitungsjungen kamen in den Hof gelaufen und verbreiteten die neuesten Nachrichten im Gasthaus. Die Zeitungen druckten unzählige Namen, zum Teil die Namen von Helden, zum Teil von Orten. Es war gerade die

Zeit des großen Radrennens durch Italien, des *Giro d'Italia*. Ich mochte die Namen und wiederholte sie immer wieder.

Hesmert, der sich nicht von seiner Stimmung und dem Wein überwältigen lassen wollte, begann ein ernstes Gespräch mit mir. Er starrte immerzu auf das *si-vi-emme*-Plakat.

Ich lauschte seinen Worten nicht sonderlich aufmerksam. Ich schaukelte auf meinem Stuhl. Ich betrachtete Rosika.

Dann sagte ich: »Hier ist es immer wie in dem Märchen mit den Menschenfressern. Diese riesigen Bratpfannen mit Öl, die alte Frau, die wie eine Hexe aussieht, das ausverkaufte Theater und die Vorstellung in vollem Gang. Die Hauptdarstellerin trägt eine Korallenkette und hat die schönsten Beine der Truppe.« So schwelgte ich in meinen Phantasien, glücklich und geschwätzig. Die Hitze macht mich noch geschwätziger als der Wein. »Moio!«, rief Rosika. Sie warf ein Brotstückchen nach mir. Hesmert verzog das Gesicht.

Er sagte: »Doktor, Sie haben nicht zugehört!«

»Nein!«, sagte ich.

»Ich habe Sie gefragt, was Sie davon halten, nach Deutschland zurückzukehren.«

»Dort ist es zu übel.«

Ich sah, wie Hesmert zurückschreckte. Ich umarmte ihn. Er sagte: »Jetzt habe ich nicht zugehört.«

»Duzen wir uns doch!«, schlug ich vor.

»Duzen wir uns doch alle!«, rief Rosika. »Wir in Ungarn ...«

»Ich weiß, ich weiß«, sagte ich. »In Ungarn duzen sich alle. Außerdem küsst jeder jeden. Komm, Hesmert! Küss mich.«

Er lachte. Ich küsste seine Wange und spürte seine unrasierte Haut. »Er hat sich nicht rasiert!«, rief ich laut.

»Komm schon, Hesmert, jetzt musst du Rosika küssen. Sie wird dich noch mehr mögen, wenn du nicht rasiert bist.«

Rosika sagte: »Schande! Du bist schrecklich. Ich kenne all deine Tricks.«

»Schön!«, sagte ich. »Du weißt offenbar mehr als ich. Denn ich weiß nichts.«

Hesmert lehnte sich über den Tisch und küsste sie mit ziemlich spitzen Lippen. Kecz gab dem Tisch einen kleinen Stoß, und etwas Wein schwappte auf das Tischtuch. Kecz wollte es trocknen, aber ich sagte: »Ach, lassen Sie es. Es riecht so gut.«

»Wir sind keine Griechen mehr«, sagte Kecz. »Sie benehmen sich töricht. Ich dachte, Sie wären eifersüchtig.«

Rosika flüsterte Hesmert etwas zu, nicht lange, aber ungefähr drei Minuten.

»Aber ich bin trotzdem eifersüchtig. Es gibt verschiedene Formen von Eifersucht. Jedenfalls mehr, als man sich in Ihrem alten Griechenland zu träumen wagte.«

Die Teller mit den restlichen Artischocken standen an einem Ende des Tisches, das Lamm am anderen. Hesmert und Kecz aßen nichts mehr, tranken aber umso mehr. Sie beäugten einander mit unverholenem Hass. Mir kam das Ganze sehr amüsant vor. Rosika fragte Hesmert, ob er noch Hunger habe.

»Nein«, sagte Hesmert.

»Oh doch!«, sagte sie. Sie schnitt ein Stück von dem Braten ab, gab Spinat obendrauf und hielt es ihm mit ihrer Gabel hin. Er öffnete den Mund, und sie fütterte ihn. Er versuchte noch einmal, sein ernstes Gespräch zu beginnen.

»Frau Boldt sagte mir, Sie hätten vorübergehend keine Verpflichtungen. Zumindest keine bei der österreichischen Presse. Würden Sie nicht gern nach Österreich zurückkehren? In Österreich gibt es heutzutage so viel zu tun.«

»In Österreich wird es auch sehr bald übel zugehen«, sagte ich. »Fragen Sie Ihren Freund Pucher.«

»Aber haben Sie denn keine andere wichtige Arbeit?«

»Ich erzähle Ihnen nichts über mein neues Buch, oh nein!« »Moio, sei nicht albern. Jeder in Rom weiß, woran du arbeitest. Es heißt die ›Grundlage der Zerstörung‹. Es ist eine Arbeit gegen alles, das ...«

»Halt den Mund, Rosika!«, sagte ich laut, aber so betrunken war ich nun auch wieder nicht. »Wie viel Wein hast du schon intus? Außerdem hast du nicht einmal den richtigen Titel genannt.«

Ohne besonderen Grund wurde sie wütend. Sie wandte den Blick ab. »Mein Buch handelt von griechischer Musik. Zumindest eines meiner Bücher.«

»Martin ist vielseitig«, sagte Kecz. »Ich glaube, ich habe einen Sonnenbrand.« Es herrschte betretenes Schweigen. Rosika hüstelte.

»Ich habe mich erkältet«, sagte sie. »Ich bin zu lang mit Ihnen geschwommen, Hesmert. Bitte geben Sie mir Ihr Jackett, wenn Sie es gerade nicht brauchen.«

Wir hatten alle unsere Jacketts über die Stuhllehnen gehängt, aber Rosika nahm das von Hesmert. Sie hustete noch zweimal. Die Laterne begann in der leichten Brise zu schaukeln, die aufgekommen war. Ein kleines Mädchen in Begleitung eines riesenhaften Mannes betrat den Hof und sang ziemlich schlicht »Santa Lucia«. Ich gab ihr ein paar Münzen. Sie bekam an fast jedem Tisch etwas.

»Wie steht's also mit Griechenland?«, fragte Rosika plötzlich.

Sie schmiegte sich an mich. Ich fühlte sie zittern.

»Du bist doch nicht wirklich krank, oder?«, fragte ich sie.

»Was wollen Sie damit sagen ... Griechenland?«, fragte Kecz und warf Rosika einen wütenden Blick zu.

»Ja ... Griechenland!«, sagte sie wieder lauter und richtete sich auf. »Na ... Wir fahren alle nach Griechenland, Moio, ich und Hesmert.«

»Kommt«, sagte ich. »Alle fahren nach Griechenland. Kecz kommt auch mit. Kommt schon, sofort. Wir packen morgen und kümmern uns um die Fahrkarten. Ich suche die Schiffsverbindungen heraus. Kommt, wir fahren alle zusammen. Und wer soll der Führer sein?«

»Hesmert, wie oft waren Sie schon in Griechenland? Erzählen Sie uns ein bisschen davon! Ist es im Sommer überhaupt möglich? Gibt es Ungeziefer, und müssen wir uns impfen lassen?«

»Ich fahre auch zum ersten Mal dorthin«, sagte Hesmert, als schämte er sich deswegen.

»Ho! Ho! Ho!«, lachte Kecz mit dumpfer und boshafter Stimme. »Ho! Ho! Ho! Zum ersten Mal! Was für ein Witz! Gratuliere! Köstlich, einfach köstlich!« Er konnte sein Gelächter nicht im Zaum halten.

Viele der Kinder im Lokal waren auf den Schößen ihrer Mütter eingeschlafen. Die Stühle im Hof waren bald leer. Die Laterne schaukelte immer mehr; die Leute fanden es draußen zu kühl, sie kamen herein und ließen sich entlang der Wand nieder. Die Pfannen qualmten nicht mehr; man hatte das Öl ausgegossen. Ein Straßenkehrer kam in den Hof. Katzen sprangen auf den Tischen herum.

Rosika und Kecz standen auf. Rosika behielt Hesmerts Jackett an. Sie nahm Keczs Arm und zog ihn fort. »Die Rechnung bitte!«, rief ich. Hesmert war sitzengeblieben. Er starrte immer noch die Plakate an, diesmal Marlene Dietrich.

»Wir gehen voraus«, sagte Rosika. Hesmert und ich folgten. Diesmal bezahlte Hesmert die Rechnung. Wir gingen durch eine dunkle Seitenstraße. Wir konnten Rosika und Kecz vor uns auf Ungarisch streiten hören. An einer

Ecke begegneten wir erneut dem struppigen Mädchen von der *si-vi-emme*. Nur wenige Schritte weiter ragte ein antiker Tragebalken aus einer rostbraunen Mauer.

»Na also«, sagte ich. »Sehen Sie das? Das ist Rom. Werbung und Tempel. Da gibt's keinen Unterschied. Gleiche Rechte. Das gefällt mir. Es ist menschlich. Aber Ihr *Duce* versucht, es künstlich zu trennen.«

»Ich will nicht so tun, als wüsste ich etwas darüber«, sagte Hesmert.

»Ich auch nicht! Ich kann ihn einfach nicht leiden, das ist alles.«

»Sie sind wohl kein politisch denkender Mensch, oder?«

»Wer? Ich?« Ich lachte einfach. »Ebenso wenig wie Sie.«

»Wir Deutschen müssen heutzutage alle politisch denken.«

»Das tue ich irgendwie auch.«

»Tatsächlich?«

Wir standen immer noch vor der Mauer. Hesmert seufzte. Wir hörten die Stimmen von Rosika und Kecz in der Nacht verschwinden. Die Sterne leuchteten. Am Corso rumpelte ein Lastwagen vorbei. Jemand pfiff aus einem Fenster nach seinem Hund.

Ich sagte: »Und man stelle sich nur einmal vor, dass die ganze Welt auf ›verschmähter Liebe‹ gedeiht!«

»Wie bitte? Das verstehe ich nicht.«

Dies war eines meiner Lieblingsthemen. Ich begann, die Sache zu erläutern. »Die moderne Zivilisation nährt sich wie nie zuvor an unerfüllten Wünschen. Das ist nichts Neues. Hätte jeder sofort geheiratet, gäbe es weder Tristan und Isolde noch Werther, weder die Anbetung der Muttergottes noch ein einziges Gedicht. Doch heute hat das Filmgeschäft alles im großen Stil organisiert. Die Luft ist buchstäblich erfüllt von unerfüllten Wünschen.

Auf der Leinwand zeigen sie einem nur einen Kuss, die Plakate zeigen nur halb entblößte Brüste. Es bleibt Ihnen und Ihrem Mädchen überlassen, zu Hause alles übrige herauszufinden.«

»Ich habe kein Mädchen. Gehen wir weiter.«

»Ich weiß«, sagte ich. »Und mein Mädchen bekommen Sie auch nicht.«

»Wie bitte?«

»Ich halte es für besser, sie gar nicht erst zu bekommen.«

»Bekommen ... Wen?«, fragte Hesmert schroff. Er tat mir leid. Ich nahm seinen Arm.

»Ich halte es im Allgemeinen für leichter und angenehmer. Hinterher langweilt man sich, wenn man nicht ein Übermaß an Phantasie besitzt.«

»Und was ... wenn man Phantasie besitzt?«

»Das hilft nicht viel. Spielerei, nichts als Spielerei.«

»Kommen Sie. Wir holen sie nie ein.«

»Wir holen sie schon ein.«

Am nächsten Morgen kamen mit der ersten Post ein Brief von meiner Mutter und ein Vorausexemplar der sowjetischen Zeitschrift *Das Wort*, mit einem alten Essay von mir über das Problem der deutschen Flüchtlinge. Es wurde unter einem anderen Pseudonym veröffentlicht. Nicht einmal die Genossen in Russland nannten mich noch »Kilian«.

Rosika wollte gar nicht aufstehen. Sie nahm das blaue Büchlein mit ins Bett. Sie beklagte sich über Halsschmerzen und sagte, ich solle mich um die Fahrkarten für das Boot nach Griechenland kümmern. Ich berührte sie am Hals, um zu prüfen, ob sie Fieber hatte. Sie stieß mich zurück.

»Nein, ich will nicht. Sie bringt in einer Minute das Frühstück. Ich will nicht! Ich will nicht!«, schrie sie.

66

»Du solltest Fieber messen. Du hast vielleicht erhöhte Temperatur.«

Während ich mich anzog und rasierte, maß sie ihre Temperatur. Sie hatte ungefähr 37 Grad. Ihre Arme lagen weiß auf der weißen Decke. »Ich rufe Baracchi an«, sagte ich. Dann küsste ich sie auf die Wange. Sie wollte nur etwas Tee, keine Brötchen und keine Marmelade. Ich ging Fahrkarten kaufen. Ich machte mir immerzu Sorgen um Rosika. Worin diese Sorgen bestanden, kann ich nicht genau beschreiben. Sie hatte mir schon früh erzählt, dass sie kurz nach dem Krieg eine leichte Lungenentzündung gehabt hatte, die inzwischen vollständig geheilt war. Anfangs hatte ich sie für das Musterbeispiel guter Gesundheit gehalten. Ihre breiten Schultern hatten mich darauf gebracht. Ich war an Trudis jämmerlich schmale Schultern gewöhnt. Auch Rosikas Zähne hatten für mich recht gut ausgesehen. Ich hatte sie »mein Pferdchen« genannt, aber nicht länger als vierzehn Tage. Später erfuhren wir, dass sie ohne eine kleine Operation keine Kinder bekommen könne. Aber was hätten wir auch mit Kindern anfangen sollen, wo wir ständig umherreisten? In meine Sorgen mischte sich auch eine große Portion Pedanterie. Ich erinnerte mich, dass ich als Kind eine ganze Schachtel voller herrlicher Spielzeugsoldaten bekam, aber jammerte und weinte, weil einer von ihnen zerbrochen war. Dadurch kamen mir die anderen völlig nutzlos vor. Meine Sorgen waren egoistischer Natur. Ich betrachtete Rosika als schönes Objekt. Aber warum sollten wir Menschen, die reden und küssen können, eigentlich nicht als Objekte betrachten?

Ich ging durch die Straßen und betrat ein Reisebüro, danach noch eines. Als Journalist wollte ich nicht den vollen Preis für die Überfahrt zahlen, doch erst die dritte Firma ging auf meine Bedingungen ein. Sie schickten ein Telegramm nach Athen. Wir hatten Glück. In drei Tagen konnten wir in Brindisi ein Schiff erreichen. Im Reisebüro gab es reichlich Ärger. Der Direktor wollte wissen, was ich von Hitler hielt. Ich musste eines der Formulare zweimal ausfüllen, und es gab Schwierigkeiten mit meinem Französisch. Ich nahm ein Taxi und fuhr zum griechischen Konsul. Immerzu musste ich an Rosika und ihre Krankheit denken. Ich machte mir Vorwürfe; dachte überhaupt nicht an unsere Zukunft. Der Konsul bewohnte eine hübsche Villa in der Via Salaria. Im Garten stand eine Pallas Athene. Wieder musste ich einige Formulare ausfüllen. Ich ließ die Pässe dort. In diesen Räumen spürte ich keinen Hauch der Götter Griechenlands. Die Beamten, die mich abfertigten, waren typische Levantiner, unterwürfig und unfreundlich. Außerdem musste ich für dies und jenes auf der Stelle bezahlen.

Auf dem Rückweg schaute ich in der Apotheke an der Piazza Fiume vorbei. Bevor ich aufgebrochen war, hatte ich mit Baracchi telefoniert. Ich ging davon aus, dass er Rosika inzwischen aufgesucht hatte. Trotzdem kaufte ich ein paar Markenmedikamente von dem Apotheker, mit dem ich befreundet war. Außerdem besorgte ich Insektengift, jede Menge Chinin und führte ein langes Gespräch über mögliche Vor- und Nachteile einer Impfung gegen Typhus.

Ich traf Baracchi im Korridor, als er gerade gehen wollte. Ich schob ihn in den Salon, wo der Pudel umherwanderte. Es war ein schwüler Tag, heiß und bewölkt. Die Fensterläden waren trotzdem geschlossen. Im Zimmer war es fast dunkel. Am Eingang trat ich dem Pudel auf den Schwanz. Er zog sich in eine entlegene Ecke zurück.

»Nun ... Wie steht's?«, fragte ich.

»Nicht so schlimm. Machen Sie sich keine Sorgen um Ihre liebe Frau, Dr. Boldt. Sie hat eine leichte Bronchitis.«

»Fieber?«

»Ungefähr 37 Grad.«

»Oh«, sagte ich, »dann kann es wohl nichts Gefährliches sein. Darf ich Ihnen einen Wermut anbieten, Dr. Baracchi?«

»Danke, lieber nicht«, sagte Baracchi. Er setzte sich. Seine Arzttasche behielt er auf dem Schoß. Er starrte mich mit seinem gesunden Auge an. Wir tranken etwas Wermut, und ich sagte: »Könnten Sie uns beide gegen Typhus impfen?« Baracchi lachte. »Das kommt nicht infrage.«

»Warum? Sind Sie aus Prinzip dagegen?«

»Nein. Aber unter diesen Umständen wollen sie doch gewiss nicht nach Griechenland fahren.«

»Welche Umstände, Dr. Baracchi? Ich kenne Ihre Scherze. Bleiben Sie bitte ernst!«

»Ich habe meinen Ohren nicht getraut, als ich eben von Ihren Plänen erfuhr. Lieber Dr. Boldt, ich habe gerade die Gelegenheit genutzt, um Frau Boldt gründlich zu untersuchen. Ihre Lungen ...«

Ich sprang auf. »Was? Ist sie nicht geheilt? Was meinen Sie? Ist sie geheilt oder nicht?«

»Ja und nein. Diese Bronchitis ist bestimmt ein Warnsignal. Griechenland wäre jetzt gefährlich, das muss ich Ihnen ganz offen sagen. Erstens die Erschöpfung. Zweitens der Schmutz. Drittens die Aufregung.«

»Tatsächlich?«, sagte ich und ging zur Tür. »Welche Art Aufregung meinen Sie? Machen Sie sich keine Sorgen wegen der Aufregung. Ich bin sehr wohl in der Lage, mich um meine Frau zu kümmern und sie davor zu bewahren, sich allzu sehr aufzuregen. Ich danke Ihnen auf jeden Fall sehr für Ihren medizinischen Rat. Ich denke darüber nach.«

Ich wollte mich von ihm verabschieden. Baracchi legte mir die Hand auf die Schulter. »Es ist mehr als nur ein Rat. Sie können einen anderen Arzt konsultieren, wenn Sie möchten. Es ist eine uneingeschränkte Anweisung, die wegen des Gesundheitszustands Ihrer Frau notwendig ist. Sie sollten tun, was ich sage.«

»Nun gut«, sagte ich. Wir gaben uns die Hand.

Rosika trug ihr rosa Bettjäckchen. Sie saß aufrecht im Bett. Sie las meinen alten Artikel in *Das Wort*. Lachend begrüßte sie mich.

Sie sagte: »Was hältst du von diesem Baracchi? Aus reiner Eifersucht ist er gegen meine Griechenlandreise! In Wahrheit können sie Hesmert nicht ausstehen.«

»Ich bin mir nicht sicher, ob das der einzige Grund ist. Warum bist du so misstrauisch? Und warum sollten sie Hesmert nicht mögen?«

»Aber ich will nach Griechenland! Ich will nach Griechenland!« Sie begann zu weinen und auf ihre Kissen einzuschlagen.

»Wir müssen warten«, sagte ich. »Ich fahre nicht, solange der Arzt es dir nicht erlaubt.«

7

Wir hatten eine ruhelose Nacht. Rosika rollte sich ständig von einer Seite auf die andere. Dann lag sie mit angewinkelten Beinen auf dem Rücken. Ich betrachtete sie in der Morgendämmerung. Gegen vier Uhr schlief sie ein, aber ich konnte nicht mehr schlafen. Ich stand auf und ging in die Küche, um schwarzen Kaffee zu kochen.

Ich gab dem herumtrottenden Pudel etwas Milch. Signora Cappa hustete in ihrem Zimmer, und Rosika hustete weiterhin im Schlaf. Ich hörte Truppen jenseits des Hinterhofs vorbeimarschieren, konnte sie aber nicht sehen. Der Krieg in Abessinien war also noch nicht vorbei. Ich ging in meine »Arbeitszelle«. Dort standen ein kleines Sofa, zwei Bücherregale, mein Schreibtisch und ein kleiner Sessel. Alles war mit Manuskripten und Büchern bedeckt. Ich erlaubte nur selten jemandem, das Zimmer aufzuräumen.

Ich versuchte zu schreiben. Mein Buch beschäftigte mich, aber ich kam nicht voran. Ich packte es wieder weg. Schließlich würden wir bald irgendwohin fahren. Ich öffnete das Fenster. Ich sehnte mich nach den Alpen meiner Kindheit und dachte an Hesmerts unmöglichen Vorschlag, nach Österreich zurückzukehren. Ich hätte Österreich nie verlassen, wenn meine Mutter nicht so schwachsinnig gewesen wäre. Ich wäre nie zu »Kilian« in der Deutschen Partei geworden, hätte mein Vater nicht auf solche Weise Selbstmord begangen. Private Gründe – politische Konsequenzen.

Während ich aufräumte, stieß ich auf Martas Briefe. Diese Briefe hatten mich jahrelang auf meinen Reisen begleitet, während ich fast vergessen hatte, wie ihr Gesicht aussah. Die Briefe waren mit lila Tinte geschrieben. Ich las Martas langen Bericht über das Palio-Fest in Siena. Alles wurde in glühenden Farben beschrieben. Damals schrieb man noch solche Briefe. Sie war sieben Jahre älter als ich. Nun machte ich sie dafür verantwortlich, meine Begeisterung für Italien und das Mittelmeer im Allgemeinen geweckt zu haben. Gegen acht Uhr ging ich ins Bad, um mich zu waschen. In der »Arbeitszelle« hinterließ ich alles so, wie ich es vorgefunden hatte. Ich hatte das rote Band von Martas Briefen entfernt. Einige politische Pamphlete, die ich vor Jahren geschrieben hatte, lagen herum sowie einige meiner alten Artikel, die noch unter dem Namen »Kilian« erschienen waren. Das rote Band lag quer darüber. An seiner unteren Ecke erkannte ich einen Text über die Femegerichte von 1924. Ich hatte mich damals in Deutschland hervorgetan, indem ich als Erster einige Praktiken der »Feme« öffentlich gemacht hatte. Ich fragte mich, ob die Nazis wussten, dass der schlichte Dr. Boldt und der wohlbekannte »Kilian« von 1924 ein und dieselbe Person waren. Es scherte mich nicht.

Ich ging hinüber zu Rosika. Sie hatte nicht genug geschlafen und konnte kaum die Augen öffnen.

»Grässlich!«, sagte sie. »Ich fühl mich einfach scheußlich.«

»Armer Schatz!«, sagte ich. »Du solltest sofort Fieber messen.«

Ich reichte ihr den Thermometer. Nach fünf Minuten zeigte er rund 39 Grad. Das beunruhigte mich ein wenig, aber ich zeigte es nicht.

»Magst du mich auch, wenn ich krank bin?«

»Ich mag dich immer.«

»Ich will dein Mitleid nicht. Ich brauche keine christliche Nächstenliebe.«

»Lächerlich!«, sagte ich. Aber ich dachte mir, dass sie völlig Recht hatte. Was war denn eigentlich Liebe? Ich hielt Rosika für attraktiv, hübsch, aufregend, sogar für einen Quälgeist, wenn sie in Form und im Vollbesitz ihrer mehr oder minder teuflischen Sinne war. Seit der Ankunft der Christenheit hatte die sinnliche Liebe ihre gesunde Reinheit verloren. Seitdem kam dabei immer etwas Schlechtes ins Spiel, etwas Falsches und sogar Sündhaftes. Aber vielleicht war körperliche Liebe gar keine echte Liebe, und diese war nur christliche Nächstenliebe?

Nachdem ich mich angezogen hatte, sagte ich: »Sei vernünftig, Rosika. Hör zu. Ich kann die Verantwortung nicht übernehmen. Baracchi hat Recht. Wir können nicht nach Griechenland fahren, wenn du so krank bist. Ich gehe und storniere die Fahrkarten.«

Sie war zu schwach, um zu antworten, aber begann wieder zu weinen.

»Wir fahren irgendwo anders hin, wo es schön ist«, sagte ich.

»Immer, wenn ich mich auf etwas freue, wird es mir verdorben. Ich habe kein Glück. Ich will nach Griechenland. Hesmert fährt auch ...«

»Schon gut, schon gut«, sagte ich. »Wenn ich ihn sehe, schicke ich ihn zu dir. Vielleicht fährt er nicht, wenn du nicht fährst.«

»Du denkst wohl, ich bin ungefährlich in meinem kranken und grässlichen Zustand? Nein, ich will heute niemanden sehen. Ich möchte wieder gesund sein. Baracchi ist lächerlich. Hol einen anderen Arzt. Ich will nach Griechenland.«

Als erstes besuchte ich die Agentur, um die Reise zu stornieren. Dafür musste ich etwas bezahlen. Ich fuhr zum griechischen Konsul. Die Pallas Athene im Garten schien mich schadenfroh anzusehen. Auch dort kam ich nicht so billig davon, da ich die ganze Gebühr für unsere Visa zahlen musste. Da könne man nichts tun, sagten sie.

Ich besuchte Baracchi. Er begleitete mich zu Professor Gualdi, der gleich um die Ecke wohnte. Wir hatten Glück, denn Gualdi konnte sofort kommen. Er war ein kleiner, lebhafter Mann, der seinen eigenen Wagen fuhr. Beim Eintreten nahm er nicht einmal seinen Hut ab. Er trug einen schwarzen Bowler und einen Gehstock mit rundem Elfenbeinknauf. Während er Rosika untersuchte, behielt er den Stock in der rechten Hand. Er hatte es sehr eilig.

»Nichts Außergewöhnliches«, sagte er. »Legen Sie den Kopf hoch. Nicht anstrengen. Nicht aufregen. Ich verschreibe Ihnen etwas. Es wirkt Wunder.«

Er hatte eine herrliche Füllfeder. Baracchi fragte ihn nach den Geräuschen, die er gestern beim Abhorchen gehört hatte.

»Da gibt es freilich Geräusche. Ist es dieselbe Patientin, von der Sie mir erzählt haben, mein Freund?«

Er sah Rosika lange an. Dann warf er mir einen durchdringenden Blick zu. »Die junge Dame darf unter keinen Umständen eine so lange Reise unternehmen! Nach Griechenland? Absurd! Warum besuchen Sie nicht einen unserer herrlichen Kurorte im Apennin?«

»Vielleicht ans Meer?«, wagte ich ihn zu unterbrechen. »Ischia. Wir sind letztes Jahr nach Ischia gefahren, in die Gegend von Neapel.«

»Kein Meer! Bergluft! Aber Italien! Umbrien oder Toskana! Unsere Gebirgsorte. Italien! Wer möchte denn in solchen Zeiten überhaupt in ein fremdes Land reisen?«

»Wir sind schließlich Ausländer«, sagte ich. Er zuckte die Schultern. Ich fragte Baracchi flüsternd, ob man das Honorar des Professors sofort zahlen müsse. Ich gab Gualdi im Korridor einen Scheck. Er sah ihn nicht an, zumindest nicht genau, sondern steckte ihn in eine seltsame Tasche an seinem Gürtel. Er schwang seinen Stock und verschwand mit dem lächelnden Baracchi im Aufzug, der nun endlich funktionierte.

Gegen Mittag erschien Kecz mit einem Strauß Rosen. »Ich habe keine anderen Blumen gefunden«, sagte er und wich meinem Blick aus. Ich führte ihn in Rosikas Zimmer. Sie überschüttete ihn mit einem ungarischen Wortschwall.

Ich bestellte etwas Hühnerbrühe bei Enrietta. Unser Vermieter und seine Frau betraten nacheinander das Zimmer und standen neben dem Bett. Rosika schickte mich und Kecz zu Aliciaro. An diesem Tag trank ich keinen Wein. Ich aß auch nur sehr wenig. Die Gesellschaft am Nebentisch war vollzählig. Ravioli, der Mann mit neun Fingern, fragte mich nach Rosika.

»Sie ist krank«, sagte ich. »Wir wollten Rom gerade verlassen, aber das müssen wir jetzt aufschieben.«

Calli, ein anderer Freund, sagte: »Ich hoffe, es ist nichts Ernstes. Der Sommer in Rom ist übel.«

Alvieri, ein dritter, sagte: »Darf man die Patientin besuchen?«

Ich nickte. Rosika hatte gesagt, sie wolle mich nicht vor sechs Uhr wiedersehen. Ich dachte, ein wenig Abwechslung täte ihr ganz gut. Ich wollte bei Kecz bleiben. Hesmert hatte ich nirgendwo gesehen.

»Aber Doktor, Sie essen ja auch nichts!«, rief Calli. Calli war ein Mann mit schönem Schnurrbart und einer Diamantnadel an seiner Krawatte. »Er isst nichts, weil seine Frau krank ist«, sagte Calli zu seinen Tischnachbarn links und rechts. Alle aßen reichlich Salat und Käse. Sie tranken auch jede Menge Wein. Im Alicario war es schön und kühl. Ich dachte, wenn Rosika nur wieder gesund würde! Ich hätte nichts dagegen, wenn sie flirtete mit wem sie wollte.

Die ganze Gesellschaft starrte mich immerzu an. Ihre Gesichter zeigten etwas Mitgefühl und ein wenig Belustigung. Ich hörte sie einander zuflüstern: »Seine Frau ist krank. Er isst nichts.«

Auf dem Rückweg ging ich mit Kecz in die Bar Napoli in der Via del Tritone, genau dort, wo die Straße unseren kleinen Hügel hinaufführt.

»Schwarzen Kaffee für mich. Was möchten Sie, Kecz?«

»Etwas Brandy zu meinem Kaffee«, sagte Kecz. Er war heute recht schweigsam. »Das habe ich von Ihnen gelernt.«

Wir tranken einen Brandy nach dem anderen. In der Bar war es dunkel und nicht so kühl wie bei Aliciaro, aber dennoch kühl genug. Der Wirt hatte eine große Warze. Er und seine Frau, die würdevoll und älter als er war, bedienten die Gäste abwechselnd. Die Gäste saßen an der Theke oder im Hintergrund. Einige spielten Schach. Es war eine der kleineren Bars, aber die alkoholischen Getränke waren gut. Tanzmusik drang aus einem Lautsprecher.

Dann widmeten wir uns den gemischten Drinks, Wermut mit Seltzer und ein paar *Americani*. Ich trank einen reinen *anis* und später einen *grappa* und einen Kirsch. Kecz folgte meinem Beispiel. Er war nicht sonderlich unabhängig. Unternehmungslustig, aber nicht unabhängig. Ein Mann der Wissenschaft. Ich war ein Mann der Kunst.

Einer der Schachspieler, der mit dem Rücken zu uns saß, kam mir irgendwie bekannt vor. Ich war zu faul, um mehr über ihn herauszufinden. Ich konnte den Rand seines Bartes erkennen. Die Beleuchtung war ziemlich dürftig. Ich nahm noch einen Brandy. Ich liebte Rosika auf die eine oder andere Weise. Aber Liebe unter Brandyeinfluss zählt nicht besonders viel. Kecz sagte kein Wort.

Ein junger Mann in schmutzigen blauen Hosen kam herein. Er trug einen Stapel Bücher. Er sprach mit der alten Frau an der Bar. Ich hörte ihn nach einem bestimmten Mann fragen. Dieser Name klang für mich noch vertrauter ... »Nein!«, sagte die Alte. »Ich kenne ihn nicht. Ich kenne hier überhaupt keine Redakteure.«

Auch der Jüngling in seinen schmutzigen Hosen kam mir bekannt vor. Meine Sehkraft war durch Liebe und Alkohol ein wenig beeinträchtigt. Aber was sollte das schon bedeuten – wenn nicht einmal die alte Frau hinter dem Tresen einen Redakteur namens Spilla kannte? Wie konnte jener Rücken dort drüben mir so vertraut sein, wenn niemand ihn kennen wollte?

»Noch zwei Wermuts, bitte!«, rief ich, und der Bärtige erhob sich nun von seinem Schachbrett und kam direkt zum Tresen herüber. Der junge Mann war längst gegangen, hatte aber seine Bücher zurückgelassen. Mir kam das alles etwas seltsam vor. Kecz hob seinen Blick nicht.

Plötzlich erkannte ich den Mann. Er stand am Tresen, griff nach den Büchern. Seine Finger zitterten.

Er sagte tonlos: »Das sind meine Bücher.«

»Oh«, sagte die Alte, »sind Sie wirklich Redakteur, Antonio? Für mich waren Sie immer nur Antonio. Entschuldigen Sie, dass ich Ihren Nachnamen nicht kannte. Ich habe Sie immer für einen von uns gehalten.«

»Das bin ich auch«, sagte Spilla. Er kam sehr ruhig auf uns zu. Er gab mir die Hand, und wir ließen lange nicht los. Er hatte sich kaum verändert. »Hallo, Kilian! Darf ich mich setzen?«

»Oh, mein lieber Freund!«, sagte ich. Ich versuchte, ihn zu umarmen. »Dies ist Kecz, ein Freund. Das ist ... Oh, genau dasselbe ... Nur ein weiterer Freund.«

Ich bestellte etwas für Spilla. Ich wurde nur ungern mit diesem Namen angesprochen. Spilla trug wie in alter Zeit eine graugrüne Malerjacke mit Hornknöpfen und graue Flanellhosen, die fast so schmutzig waren wie alles andere. Sein Bart war ungekämmt, und der Metallbügel zwischen seinen Brillengläsern wurde durch ein rosa Garn zusammengehalten.

Er sagte: »Ich habe Sie gleich wiedererkannt. Ich erkenne die Stimme von Freunden. Ich wusste, dass Sie in Rom sind, aber nicht, wie ich Kontakt zu Ihnen aufnehmen kann. Ich schäme mich, dass ich mich nicht einmal an Ihren richtigen Namen erinnere. Sie müssen mich entschuldigen, aber ich muss erst meine Partie zu Ende spielen. Ich habe jede Menge mit Ihnen zu besprechen.«

Wir sprachen mit gedämpften Stimmen Deutsch und später Französisch, weil jemand hereinkam, der ein wenig zu interessiert dreinschaute. Spilla erzählte mir, dass ihn seine Zeitung in Bozen eben gefeuert habe. Sie mochten die von ihm vertretene politische Linie nicht mehr. Er war ein alter Genosse, der es für angebracht hielt, vorübergehend außerhalb Deutschlands zu arbeiten. In der *Bozener Tageszeitung*, einem auf Deutsch gedruckten Wochenblatt, das gezwungen war, eine strikt nationalistische und prodeutsche Linie zu vertreten, hatte er beharrlich für ein Bündnis mit Schuschniggs katholischem Österreich geworben.

»Aber das gefällt ihnen nicht«, seufzte er. »Vielleicht hegen sie einen persönlichen Groll gegen mich. Sie vertrauen mir nicht allzu sehr. Niemand kann seine ganze Vergangenheit auslöschen. Er steht immer unter Verdacht. Ich hasse Verdächtigungen.«

Er lächelte unter seinem Bart wie ein großer Bernhardiner. »Es ist sowieso sinnlos. Sie wollen das einzig Wahre. Sie wollen Hitler. Österreich ist ihnen zu links. Vier Jahre lang habe ich mich umsonst zurückgehalten. Zum Wohl!«

»Richtig«, sagte ich. »Das gilt auch für mich. Ich bin sogar noch weiter gegangen. Ich habe die Politik ganz aufgegeben, habe wieder geheiratet ...«

Ich warf Kecz einen verstohlenen Blick zu. Kecz rief lautstark: »Aber das stimmt nicht. Ich glaube Ihnen kein Wort.«

Ich lachte. Spilla lachte ebenfalls. »Zu schade«, sagte er, nun völlig ernst. »Zu schade! Ich habe immer gedacht, dass Sie es weit bringen würden, Kilian, nach allem, was Sie für die Bewegung getan haben. Mein Posten in Bozen ist übrigens noch nicht neu besetzt. Vielleicht nehmen sie Sie. Möchten Sie sich erkundigen? Schreiben Sie.«

»Die Leute von der *Presse* haben mich schon rausgeschmissen«, sagte ich. »Ich bin nun einmal kein Taktiker. Eigentlich neige ich eher zur Literatur.«

»Tatsächlich?«, fragte Spilla. Er sah traurig aus. Ich merkte, dass ich ihn enttäuscht hatte. Er strich seinen Bart. »Aber wenn Sie Ihre Meinung ändern, könnten Sie einen Brief schreiben. Jeder arbeitet wie er kann. Ich habe mich vorübergehend wieder aufs Anstreichen verlegt. Sie finden mich um diese Zeit meistens hier. Jetzt müssen Sie mich entschuldigen, aber ich schulde denen dort drüben noch eine Partie Schach.«

»Leben Sie wohl«, sagte ich. Erneut hätte ich fast versucht, ihn zu umarmen.

»Wiedersehen«, sagte Kecz. Er verbeugte sich im Sitzen. Spilla war bestimmt enttäuscht, weil ich mich nicht für die Aussicht begeistern konnte, Redakteur der *Bozener Tageszeitung* zu werden. Eine geringe Auflage – sie konnten mir gewiss nicht mehr als 700 Lire im Monat bezahlen. Ich konnte es mir auch nicht leisten. »Kilian« war endgültig tot. »Kilian« hatte für so gut wie nichts gearbeitet. Alles für die Partei. Grundgütiger!

Auf dem Heimweg war ich immer noch in nachdenklicher Stimmung. Ich wusste überhaupt nicht, wo ich stand. Meine Zeit als aktiver Kämpfer war gewiss abgelaufen. Ich war ein ziemlich guter gewesen. Spilla hatte mich sehr geschätzt. Die anderen ebenso. Politik, nein danke. Gegen Hitler war es hoffnungslos. Kraus in Wien hatte schon aufgegeben. Nun war er tot. Die menschlichen Wesen starben gerade aus. Es war gut zu lieben. Scherze zu treiben. Zu trinken. Komödien zu schreiben. Außerdem würde mir bald das Geld ausgehen. Es war gut, sich selbst zugrunde zu richten.

Es donnerte zweimal.

Ich verabschiedete mich an der Ecke in der Nähe der Porta Pinciana von Kecz. Er wollte mich nicht begleiten. »Baldige Besserung für Rosika!«, sagte er. »Ich fahre am Dienstag zurück nach Ungarn. Hören Sie, Martin, Sie können Rosika so etwas nicht antun, unter gar keinen Umständen.«

»Was denn?«

»Sie braucht Ruhe. Es wäre einfach verrückt, nach Bozen zu fahren!«

8

Als ich in die Wohnung zurückkehrte, fand ich Rosika in Hochstimmung vor. Ravioli saß an ihrer Bettkante und plauderte mit ihr. Sie trug einen geblümten Morgenmantel und ein hellblaues Stirnband. Sie hatte auch ihren Lippenstift benutzt.

»Oh, mir geht's schon wieder ganz gut, Moio. Ich habe wohl kein Fieber mehr. Gualdi ist wirklich wunderbar. Nimm eine von diesen köstlichen Pralinen, die Ravioli mir freundlicherweise mitgebracht hat.«

»Vielen Dank«, sagte ich und nahm eine. Ich ging hinüber in meine »Arbeitszelle«. Ich las weiter in meinen Briefen. Als ich die Eingangstür hörte, ging ich davon aus, dass Ravioli sich verabschiedet hatte, und kehrte zurück zu Rosika. Die Briefe nahm ich mit. Das rote Band ließ ich genau dort, wo es hingefallen war, über meinen Artikeln.

»Komm her, Moio«, sagte Rosika und zog mich an ihre Seite. »Ich glaube wirklich, dass ich wieder gesund bin. Du bist doch hoffentlich nicht eifersüchtig auf diesen Affen?« Sie küsste mich auf den Mund. Sie roch nach frischer Milch, so wie am Anfang, und ich sagte es ihr. Sie lachte und sagte: »Aber ich habe keine Milch getrunken.«

»Du bist selber Milch. Milch und Honig.«

»Wie steht's mit Griechenland?«, fragte sie.

»Abgesagt«, lachte ich. Sie zog eine Schnute. »Ich habe Hesmert leider nicht getroffen. Du solltest nicht so viele Besucher an einem Tag empfangen. Hör mal, was ich gefunden habe ...«

Sie gähnte. Ich las ihr ein paar Zeilen aus Martas Briefen vor. Ich kam zu der Stelle, wo sie das Fest in Siena schilderte. Meine Stimme war lauter geworden. Sie stützte sich auf ihre Ellbogen.

»Vielleicht fahren wir lieber nach Siena als nach Griechenland?«, sagte sie. »Welch ein Trost! Was wusste diese Marta schon vom alten Griechenland und von allem, was wirklich schön ist auf Erden? Ich war mit ganz anderen Leuten befreundet!«

»Ich weiß. Egal ... Ohne sie wäre ich jetzt nicht hier.«

»Glaubst du?«

»Ganz gewiss. Ich war siebzehn, und jede Erfahrung mit siebzehn prägt sich ein.«

»Eine neue Art Psychoanalyse. War sie dein Ödipus?«

Ich las noch ein paar Zeilen aus den Briefen. Dann erzählte ich Rosika, dass ich Spilla getroffen hatte.

Sie sagte: »Und jetzt willst du nach Bozen und wieder in die Politik einsteigen? Ich verstehe dich nicht ganz. Ich verstehe auch deine Volksfronttaktiken nicht. Ich habe ein schlichtes Gemüt, und würde ich heutzutage dem Sozialismus anhängen, wäre ich Anhängerin Trotzkis. Man muss aufs Ganze gehen. Eine Revolution wird nie heimlich durchgeführt. Wenn Radwan das hören würde ...«

»Radwan hat bestimmt davon gehört. Soviel ich weiß, war er mit unserem provisorischen Bündnis mit der Bourgeoisie einverstanden.«

»Was weißt du denn schon über Radwan?«

»Natürlich nichts. Er schlägt in dein Fach als Ungarin. Ich weiß, meine Liebe. Ich überlasse ihn dir. Übrigens ... Mach dir keine Sorgen wegen Bozen. Ich halte gar nichts von dieser Idee.«

Das war nur die halbe Wahrheit. Das Leben besteht aus Halbwahrheiten. Mir gefiel die Idee durchaus, aber mir fehlte der Mumm.

In dieser Nacht schlief Rosika gut und ich ebenfalls. Am nächsten Morgen hatte sie kein Fieber, und ich ging mit Kecz wieder ins Aliciaro. Ich saß lange in meiner »Arbeitszelle« und besuchte mehrmals ein Kaffeehaus in der

Via Vittorio Veneto. Wann immer ich heimkehrte, traf ich einen anderen Besucher an Rosikas Bett an. Erst nochmals Ravioli, dann Calli, Kecz nach dem Tee, und als ich gegen sechs Uhr von einem kurzen Spaziergang im Park zurückkehrte, fand ich Hesmert vor. Als ich eintrat, sprang Hesmert auf. Wir gaben uns zweimal die Hand.

»Da sind Sie endlich!«, sagte er. Ich sah ihn verwundert an. Diesmal trug Rosika ihren rosa Morgenmantel. Sie verzog das Gesicht und sah Hesmert scheel an.

»Aber, aber!«, sagte ich. »Ich dachte, Sie besuchen meine Frau.«

»Oh, natürlich! Es tut mir schrecklich leid, dass ich nicht früher davon erfahren habe. Nein, nein, ich wollte keineswegs unhöflich erscheinen. Sie muss sich wohl beim Schwimmen in Ostia erkältet haben. Nein, nein, ich wollte Folgendes sagen: Sie dürfen diesen Posten in Bozen nicht annehmen. Ich bitte Sie, ich flehe Sie an!«

Ich verstand überhaupt nicht, warum er so verlegen war. Ich betrachtete Rosikas geschminkte Lippen, aber mit denen war alles in Ordnung. Ich merkte, dass das blaue Büchlein *Das Wort* neben ihr auf dem Bett lag und auch meine Briefe – ich meine Martas Briefe an mich. Offenbar hatte sie Hesmert aus einem dieser Briefe vorgelesen.

Ich war sehr wütend. Ich sagte nur »Rosika!« Sie verstand sofort und zuckte die Schultern.

»Wir haben uns ein wenig gelangweilt, Hes und ich. Ich habe ihn gebeten, mir etwas über Siena vorzulesen. Du hast es gestern nicht zu Ende gelesen ...«

»Gelangweilt? Liebe Frau Boldt! Ich habe mich bestimmt nicht gelangweilt. Es hat mich eher entsetzt.«

»Moio, er ist außer sich, weil du für diese kommunistische Zeitschrift geschrieben hast. Außerdem habe ich ihm erzählt, dass ich Radwan persönlich kannte. Du hättest sein Gesicht sehen sollen!«

»Für gewöhnlich stecke ich meine Nase nicht in Privatangelegenheiten«, sagte Hesmert. Er stand auf. Er hielt immer noch einen von Martas Briefen in der Hand.

»Tatsächlich?«, fragte ich. »Einen Moment!« Ich nahm ihm sachte den Brief weg und legte ihn zu den anderen. Ich nahm das ganze Bündel von Rosikas Bett. Sie sagte »Oh!«, als ich leicht ihr Knie berührte, während ich mich über sie beugte.

Mir war eiskalt und heiß vor Zorn. Ich brachte die Briefe in meine »Arbeitszelle«. Das rote Band lag am Boden. Ich achtete nicht darauf. Zorn beherrschte all meine Gedanken. Ich konnte verstehen, wie dieser Außenseiter meine Liebe aus alter Zeit betrachtet hatte. Aber von Rosika hätte ich etwas Anderes erwartet.

Auf meinem Schreibtisch herrschte eine ziemliche Unordnung. Ich wollte Rosika fragen, wie lang dieser Kerl allein in meinem Zimmer gewesen war. Als ich zurückkehrte, stand Hesmert an der Balkontür mit dem Rücken zum Zimmer. Er hatte sich sein Jackett wie immer über die rechte Schulter gehängt, und plötzlich mochte ich ihn wieder so wie ich ihn vor ein paar Tagen gemocht hatte, bevor er mir beibrachte wie man schwimmt. Ich konnte sein Gesicht nicht sehen.

»Hör mal, Moio«, rief Rosika niedergeschlagen von ihrem Bett. »Willst du mich nicht mit Hesmert versöhnen? Er sollte mir nicht böse sein. Ich möchte nicht, dass er mir böse ist. Niemand sollte das sein. Ich bin krank.«

Hesmert drehte sich um und trat an Rosikas Bett. Sie zog ihre Arme unter der Wolldecke hervor und streckte sie ihm entgegen. Er küsste ihre Hand.

»Griechenland ist abgesagt«, sagte ich Hesmert mit höhnischem Unterton. »Der Arzt hat es verboten. Doktor Baracchi.«

»Ich habe es ihm erzählt«, sagte Rosika.

»Er scheint es allerdings nicht sehr ernst zu nehmen. Zumindest nicht so ernst wie ich.«

»Ich bin es gewohnt, allein zu reisen«, sagte Hesmert.

»Sie klingen nicht ganz aufrichtig«, sagte ich und musterte ihn.

»Ich bin immer aufrichtig. Eher viel zu sehr.« Er errötete.

»Er hat mir gerade von seinen Freunden in Siena erzählt«, sagte Rosika.

»Wie heißen sie? Sind es lustige Leute? Wichtige? Einflussreiche?«

»Sie heißen Gatti. Professor Gatti«, erwiderte Hesmert. »Ich gebe Ihnen auf jeden Fall ein Empfehlungsschreiben an die Familie, falls Sie wirklich dorthin fahren.«

»Wollen Sie nicht mitkommen?«, fragte ich ziemlich boshaft. Ich glaubte, dass er seine Pläne für die Griechenlandreise nicht ändern konnte. Er machte ein Gesicht, als hätte er in eine Zitrone gebissen.

»Ich brauche etwas Ruhe«, sagte Rosika. Sie drehte sich in ihrem Bett um. »Baracchi meint, ich sollte in die Abruzzen fahren. Vielleicht kommt man auf dem Weg an Siena vorbei ...«

»Vielleicht«, sagte ich. Ich ging zur Tür.

Im Korridor sagte Hesmert zu mir: »Ich weiß nicht, aber ihre Frau ist so komisch. Ich glaube, sie kann mich nicht leiden. Sie spielt mit mir.«

»So sind die Frauen.«

»Die Gattis sind jedenfalls vorzügliche Menschen mit einem großen Freundeskreis.«

»Sie haben bestimmt keinen größeren Freundeskreis als Sie.«

Er stand in der Tür mit dem Rücken zu mir.

»Ich habe nicht die geringste Ahnung, was wir tun werden!«, fuhr ich fort und öffnete die Eingangstür. »Kommen Sie bald wieder.«

»Wiedersehen«, sagte Hesmert aufrichtig, und wir gaben uns die Hand.

Ich ging zurück in unser Zimmer. Ich fiel sofort über Rosika her. Ich packte sie an der Schulter und schüttelte sie heftig. »Was fällt dir ein, Hesmert meine Briefe zu zeigen?«, sagte ich. »Und wie kannst du Radwan gegenüber einem Deutschen erwähnen? Dein Geschwätz kommt uns eines Tages teuer zu stehen. Du verdienst eine Tracht Prügel.«

»Nur weiter! Nur weiter!«, sagte sie. Sie war bester Laune. »Zerreiß bitte nicht mein Nachthemd! Hesmert findet nicht alles gut, was in Deutschland vorgeht. Er gehört zum linken Flügel der Nazis. Ein Bruder von ihm folgt Strasser. Das hat er mir selbst gesagt.«

»Ha! Ha! Ha!« Jetzt musste ich wirklich lachen. »Und du hast ihn in mein Zimmer gelassen, wo all die alten Artikel herumliegen? Ich wette, er hat alles gründlich durchsucht. Garantiert. Jetzt weiß er vermutlich Bescheid über Kilian ...«

»Auf gar keinen Fall«, behauptete sie. Ich wusste nicht, ob sie log oder die Wahrheit sagte. »Ich habe Enrietta gebeten, ihn zu begleiten.«

»Enrietta ist nicht da!« Tatsächlich hatte ich gesehen, dass alle Türen in der Wohnung offen standen. Im Sommer bedeutete das für gewöhnlich, dass niemand zu Hause war.

»Sie ist vorher hier gewesen, sonst hätte ich sie ja wohl kaum mit Hesmert in dein Zimmer schicken können.«

»Na schön«, sagte ich. »Das ist aber kein Grund, mit ihm über alles zu reden.«

»Oh, du denkst also, du kannst eifersüchtig sein, bloß weil niemand zu Hause war? Deine Augen sind ganz schwarz. Bitte bring mich nicht um. Nicht jetzt.«

»Ich bin nie eifersüchtig auf kranke Leute.«

»Ach ja? Ich bin also ›kranke Leute‹? Nun ... Falls es dich interessiert ... Er hat versucht, mich zu küssen.«

»Zu solchen Mitteln greift er also!«, sagte ich. Ich lachte ihr ins Gesicht. »Dafür verdienst du etwas Anderes.« Ich zog die Bettdecke weg.

»Ja ... Ich habe das ganze Gespräch nur begonnen, um ihn abzulenken.«

»Das soll wohl eine Art Opfer gewesen sein! Du opferst Radwan für deine Tugend.«

Sie zog die Bettdecke wieder zurück. »Schon möglich«, sagte sie bedächtig. »Schlaf lieber mit mir. Sei ein guter Junge. Du siehst ja, dass ich nicht kränker bin als du. Guter Junge.«

9

Die Puchers wollten am Dienstag das sogenannte »Abschiedsbankett« veranstalten. Tagsüber war es sehr heiß und nachts gab es wenig Erleichterung, doch es war wolkenlos und all die Sterne leuchteten. Pucher schlug deshalb vor, auf dem Land zu feiern. Er sagte, er kenne auf dem Monte Mario, hinter dem Foro Mussolini, einige hübsche Landgasthäuser, wo wir ganz unter uns sein könnten.

»Wenn Sie nichts dagegen haben, bringe ich Loria und seine Schwester mit. Sie kam erst vor ein paar Tagen zurück aus New York«, sagte Pucher.

»Soll mir recht sein«, antwortete ich. »Und wir kommen natürlich mit Kecz und Hesmert.«

»Ich reise am Mittwoch ab«, sagte Kecz.

Wir wussten nur, dass wir uns entschieden hatten, Fahrkarten nach Spoleto in Umbrien für Donnerstag zu buchen. Wir ließen uns die Briefe nach Perugia nachschicken. Wir wollten uns ein paar Kurorte im Apennin ansehen. Rosika war wieder gesund.

Wegen der Hitze trug sie ihr Seidenkleid mit den großen rosa und blauen Karos. Ich trug ihren Fuchs und ihren Mantel. Sie meinte, während ihrer Krankheit Farbe verloren zu haben, und hatte deshalb Rouge und ein wenig braunes Puder aufgetragen.

Die Puchers holten uns ab. Ich schlug vor, mit der Straßenbahn zu fahren. Die Puchers sagten, die Lorias würden sich etwas später anschließen. Ebenso Hesmert und Kecz.

Wir nahmen die Straßenbahn und durchquerten die langweiligen neuen Stadtviertel hinter dem Justizpalast auf der anderen Seite des Tibers. Es dämmerte rasch.

Rosika sagte: »Du wirst immer im falschen Moment sparsam! Nehmen wir wenigstens ein Taxi an der Endstation.«

Doch dort gab es keine Taxis. Wir erklommen den Hügel hinter der Endstation zwischen Getreidefeldern. Der gutgelaunte Pucher summte irgendeinen neuen Schlager. Vielleicht gefiel ihm die Aussicht auf einen Abend ohne Kinder. Wir trafen viele Menschen, Faschisten und Soldaten in geschlossenen Formationen, die von einem Sportfest auf dem Foro Mussolini zurückkehrten. Nach fünf Minuten überquerten wir die Bahnstrecke aus Fiumicino an einem Bahnübergang.

Die Aussicht wurde klarer. Rechts von der Straße gab es Weingärten und wir kamen an den Toren mehrerer Anwesen vorbei.

Rosika sagte: »Wenn wir zurück in Rom sind, will ich hier draußen wohnen. Die Luft ist so rein!«

»Falls wir zurückkommen!«, sagte ich. »Ich weiß nicht. Ist dir kalt? Erkälte dich bloß nicht wieder. Möchtest du den Fuchs?«

»Lass mich in Frieden und mach nicht so ein besorgtes Gesicht«, sagte sie. Sie lächelte mich an.

Das vierte Tor war das richtige. Wir mussten ungefähr fünf Minuten durch die Weingärten gehen, bis wir den Rand des Hügels erreichten. Hier gab es eine Art Pergola. Darunter standen vier oder fünf Tische ohne Tischtücher. Im nahe gelegenen Haus konnte man Kerzen oder Öllampen sehen. Etwas abgesetzt stand ein weiterer, größerer Tisch mit Tischtuch. Ich ging davon aus, dass er für uns reserviert war. Doch eine alte Frau, die nach einer Weile erschien, sagte leider nein. »Sie erwarten andere Gäste?«, fragte ich sie. Ich ging mit den anderen zu dem Zaun am Rand, wo wir uns an einem der anderen Tische niederließen.

»Oh, nein«, lachte die Wirtin. »Das ist nur für die Familie. Ein bisschen Musik.«

Auch später bekamen wir kein Tischtuch, aber sofort reichlich Wein. Sie stellten zwei Windlichter vor uns auf und servierten Hartkäse und Schwarzbrot. Die Puchers holten eingewickelte Schinkenbrötchen hervor und luden uns ein, sie mit ihnen zu teilen.

»Siehst du«, sagte ich zu Rosika. »Sie denken einfach an alles.«

»Das kommt davon, wenn man Kinder hat«, sagte Frau Pucher. Sie brachte den ersten Toast aus. »Hoffen wir auf das Beste. Auf Ihre Gesundheit, Frau Boldt!«

Rosika gefiel eine solche Anspielung nicht. Sie sagte nur: »Zum Wohl euch allen! Es ist so schön in Rom! Ich hasse es einfach fortzugehen.«

»Gefällt es Ihnen hier?«, fragte Pucher überaus stolz. »Später gibt's Musik.«

Vor Hesmert und Kecz erschien die Familie und begrüßte uns wie es im gastfreundlichen Italien üblich ist: »Essen Sie mit uns!«

»Danke!«, antworteten wir im Chor. »Wir haben schon gegessen.« Die Familie verzehrte eine Menge Makkaroni.

Der jüngste Sohn, der ein schwarzes Hemd trug, unterhielt sich gelegentlich mit uns.

Er sagte: »Die Engländer sollten uns sehen! Die reden nur schlecht über uns. Dabei haben wir so viel zu essen. *Evviva il Fascismo!*«

Ich lachte. Der Wein war sauer, aber recht angenehm. Wir konnten die Züge auf den Gleisen vorbeifahren hören, das Pfeifen und das Rumpeln der Räder. Am Foro ertönte immer noch Gesang, sehr weit entfernt und nicht sonderlich provozierend. Ich machte meinen Frieden mit der Welt und dem Faschismus. Ich dankte Gott, dass Rosika wieder gesund war. Man durfte ihre Krankheit gar nicht erwähnen. Ebenso wenig Griechenland. Dass wir nicht mit Hesmert nach Griechenland fuhren, war gut.

Es war dunkel und der Himmel voller Sterne. Unter der Pergola war es gemütlich und wurde immer wärmer, je mehr wir tranken. Die Lichter von Rom leuchteten nur undeutlich hinter dem Hügel. Doch eine Reihe Straßenlaternen auf dem neuen Damm strahlte hell. »Als wäre Ihre hübsche Perlenkette vom Himmel gefallen!«, sagte Frau Pucher. Sie streichelte Rosikas Arm.

»Oder die Sterne vom Firmament«, sagte ihr Mann.

»Wir sind heute Abend alle sehr poetisch gestimmt«, sagte ich. »Ich habe dem nichts hinzuzufügen, außer dass es wirklich schön ist.«

»Freu dich nicht zu früh!«, sagte Rosika ziemlich kokett.

Dann tauchten Kecz und Hesmert aus der Dunkelheit auf. Sie sprachen nicht miteinander, obwohl sie den ganzen Weg zusammen zurückgelegt haben mussten.

»Wir haben uns verirrt«, sagte Hesmert. Er reichte Rosika einen Strauß Feldblumen, hauptsächlich Mohn. »Ich habe Ihnen diese Blumen mitgebracht.«

»Ich wollte nur die Aussicht genießen«, sagte Kecz. »*Ich* habe mich überhaupt nicht verlaufen.«

»Setzt euch«, sagte ich. »Setzt euch, wohin ihr wollt, und trinkt. Loria und seine Schwester kommen später, aber Hesmert kann gern sitzenbleiben.«

Kecz verzehrte ganz allein ein großes Stück Käse. Sogar jetzt trug er seinen seltsamen kleinen Jägerhut schräg auf dem Kopf. Er lächelte ziemlich unglücklich.

»Da sind sie!«, rief Pucher. Er lief zum Tor. Wir hörten ein Auto hupen.

Loria und seine Schwester erschienen blitzartig, lachend und gestikulierend. Sie setzten sich ans Ende unseres Tisches, als wollten sie gleich wieder gehen. Lorias Schwester war sehr gescheit. Sie hieß Viola. »Nennen Sie mich Violet!«, sagte sie zu mir. Sie gab mir ihre behandschuhte Hand. »Wie lustig, wieder unter Bauern zu sein. Leben Sie seit jeher in Italien?«

Ich sagte: »Ja. Ich liebe Italien.«

»Hört! Hört!«, rief Hesmert, und »Hört! Hört!« schrie Rosika. Beide tranken auf mein Wohl.

Violet Loria begann, mir schöne Augen zu machen. Ich fragte sie: »Sind Sie verheiratet? Wo sind Ihr Mann und Ihre Kinder?« Ich wusste sehr wohl, dass sie ledig war. Sie hatte platinblond gefärbtes Haar, sehr glatt und glänzend. Sie nahm die ganze Zeit ihren Hut nicht ab. Die Gastwirte am Tisch nebenan konnten ihre Bewunderung einfach nicht im Zaum halten. Ich merkte, wie neidisch Rosika wurde. Sie legte ihren Arm um Hesmerts Schulter, um irgendwen zu beeindrucken. Violet hatte auch schönere Schuhe als Rosika. Kecz fragte sie nach Amerika. Sie drehte ihre Hand im Kreis. Ihr Bruder fand, dass sich Rosika gegenüber Hesmert unmöglich benahm. Um die ganze Gesellschaft aufzumuntern, schlug Pucher vor, uns die Hand zu lesen.

»Schön!«, rief Rosika. »Aber nur die unmittelbare Zukunft.«

»Warum?«, fragte Hesmert und sah sie an. Ich konnte seinen Gesichtsausdruck nicht erkennen, da die Kerze zwischen uns stand.

Kecz rückte seinen Stuhl neben Rosikas. »Amüsierst du dich?«, fragte ich sie über den Tisch. »Du hast drei Verehrer.« Sie zeigte mir eine lange Nase.

»Frau Boldt als erste!«, sagte Pucher. Er nahm Rosikas rechte Hand und winkte seiner Frau. Rosikas beide Arme streckten sich zwischen den Kerzen und Gläsern.

»Hoffentlich mogelt er nicht«, sagte ich.

»Handlesen ist seine Spezialität«, sagte Frau Pucher. Loria war zum Tisch unserer Gastwirte gegangen und besprach etwas mir ihnen. Bald ertönte eine quietschende Handorgel in der Dunkelheit. Ich konnte aber nicht sagen von wo, so sehr blendeten mich die Kerzen.

Jemand aus der Gesellschaft unserer Wirte begann zu singen. Rosika schien mit Puchers Handlesekunst nicht ganz zufrieden zu sein. Sie rief: »Ja, bitte, ›O Sole Mio‹! Mein Lieblingslied. Moio, erinnerst du dich an meinen Geburtstag?«

»Ich erinnere mich an alles«, sagte ich. »Hat er dir etwas Schönes prophezeit?«

»Gar nicht! Ich soll mich vor brennenden Gegenständen hüten! Und in England lauert irgendeine Gefahr auf mich. Ha! Ha! Ha!«

»Hoffentlich tanzen sie«, sagte Violet. »Eigentlich kann man zu diesen sentimentalen Liedern nicht tanzen.«

»Das schaffen wir schon«, sagte Rosika und nahm ihren Schal ab. Ich fürchtete, Kecz würde wieder ihr Dekolleté ansprechen. Er verzog sein Gesicht, sagte aber kein Wort. Er trank.

Das Mädchen sang ziemlich gut. Sie kannte sogar einige englische und amerikanische Schlager, und so sang sie *Broadway Baby* und *Red Sails in the Sunset*. Sie trug eine Art

Bauernkittel, der einen ganz natürlichen Eindruck machte. Ich musste sie die ganze Zeit anstarren, denn singende
Frauen wirken auf mich wie Monstrositäten.

Derweil nahm das Handlesen seinen Lauf. Pucher war
gerade bei Hesmert angelangt.

»Was sehe ich?«, fragte Pucher sich selbst. »Was sehe
ich?«

Alle warteten auf einen seiner boshaften Scherze.

»Also ... Was sehen Sie?«, fragte Kecz ziemlich grob.

»Wahrscheinlich eine schöne Ungarin? Nun ...«

Aber niemand lachte außer Loria, der wohl die Gesamt-
situation noch nicht ganz erfasst hatte. »Ich sehe«, sagte
Pucher, »ich sehe eine Reise.«

»Na schön«, sagte ich und legte meinen Arm um Vio-
lets Schulter. »Das ist völlig klar ... Griechenland.«

»Seltsamerweise ist es keine Reise ins Ausland. Es ist
eine innerhalb von Italien. Genau das sehe ich.«

»Sie schwindeln!«, rief Rosika.

»*Evviva Italia!*«, schrie Loria. »Italien hat Griechenland
endlich annektiert. Italien beherrscht das Mittelmeer!« Er
schien seinen freien Abend damit zu verbringen, sich über
seinen eigenen Patriotismus lustig zu machen, um sich
zu entspannen. Violet wand sich aus meiner Umarmung.
Hesmert schwieg, entzog aber Pucher seine Hand. Kecz
verschlang ihn mit seinen Augen.

Wir tanzten vor der Pergola auf dem gepflasterten Teil
des Hofes. Ich tanzte mit Violet. Sie war etwas zu klein für
mich.

»Aber es geht ganz gut«, sagte meine kleine Partnerin.
»Sie sehen aus wie ein schlechter Tänzer, sind aber eigentlich ein guter.«

Mir gefiel ihr platinblondes Haar nicht. Also schwieg
ich. Glühwürmchen und Stechmücken flogen herum. Ich
sah Rosika mit Hesmert tanzen. Sie tanzte auf ihre übliche

Weise, ziemlich angespannt in den Hüften, ein bisschen übertrieben, aber keineswegs hingebungsvoll. Loria entführte sie mitten im Tanz, und dann kam Kecz und verbeugte sich. Ich saß inzwischen schon wieder mit Pucher zusammen. Ich blies Zigarettenrauch nach den Insekten, und er rauchte ebenfalls. Wir tranken ziemlich viel. Violet machte sich an Hesmert heran. Also tanzte ich mit Rosika. Ich sagte: »*Faute de mieux on danse avec son man ...*«

Sie lachte neckisch. »Du bist nicht derselbe, wenn du tanzt«, sagte sie. Ihr Blick wanderte ständig ab. Ich folgte ihrem Blick und sah Hesmert, der eben mit Violet von einem entlegenen Teil des Weingartens zurückkehrte. Rosika lachte mir ins Gesicht und küsste mich mitten im Tanz auf den Mund. Ich ließ sie stehen. Kecz kam und sagte etwas auf Ungarisch zu ihr.

»Was für eine herrliche Nacht!«, sagte Pucher zu mir. »Ich hoffe, Sie haben eine gute Reise.«

Frau Pucher sagte: »Ich bin so froh, dass Sie nur mit Rosika verreisen.«

»Es ist leichter, einen Sack voll Flöhe zu hüten als Rosika!«, sagte ich, doch ich bereute es sofort, als ich es ausgesprochen hatte. Verlegen bat ich Frau Pucher um einen Tanz.

Uns Wienern zuliebe spielte die Drehorgel einen Walzer. Frau Pucher war leicht wie eine Feder. Ich konnte erst jetzt sehen, wie schön ihre Augen waren.

»Welch eine Nacht!«, sagte ich. »Einfach wunderbar!«

»Ach Wien!«, seufzte sie. Wahrscheinlich dachten wir beide an unsere Jugend.

»Ja, Wien«, wiederholte ich. Ich wirbelte sie flink linksherum.

»Wenn nur dieser Hitler nicht wäre!«, sagte sie. »Wissen Sie, was man sich in Rom erzählt ... Dass Hesmert ein Naziagent ist?«

»Was für eine alberne Vorstellung! Hesmert! Der doch so aufrichtig ist!«

Sie antwortete nicht. Später hörte ich irgendwo im Dunkeln eine kleine Auseinandersetzung. Rosika hatte ihren Mantel angezogen, damit sie sich nicht wieder erkältete. Loria sagte zu ihr: »Ihre beiden Verehrer sind sich in die Haare geraten!«

»Welche denn?«, fragte ich. Rosika spitzte die Ohren und riss die Augen weit auf, als Hesmert und Kecz mit puterrot angelaufenen Gesichtern zurückkehrten.

Gegen Mitternacht löste die Gesellschaft am Nebentisch sich unter viel Gelächter und Händeschütteln auf. Die alte Großmutter bestand darauf, Rosika und auch Violet zu segnen, bevor sie ging.

»Möge Gott Sie immer beschützen!«, sagte sie feierlich und schlug das Kreuzzeichen in der Luft.

Wir machten uns nach einer weiteren halben Stunde auf den Rückweg. Pucher bezahlte alles. Er ging mit seiner Frau voran. Rosika führte mich erneut zum Rand des Hügels. Sie legte ihre Arme um meinen Hals. Ich küsste sie zweimal auf die Wange und zweimal auf den Mund.

»Na also!«, sagte sie. »Und vor kurzem warst du völlig lustlos.«

»Ich habe immer Lust.«

»Ich auch.«

»Aber nicht immer auf mich.«

»Willst du je eine andere?«

»Dummkopf!«

»Was ist mit Violet?«

»Eine Episode. Und Hesmert?«

»Eine Episode. War es nicht ein *herrlicher* Abend? Eine Abschiedsparty entwickelt sich selten auf diese Weise. Schau dir die schönen Lichter an! Schau nur, unser schönes Rom!«

Doch ich hatte nur Augen für sie. Ich drückte ihren Arm so fest, dass sie fortlief. Ich konnte sehen, dass die ganze künstliche Beleuchtung auf dem Damm abgeschaltet worden war.

Als wir den Bahnübergang fast erreicht hatten, merkte Rosika, dass sie etwas hatte liegen lassen. Diesmal ihren Fuchs.

»Er liegt irgendwo am Rand, wo wir gestanden sind, Moio. Dein Fehler.«

»Dann geh ich«, sagte ich. Aber ich war müde und hatte nichts dagegen, als Hesmert und Kecz zusammen aufbrachen, um den Fuchs zu suchen. Rosika lachte. »Es hat seine Vorteile, zwei Verehrer zu haben. Wir gehen langsam voran. Bitte nicht so schnell.«

Wir erreichten den Bahnübergang und gingen weiter. Die Puchers waren immer noch vor uns, und wir folgten ihnen. Die Lorias, die in einem ganz anderen Stadtteil von Rom wohnten, waren schon lange in ihrem Wagen fortgefahren. Wir hatten ihr Angebot abgelehnt, uns mitzunehmen. Sie wohnten wirklich weit weg, fast auf dem offenen Land. Vielleicht hätten wir doch mit ihnen fahren sollen. Dann hätte man die Sache mit dem Fuchs leicht regeln können. So nahmen die Dinge ihren Lauf.

Als die beiden Puchers sich lange nicht bemerkbar gemacht hatten, rief Rosika: »Warten Sie bitte einen Moment. Ich habe wieder etwas liegengelassen. Es tut mir so leid!«

Die Puchers kehrten zu uns zurück, und Frau Pucher sagte: »Ach, keine Sorge. Zu dieser Zeit macht eine Viertelstunde mehr oder weniger keinen Unterschied. Nachts bekommen wir auf der *piazza* so viele Taxis wie wir wollen.«

Wir gingen zurück in Richtung Bahnübergang. Die Straße vor uns war im Licht der Sterne deutlich zu sehen. Rechts von uns konnten wir aus der Ferne das Pfeifen eines Zugs hören, und bald sahen wir die Lokomotive näherkommen. Plötzlich sahen wir Hesmert und Kecz hinter dem Übergang auf uns zu rennen. Und der Zug näherte sich dem Übergang. Pucher begann mit den Händen zu winken, doch Hesmert, der einen kleinen Vorsprung vor Kecz hatte, lief noch schneller. Er hielt den Fuchs und wirbelte ihn um seinen Kopf.

Sie mussten den Zug gesehen haben oder zumindest gehört. Bestimmt hatten sie ihn gehört. Rosika barg ihr Gesicht in den Händen. Pucher schrie, doch seine Schreie wurden vom Kreischen der Lok übertönt. Hesmert konnte sich gerade noch mit einem Sprung retten. Kecz wurde erfasst und in die Dunkelheit geschleift. Wir konnten ihn nicht mehr sehen. Es war ein langer, aber sehr schneller Güterzug. Rosika saß auf einem Meilenstein und schluchzte krampfhaft. Atemlos und selbst wie eine Lok keuchend, legte Hesmert ihr den Fuchs um die Schultern. Ich schrie ihn an: »Sie Idiot! Sie Unmensch!«

Er sah mich erstaunt an. Er wirkte verärgert. Er wusste nicht, was Kecz zugestoßen war.

»Was zum ... Wo ist Kecz?«

Pucher überquerte als Erster die Gleise, lief mit vorgebeugtem Kopf im Gras und auf den Steinen des Bahndamms umher. Ich folgte ihm. Nach ein paar Metern fanden wir Blutflecken im Gras. Kecz lag mit dem Gesicht nach unten, seine Hosen waren nur blutige Fetzen. Ich drehte ihn um. Er atmete noch, hatte aber das Bewusstsein verloren. Pucher und ich verbanden notdürftig seine Wunden. Rosika lief herbei, riss ein Stück von ihrem Kleid ab und gab ihren Schal.

Wir hatten Glück. Ein Privatwagen fuhr gerade vorbei. Sie nahmen uns mit, und wir rasten durch die Vororte und über den Tiber zu einem Krankenhaus. Im Wagen saßen

zwei Herren mit Strohhüten, der eine ein gewisser Cara-
mucci, der andere ein gewisser Arnold, ein italienischer
Jude aus Triest.

Rosika saß neben Arnold, dem Fahrer. Sie konnte nicht
aufhören zu weinen. Ich wiederholte ständig: »Wir zahlen
für die Schäden an Ihrem Wagen«, und dankte ihm, denn
die Polsterung war bald blutgetränkt.

Wir gaben Kecz in die Obhut der Fachleute. Alle waren
sehr flink und effizient. Niemand durfte bei ihm bleiben.
»Ich will warten!«, rief Rosika. »Ich warte; er ist mein
bester Freund.« Doch schließlich überredete ich sie, mit
den Puchers nach Hause zu fahren. Frau Pucher ver-
sprach, die Nacht über bei ihr zu bleiben. Ich wartete mit
Hesmert im Krankenhaus. Die Lichter auf der Schalttafel
sprangen nach oben und unten. Hin und wieder kam eine
Schwester vorbei. Das Mädchen an der Schalttafel winkte
uns herbei.

»Dr. Scialli operiert sofort. Man kümmert sich gut um
ihn.«

»Was hat er?«, fragte ich.

Sie nickte ernst. »Beide Beine.«

Wir warteten bis halb vier. Wir durften nicht rauchen.
Hesmert sprach kein Wort. Wir gingen auf und ab, und ich
flüsterte gelegentlich: »Was für eine Dummheit! Was für
ein Irrsinn!«

Endlich brach Hesmert sein Schweigen. Er sagte: »Genau wie das Kind! Er sah genau wie dieses Kind aus!«

»Sie haben kein Glück mit Straßen.«

»Glauben Sie ... Glauben Sie?«, sagte Hesmert. Er baute
sich herausfordernd vor mir auf. »Glauben Sie, er hat es
absichtlich getan?«

»Warum sollte er?«

»Er hat auf dem Rückweg so merkwürdige Sachen gesagt. Wir sind zunächst gegangen, und dann begann er zu

rennen. Und der andere Streit, den wir vorher hatten. Er sagte ...«

»Schweigen Sie!«, sagte ich. »Bilden Sie sich bloß nichts ein.«

»Ich nicht. Nur Rosika.«

Ich antwortete nicht. Ich hasste weder ihn noch Rosika. Ich war zu müde.

Gegen vier Uhr schoben sie eine Rolltrage aus einem der Zimmer an uns vorbei. Der Arzt schickte nach uns. Er sah wie ein Metzger aus, aber das war sein Beruf. Er sagte, es gebe Hoffnung, dass er durchkommt. Dann gingen wir nach Hause.

Am nächsten Morgen gingen Rosika und ich sofort wieder ins Krankenhaus. Im Wartezimmer trafen wir zwei Journalisten und vier oder fünf ungarische Kollegen von der Akademie. Rosika hatte die ganze Nacht kein Auge zugetan. Sie trug ihr blaues Kleid und sah krank aus.

Immer noch durfte niemand Kecz besuchen. Dr. Scialli sprach mit uns, und die Journalisten verschwanden rasch, nachdem sie ihre Arbeit getan hatten. Es drehte sich alles um eine Kampagne gegen höhengleiche Bahnübergänge. Die Regierung hatte seit Jahren ihr Bestes gegeben, aber ohne Erfolg.

Es gab keine Hoffnung, Kecz zu sehen. Scialli nahm Rosika beiseite und flüsterte etwas. Als wir mit der Straßenbahn nach Hause fuhren, rief Rosika: »Was für ein Mann. So einen Freund finde ich nie wieder. Er hat nur für einen Moment das Bewusstsein wiedererlangt. Weißt du, wem sein erster Gedanke galt?«

»Nein«, sagte ich. »Wahrscheinlich dir.« Ich hasste sie doch.

»Ja! Und er sagte, ich solle keinesfalls meine Abreise ein zweites Mal verschieben. Das würde Unglück für mich bedeuten. Auf jeden Fall dürfe er mich lange Zeit nicht sehen.«

Ich schwieg. Zu Hause mussten wir jede Menge Vorkehrungen für unsere Abreise treffen. Alle Koffer standen im Korridor. »Nun?«, fragte ich Rosika, als sie ihren Hut abnahm. »Nun? ... Bist du wirklich bereit, zu fahren?«

Sie sagte: »Ich denke schon. Ergibt es Sinn, länger zu warten? Die Schwester hat mir versprochen, jeden Tag zu schreiben. Er hat hier viele Freunde. Die Leute in der Akademie sind ganz außer sich. Er war ein sehr bemerkenswerter Mann.«

»Er ist aber noch nicht tot«, sagte ich. Ich zuckte die Schultern. »Wie du willst.«

»Halte mich nicht für herzlos, Moio. Ach, jetzt ist alles völlig verdorben. Mein süßer Moio!«

Sie umarmte und küsste mich. »Schon gut«, sagte ich. »Deine Gesundheit ist doch auch etwas wert, oder? Beruhige dich. Er kommt durch. Es wäre zu lächerlich, wenn jemand seine Beine oder sein Leben wegen eines Fuchspelzes verlöre!«

»Ich bin völlig nichtswürdig«, weinte Rosika. »Aber diesen Burschen, diesen Hesmert will ich nie wieder sehen.«

Den ganzen Vormittag packten wir, verschnürten Dinge, verschickten sie, telefonierten. Ich verbrannte all meine alten Artikel und viele Briefe. Martas Briefe nahm ich mit. Einige Koffer ließen wir abholen. Wir schickten sie voraus nach Siena. Rosika schlief mit rosa Wangen und geschwollenen Augen ganz angekleidet auf ihrem Bett ein. Wir hatten kein Mittagessen. Trotz der großen Hitze lief ich noch einmal zum Krankenhaus. Ich sprach abermals mit Scialli.

Er sagte: »Vielleicht bringen wir ihn durch. Es kann Wochen dauern. Dass er Besucher empfängt, kommt eine Zeitlang gar nicht infrage. Sein Herz macht mir Sorgen. Sie sollten auf jeden Fall abreisen. Diese ganze Geschichte scheint Ihre Frau sehr mitzunehmen. Völlig verständlich!«

Am nächsten Morgen wehte ein frischer *tramontana* – der Nordwind, der die Berghänge sauberfegt.

»Sag alledem Lebewohl«, sagte ich zu Rosika, während das Zimmer immer leerer wurde. Sie trat auf den Balkon und sah auf Rom hinab. In einer Zimmerecke lagen Papiere herum, in einer anderen ein paar nutzlose Blusen, Wäsche und einige alte Puderquasten.

»Das wäre alles, Enrietta«, sagte Rosika. Und sie küsste das glückliche Zimmermädchen.

»Wir werden es nie wieder so schön haben«, sagte sie und küsste jeden. Der Oberst vergoss eine Träne, seine Frau schrie, Enrietta weinte, der Pudel gähnte.

»Also ... Auf geht's!«, sagte ich. »Wir verpassen unseren Zug.«

Rosika steckte ihr Taschentuch weg, als wir im Taxi saßen. Es war früh am Morgen. Die Straßen waren noch menschenleer. Wir wurden von unserem Gepäck fast erdrückt. Plötzlich heiterte sich Rosikas Miene auf.

»Moio!«, sagte sie und umarmte mich. »Ich habe *dich*, nicht wahr?« Sie trug einen Schleier und sah damit sehr erwachsen aus. Ich trug auch eine Art Reisemütze. Erneut kam es mir so vor, als würden wir ein neues Leben beginnen. Ich zählte mein Geld und die Kontrollabschnitte in meinem Scheckbuch.

Zwei Nonnen gingen vorüber, als wir langsam die steile Via Quattro Fontane hinauffuhren.

Rosika sagte: »Warum zählst du nicht von zehn rückwärts?«

»Ich bin nicht mehr abergläubisch. Es ist schon zu viel geschehen. Vielleicht haben die Götter schon die Nase voll.«

»Oh, hoffentlich.«

Wir kauften die Fahrkarten nach Spoleto und fanden zwei Sitzplätze in einem Abteil. Ich kaufte für Rosika zwei

Modemagazine aus Paris, eine ungarische Tageszeitung und einen Detektivroman für zehn Lire. Ich selbst wollte im Baedeker über Spoleto lesen. In solchen Dingen war ich sehr gewissenhaft.

Zehn Minuten bevor der Zug abfuhr, erschienen die Puchers mit Pralinen und Blumen. Frau Pucher sagte: »Nur einen Augenblick. Der Doktor muss gleich zurück ins Büro.« Und sie umarmte Rosika.

»Wie geht's Kecz?«, fragte Pucher mit gedämpfter Stimme.

»Besser. Es gibt Hoffnung«, sagte ich.

»Wir stehen am Vorabend großer Ereignisse!«, sagte Pucher. Wir gingen am Bahnsteig auf und ab. Er rauchte eine kleine schwarze Zigarre. »Das, wovon ich Ihnen erzählt habe, steht kurz bevor. Ein Abkommen mit Hitler!«

»Kapitulation?«

»Nicht ganz. Man ist auf alles vorbereitet.«

Sie verließen uns gleich darauf. Wir winkten vom Zugfenster, und sie winkten zurück. Der Zug stand noch im Bahnhof. Der Bahnsteig war voller Abschied nehmender Familien.

Rosika und ich vergaßen Kummer und Not vor Aufregung, wieder auf Reisen zu gehen. Wir plauderten miteinander, während wir aus dem Fenster schauten. Rosika aß eine Menge Pralinen. Ich kaufte noch ein paar Orangen. Wir hatten das Abteil für uns.

Rosika blieb am Fenster stehen. Ich beschäftigte mich mit einer unserer Reisetaschen. Ich hörte das Abfahrtsignal.

Rosika schrie: »Da ist er ja!« Ich sah, wie sie ihr Taschentuch zückte und damit winkte. Sie errötete. Ich ging zu ihr ans Fenster.

»Hesmert!«, rief ich. Hesmert drängte sich durch die Menge. Als er nicht mehr weit von uns entfernt war, konnte ich erkennen, dass er einen ziemlich großen Koffer trug. Er musste uns schon seit langem gesehen haben, denn er ging direkt auf unser Abteil zu und schwang sich hinein. Eine Minute später begann der Zug loszufahren. Mütze und Koffer in der Hand stand er lächelnd am Eingang unseres Wagens.

»Darf ich?«, fragte er. »Ich habe meine Meinung geändert. Ich fahre mit Ihnen. Ich habe eine Einladung von Gatti für uns alle.«

Wir gaben uns die Hand, und er setzte sich. Der Zug erreichte seine Vollgeschwindigkeit. Rosika bot Hesmert Pralinen an und er mir Zigaretten.

ZWEITER TEIL

1

Das Land, das wir durchquerten, war hügelig und von der Hitze ausgedörrt. Flussbette verliefen von Nord nach Süd, aber sie führten kein Wasser. Die Hügel wurden flacher von Ost nach West. Als die Sonne hinter der letzten Hügelkette unterging, konnte man ein dunkles Band sehen, welches das Meer sein mochte, und vor dem die Bergketten, erfüllt von Schatten, sich wie auf einem Bühnenbild übereinander türmten.

Städte lagen auf den näher gelegenen Hügeln, und nahebei gab es andere, kleinere mit Ruinen oder Burgen obendrauf. Auf den Berggipfeln standen Klöster oder Kapellen oder Kreuze. Es war ein frommes Land, doch die Frömmigkeit wirkte nicht so prunkvoll wie in Rom. Die Kirchen waren uralt. Auf den Ebenen zwischen den Hügeln lagen etliche antike Etruskergräber, ihr Tuffstein bemalt mit fröhlichen und obszönen Figuren.

Die Hauptstraßen waren geteert und in gutem Zustand. Die Nebenstraßen, auf die wir manchmal ausweichen mussten, waren schmutzig und vernachlässigt. Die Gasthöfe billig und gut. Die Menschen freundlich. Wegen der Hitze kamen wenige Touristen. Die Industrieproduktion der ganzen Provinz war völlig unbedeutend, aber es gab recht viel Heimarbeit.

Man konnte der Hitze kaum entkommen. Öffnete man die Fenster des Zugabteils, strömte Hitze herein. Man aß seine Mahlzeiten hinter geschlossenen Türen und Fenstern. Doch die Hitze drang durch die Spalten ein. Die Hitze lag auf den Plätzen der Städte, auf den Wiesen mit vertrocknetem Gras und auf den Gipfeln der Hügel. In den

Nächten kroch die Hitze ins Haus; man musste die Türen und Fenster offen lassen, zumindest während der Nächte. Abends dachte man oft, dass die kühle Brise bei Sonnenuntergang das Ende der Hitze ankündigte, doch die Brise hielt nicht lange an.

Die Hitze änderte alles. Sah man irgendwo Wasser, war man glücklich und zog das eine oder andere Kleidungsstück aus. Die Zeit schien stillzustehen. Um zwei Uhr nachmittags war alles so leer und still wie um Mitternacht. Zu dieser Stunde kamen wir oft zufällig an einer Kirche oder einem Museum vorbei, dessen Wärter schliefen; Besucher dösten, Hunde ringelten sich in einer Ecke zusammen. Gegen Abend wurde es laut in den Straßen, und viele junge Burschen sangen die ganze Nacht auf den Straßen oder Feldern. Eigentlich vertrug nichts und niemand diese Hitze. Die Wälder auf den höheren Berghängen waren trocken und kahl. Das Gras knisterte. Nachts brannte irgendwo ein Feuer in den Wäldern am Horizont. Die Esel waren unglücklich wegen der Fliegen, und nur die Fliegen und womöglich die Stechmücken schienen die Hitze zu mögen.

Betrat man tagsüber einen Platz oder Park, war es dort viel wärmer als in den schmalen Gassen zwischen den hohen Häusern. Oft stand man auf einem Platz ganz allein in der Sonne, und ich kam mir wie ein Schauspieler vor, der eine Bühne betritt. Tatsächlich hatten wir das ganze Theater für uns. Große Reisebusse voller schwitzender Touristen sausten durch das Land, um den Ausflug schnellstmöglich zu beenden.

Wir blieben dabei, trotz der Hitze. Wir hatten es nicht eilig. Wir kamen langsam voran, nicht ohne von der Hitze beeinflusst zu werden. Im Gegenteil, die Hitze machte uns zu ihren Erfüllungsgehilfen. Wir hatten nur wenige Ideen und Gefühle, aber hielten nahezu fanatisch an ihnen fest. Wir waren wie von Dämonen besessen. Rosika wurde noch dickköpfiger, ich noch schrulliger und Hesmert noch zurückhaltender. Wenn wir uns stritten, stand alles auf dem Spiel. Wenn wir uns liebten, dann hitzig.

In den Museen hingen viele schöne Ikonen von alten Meistern, freundliche Madonnen und schlichte Heilige. Wir betrachteten sie als selbstverständlich, ohne ihre Schlichtheit zu verspotten. Von den Fenstern unserer Gasthöfe konnten wir von dem Hügel, auf dem wir uns befanden, zu demjenigen sehen, auf dem wir gestern gewesen waren. Dazwischen standen Baumgruppen am Rand ausgetrockneter Flussbette und das eine oder andere Zeltlager mit Soldaten.

Wir trugen kaum etwas auf dem Leib und tranken viel zu viel. Sonst hätten wir es nicht ausgehalten. Eigentlich wollten wir vernünftig sein und nichts trinken, aber letztendlich tranken wir weiter. Je mehr wir tranken, desto heißer wurde uns. Beim Briefeschreiben blieben unsere Hände auf dem Papier kleben.

Am zweiten Tag unserer Reise hatten Hesmert und ich uns je einen Strohhut in einem Ramschladen gekauft. Es waren runde, flache Dinger, »Kreissägen« genannt, und wir mussten reichlich albern damit ausgesehen haben, denn Rosika lachte uns aus.

Auf dieser Reise lachten wir wirklich viel.

2

Die Strohhüte hatten wir in unserer ersten Stadt gekauft. Am Vortag waren wir in Spoleto angekommen, doch da wir vereinbart hatten, dass Rosika sich in den Bergen erholen sollte, blieben wir nicht lang. Wir trugen unser

105

spärliches Gepäck zum anderen Bahnhof und nahmen einen Zug, der uns zu einem schmutzigen Ort im Apennin brachte, wo es noch wärmer war als in Spoleto und wo wir gegen Abend eintrafen.

Wir stellten unsere Koffer ab und betrachteten die untergehende Sonne. Rosika sagte. »Ich möchte ein Eis.«

Ich sagte: »Hesmert, Sie sind der Eis-Experte. Bringen Sie ihr ein Eis!«

»Ich würde lieber nach einer Unterkunft für die Nacht suchen«, sagte Hesmert und warf sein Jackett über die Schultern. »Ich komme zurück, sobald ich eine gefunden habe.«

»Dann besorge ich das Eis«, sagte ich. »Hesmert kennt sich besser mit Hotelsuche aus.«

Rosika bekam ihr Eis. Ein Bub erschien und wollte unser Gepäck mitnehmen.

»Wohin?«, fragte ich ihn.

Er deutete auf den Kastanienwald. Dieser lag in einer Art engem Tal, die Bäume strahlten Hitze aus und im Tal herrschte Bruthitze.

»Halt!«, rief ich, denn ich hielt es für eine schlechte Idee. »Wir warten, bis Hesmert zurückkommt.«

»Ich will noch ein Eis«, sagte Rosika, aber meiner Ansicht nach hatte sie schon genug. Ein alter Mann mit einer Handkarre voller Obst kam vorbei, und ich kaufte zwei Pfund Pfirsiche.

Rosika sagte: »Ich kann sie nicht ungewaschen essen.« Sie rümpfte die Nase und ging zurück in den kleinen Bahnhof, wo sie einen Brunnen zu finden hoffte.

Unterdessen sprach ich mit dem alten Mann.

»Es ist heiß«, sagte ich.

»Ich habe trotzdem gute Pfirsiche. Ich komme aus der Romagna, der Provinz Mussolinis.«

»Haben Sie einen Sohn, der im Krieg kämpft?«

Er sagte: »Zwei! Beiden geht's gut. Sie haben Orden und reichlich zu essen. Sie schreiben, aber ich kann es nicht lesen.«

Ich sagte: »Es ist sehr heiß. Ist es immer so heiß in Umbrien?«

»Nicht immer. Aber in der Romagna haben wir immer gutes Obst.«

Rosika kam zurück. Der Saft ihres Pfirsichs lief ihr am Kinn und an beiden Mundwinkeln hinunter. Sie beugte sich beim Gehen vor, um ihr Kleid nicht zu bekleckern.

»Köstlich! Koste mal. Die Hitze ist mir egal, solange es so gute Früchte gibt.«

Ich nahm also auch einen. Er war wirklich köstlich. Der Alte mit seiner Karre sah uns voller Stolz an.

»Noch ein Pfund?«, bot er an.

Hesmert kehrte zurück. »Nichts!«, sagte er. »Ihr könnt selber nachsehen. Es gibt nur ein Hotel, riesengroß und hässlich, genauso wie es Rosika nicht ausstehen kann. Und es sind nur zwei kleine Bruchbuden frei. Schäbige kleine Zimmer.«

Rosika gab ihm auch einen Pfirsich. Sie sagte: »Woher wollen Sie wissen, welche Art von Hotel ich mag und welche nicht? Ich amüsiere mich gern in großen Hotels. Nicht wahr, Moio?«

»Bestimmt nicht bei dieser Hitze«, sagte Hesmert.

»Manches funktioniert sogar besser, wenn es heiß ist«, sagte Rosika. Sie lachte. »Sich zu amüsieren, beispielsweise.«

»Wir können es uns jedenfalls anschauen«, sagte ich. »Was sollen wir machen, wenn wir nichts anderes finden?«

Hesmert sagte rasch: »Ich glaube, es fährt noch ein Zug nach Spoleto, wenn wir uns beeilen. Ich habe vorher nachgesehen.«

»Ihr beiden scheint euch herzlich wenig um meine Kur zu kümmern. Wenn es nach euch ginge, würdet ihr von einer Stadt zur anderen fahren, um dort auf Sauftour zu gehen.«

»Ja«, riefen Hesmert und ich gleichzeitig. Wir hatten viel Spaß. Im großen Hotel herrschte allenthalben Gleichgültigkeit. Wir sprachen mit einem Zimmermädchen, einem Portier und mit dem Direktor; wir besichtigten zwei hässliche, schlecht möblierte Zimmer, kehrten zurück zum Bahnhof, wo der Obstverkäufer auf unser Gepäck aufgepasst hatte, und fuhren zurück nach Spoleto.

Dies war der Tag, bevor wir die Hüte kauften, über die Rosika so lachen musste. Der Gasthof in Spoleto war ein einstöckiges Haus mit Hinterhof, Pergola und einem Garten ohne eine einzige Blume. Die Treppe knirschte und der Fußboden war schief.

Ich hatte nach zwei Zimmern gefragt. »Nun?«, sagte Rosika mit fragendem Blick, nachdem der Mann uns nach oben, durch viele Korridore, in eine staubige Dunkelheit geführt hatte.

»Zwei Betten«, sagte der Mann. Er trug eine Schürze. »Und ein Bett.«

Hesmert wandte den Blick ab, als schämte er sich. Ich sagte: »Hier drin ist es heiß! Schrecklich!« Ich öffnete das Fenster am anderen Ende des Korridors. Unterwegs spitzte ich die Ohren, hörte aber kein Flüstern hinter meinem Rücken. Nichts rührte sich. Das gefiel mir sehr, und ich war bester Laune, als ich zurückkam.

»Du bleibst hier!«, sagte ich zu Rosika. »Das Einbettzimmer ist viel größer. Und wir nehmen das andere.«

Hesmert trat vor mir ein. Rosika warf mir noch einen flüchtigen Blick zu. »Morgen brauche ich viel heißes Wasser«, sagte sie zu dem Mann mit der grünen Schürze. »Haben Sie ein Badezimmer?«

»Es tut mir leid. Wir haben auch nicht viel Wasser. Trocken. Heiß!«, sagte der Mann.

»Haben Sie wenigstens Wanzen?«, scherzte Rosika. Sie hatte einen köstlichen Humor, und Hesmert brach in Gelächter aus. Wir lachten alle, Rosika, Hesmert und ich und auch der Mann mit der grünen Schürze.

»Sie ist so witzig! Ich muss ständig über sie lachen«, sagte Hesmert, als wir allein im Zimmer waren. Er holte seine Sandalen aus seinem Rucksack.

»Man kann sie durchaus für witzig halten«, sagte ich. Dann nahm ich ebenfalls meine Sandalen heraus.

Als wir in der Pergola bei kaltem Hühnchen saßen, sagte Rosika: »Ich werde verrückt, wenn ich nicht genug Wasser bekomme.«

»Bade in Wein«, sagte ich und hob mein Weinglas. »Das ist viel billiger.«

»Trink nicht so viel, Moio, sonst hat dein Zimmergenosse nicht viel Freude an dir. Ich hoffe, ihr kommt gut mit einander aus.«

Ob wir gut oder schlecht miteinander auskamen, war ohne Bedeutung, denn in jener Nacht schliefen wir alle sofort ein. Wir spürten weder Eifersucht noch Gewissens- oder Wanzenbisse. Doch die Hitze hatte uns bis dahin noch nicht richtig ausgelaugt.

Vor fünf Uhr nachmittags gingen wir nicht nach draußen. Ich hatte ein paar Briefe geschrieben. Mein Gehirn schaltete auf Leerlauf, wann immer ich an meinem Buch arbeiten wollte. Hesmert brachte mir ein großes Glas *sciroppo*. Er lag einfach nur still auf seinem Bett. Er rauchte nicht einmal.

Rosika hatte auch einen Strohhut, aber einen viel größeren als unsere, der die Stirn frei ließ. Dazu hatte sie einen japanischen Sonnenschirm. Der Schirmschatten ließ ihr Gesicht gelb aussehen. Wir gingen in die Kathedrale, an deren Eingang ein blauer Vorhang romantisch im Wind flatterte; vom Dom hinauf zur Burg, von der Burg zu einer berühmten alten Brücke aus der Römerzeit; dann machten wir einen Bogen am Berghang, kamen zu einer anderen alten Kirche, wo wir normannische Reliefs bewunderten, rasteten auf einem kleinen Hügel, genossen die Aussicht und aßen Obst.

Hesmert sagte: »Ich habe gerade Blumen für Sie gefunden. Es sind wohl Waldnelken.« Er verschwand im Gebüsch. Man hörte überall ein Rascheln im trockenen Laub wie von Schlangen. Ein Zug pfiff unten in der Ebene und ein paar Staubwolken wehten vorüber. Die Menschen verließen die Stadt und verstreuten sich auf den Wiesen, zum Arbeiten oder zum Vergnügen. Ich saß Rosika gegenüber. Ich rauchte. Sie sagte: »Du bist wirklich sehr rücksichtsvoll. Ein echter Freund.«

»Du darfst mich deswegen nicht auslachen.«

Es war gegen sieben Uhr, und die Brise wehte von den Bergen herab. Rosika musste ihren großen Hut mit beiden Händen festhalten. Sie rollte mit den Augen.

»Ich lache dich nicht aus. Ich bin ganz ernst. Willst du wirklich nicht, dass Hesmert sich unbehaglich fühlt? Wie taktvoll und bewundernswert! Ich hätte nie gedacht, dass du dazu fähig bist.«

»Eigentlich war es ziemlich schwierig.« Ich setzte mich neben sie auf den Stein. Die Sonne brannte auf meinen Wangen. Ich legte meinen Arm um ihre Taille. Sie trug kaum etwas auf dem Leib.

Ich sagte: »Hast du deine Tür offen gelassen?«

Sie schob meinen Arm fort. Über uns polterten einige Steine. »Lass mich in Ruhe. Zu heiß. Da ist Hesmert.«

»Ich lass dich nicht in Ruhe. Du lachst mich ja doch aus.«

»Nächstes Mal nehmen wir ein Zimmer für drei. Na ... Was ist schon dabei? Bist du ein Puritaner?«

»Ich nicht. Aber du. Alle Frauen sind Puritaner. Keine ist mutig genug für echtes Heidentum.«

»Das wäre ich. Aber diese Deutschen! Pah ...!«

Sie stand auf und strich ihren Rock glatt. Hesmert brachte ihr einen Blumenstrauß. »Schön!«, sagte sie. »Hesmert, Sie sind ein kühner junger Mann. Hoffentlich wurden Sie nicht von einer Schlange gebissen.«

»Setzen Sie sich wieder«, sagte Hesmert. Er nahm seinen Fotoapparat aus dem Futteral. »Ich mache ein Foto von Ihnen.« Rosika musste wieder mit beiden Händen ihre Hutkrempe festhalten und mit den Augen rollen. Hinterher sagte sie: »Und wenn ich mir vorstelle, dass ich mit euch beiden Jungs an der Grenze zwischen Umbrien und der Toskana sitze! Was für eine schöne Reise!« Sie stieß einen Seufzer aus.

Ich sagte: »Erstens ist das nicht die Grenze zwischen Umbrien und der Toskana. Und zweitens frage ich mich, wann mir das Geld ausgeht.«

»Moio, denken wir nicht daran!«

Sie steckte sich das Sträußchen Waldnelken an den Gürtel. Wir setzten unseren Spaziergang fort, stießen auf eine dritte und vierte Kirche und kamen in einem großen Bogen zurück zu der berühmten Brücke.

Hesmert sagte: »Sie wurde von den Langobarden erbaut.«

Ich sagte: »Seien Sie nicht so stolz! Es waren die Römer.« Rosika lachte und hakte sich bei uns beiden ein. »Schlag im Baedeker nach«, sagte sie und drückte meine Hand. Ich holte das Büchlein hervor und schlug nach. Nach einiger Zeit sagte ich: »Hesmert, Sie haben recht. Die Langobarden haben jedenfalls mitgeholfen. Die Langobarden waren ein deutsches Volk.«

»Die Römer auch«, sagte er. »Alle kultivierten Völker waren Deutsche und Arier.«

»Tatsächlich?«, fragte ich. Dann schwieg ich. Wir kamen an einem Spielplatz. Dort herrschte ein Höllenlärm. Die Kinder hatten täglich zwei Stunden zum Spielen. Dieser Spielplatz war schmutzig. Die Kinder spielten auch zwischen den umgedrehten Stühlen in einem Musikpavillon aus Holz. Zwischen den ausgefransten Bäumen konnte man drei Berge sehen, die Zuckerhüten glichen.

Rosika sagte. »Ich wette, er denkt wieder an seinen Sohn.«

»Hast du etwas gesagt, Rosika?«

»Nichts.«

Wir hatten uns eben erst an den Tisch zum Abendessen niedergelassen, als Hesmert sich entschuldigte.

»Ich muss mich einfach umziehen«, sagte er. Also war ich wieder eine Zeitlang allein mit Rosika.

»Tut dir die Hitze gut?«, fragte ich.

»Oh, wunderbar. Mit ist ein bisschen schwindelig. Ich bin so froh, dass wir nicht nach Griechenland gefahren sind.«

Ich schwieg. Sie trank Wein, und ich dachte, ich könnte ihn ihre Kehle hinabrinnen sehen. Wir aßen wieder Brathühnchen.

Ich sagte: »Du hast Hesmert nicht zufällig gefragt, warum er seine Pläne so plötzlich geändert hat?«

»Aber ist das nicht klar?«, sagte sie. Sie befeuchtete ihren Finger mit Wein aus ihrem Glas. Sie berührte mit dem Finger ihre Augenlider. Ihren Hut hatte sie an ihrer Stuhllehne aufgehängt.

»Frau Pucher sagt, dass man Hesmert in Rom für einen Naziagenten hält. Lächerlich!«, sagte ich.

»Lächerlich!«, sagte sie. »Und wenn er einer wäre? Das ist ja zum Brüllen! Ein Gestapomann verliebt sich in mich! In diesem Fall sollte ich ihn ermutigen.«

»Nimmst du denn gar nichts ernst, was ich sage?«, fragte ich sie. Ich berührte ihr Knie unter dem Tisch. Ich benahm mich, als wäre ich ihr Verlobter.

»Und wer ist daran schuld, wenn nicht Ex-Genosse Kilian, Martin Boldt?«

»Halt den Mund!«, sagte ich.

Wir saßen ziemlich lange beisammen und tranken. Hesmert war in makellos weißen Flanellhosen erschienen. Wir kletterten noch einmal den Festungsberg hinauf. Ich ließ die beiden vorausgehen. Es war beinahe Vollmond. Ich wollte noch ein paar Pfirsiche auftreiben, aber es war dafür nicht die richtige Jahreszeit. Ich wollte mich amüsieren. Die Hitze machte mich verrückt.

Ich sah, dass Hesmert seinen Arm um Rosikas Taille gelegt hatte. Er zog ihn auch nicht zurück, als ich zu ihnen stieß.

»Nun ... Hast du die Pfirsiche?«, fragte Rosika. Sie drehte sich um, und ich sah ihr Mondgesicht im Vollmondlicht.

»Nein ... Aber ich habe dich!«, sagte ich. Sie lachte. Sie legte ihren Arm um mich.

»Ihr beiden Jungs mit euren Strohhüten!« Wir hatten unsere Strohhüte natürlich im Hotel zurückgelassen. Sie meinte es metaphorisch.

Hesmert und ich zogen uns im Dunkeln aus. Er war vor mir im Bett. Ich hatte zwei Zigarren mitgebracht, pechschwarze aus der Toskana. Die Italiener schneiden sie für gewöhnlich in zwei oder drei Stücke und rauchen sie nacheinander.

Ich sagte zu ihm: »Möchten Sie eine probieren? Ich tu's. Plaudern wir ein bisschen. Wir können unmöglich jetzt schon schlafen.«

Ich bot ihm eine ganze »Toskanische« an. Er nahm sie und zündete sie an. Ich musste seinem Beispiel folgen.

Auf dem Rücken liegend konnten wir durch das offene Fenster das riesige, elektrisch beleuchtete Kreuz sehen, das Katholiken aus aller Welt auf dem heiligen Berg hinter Spoleto errichtet hatten und jede Nacht, jahrein, jahraus leuchten ließen.

Ich stellte meine Sandalen vor die Tür, obwohl es an Sandalen wirklich nicht viel zu putzen gibt. Ich merkte, dass die Tür gegenüber einen Spalt offenstand. Im Korridor gab es wenig Licht. Ich wartete eine Sekunde, hörte aber keinen Ton aus Rosikas Zimmer. Als ich mich umdrehte, stand Hesmert hinter mir. Er hielt ebenfalls seine Sandalen in der Hand.

»Na schön«, sagte ich, und wir kehrten beide ins Zimmer zurück. Wir rauchten die Zigarren, und ich merkte, dass ich noch schwächer und benommener wurde. Ich dachte, dass Hesmert, der in dieser Hinsicht noch empfindlicher war, die Hitze noch schlechter vertrug. Vielleicht hatte er sich seit unserer Abreise aus Rom akklimatisiert. Das Klima in Rom ist für viele unerträglich.

Ich sagte: »Es ist ganz schön warm hier in Umbrien, aber trotzdem frisch und gesund.«

»Ich vertrage diese Zigarre nicht!«, sagte er. Er stand auf und warf den halb gerauchten Stumpen in den Eimer. Ich hörte ihn platschen, denn der Eimer war voll Wasser. Tatsächlich war das ganze Zimmer feucht von dem bisschen Wasser, das wir hatten auftreiben können. Draußen jaulten zwei Katzen.

Ich betrachtete Hesmerts nackten Körper und sah, wie schön er war.

Ich sagte: »Glauben Sie wirklich daran?«

»An was?«

»An Ihren Nationalsozialismus. Ihren Hitler.«

Er schwieg. Dann sagte er: »Wir haben ausgemacht,

114

nicht darüber zu sprechen. Ich frage Sie auch nicht danach. Sind wir nicht gute Freunde?«

»Sie kriegen sie nicht!«, sagte ich. Ich versuchte, ihm in der Dunkelheit in die Augen zu sehen. »Wenn ich fair zu Ihnen bin, sollten Sie auch fair zu mir sein.«

Er sagte: »Ich verstehe Sie nicht. Sie haben so übertriebene Vorstellungen. In Deutschland gehen oft drei oder vier von uns mit einem Mädchen wandern. Das ist ganz normal. Es ist nicht weiter schlimm, wenn man ein anderes Mädchen küsst.«

»Rosika ist keine von denen. Außerdem hat man mir erzählt, dass viele eurer siebzehnjährigen Mädchen vom Wandern schwanger werden.«

»Verleumdung! Ungeheuerliche Lügen! Sie sind verrückt!«

»Hesmert«, sagte ich nach kurzem Schweigen, »Sie wissen, dass ich Deutschland liebe. Je weiter ich mich davon entferne, desto mehr liebe ich es. Ich liebe sogar die Langobarden und ihre dummen Könige, die diese Brücke gebaut haben. Ich liebe Sie auch, wenn ich das sagen darf. Aber ihr alle ... Ihr wollt nicht von uns geliebt werden, nur weil wir nicht den Arm zum Hitlergruß heben, weil wir Schmerz empfinden und eifersüchtig sind, wenn wir wie Verbrecher und Kriminelle behandelt werden. Bleiben wir Freunde!«

Er sagte: »Ich bin Ihr Freund. Wenn Sie wollen, gestalte ich meine Beziehung zu Rosika rein platonisch. Meine Hand drauf. Niemand verachtet Sie. Wir leben nur auf verschiedenen Planeten, das ist alles!«

Ich sagte kein Wort mehr. Ich ergriff seine Hand, sie war warm und feucht. Ich hatte zu viel geredet, aber der Mond und die Katzen vor der Tür hatten mich beeinflusst wie ein schlechter Traum. Ich wechselte zu einer anderen Frage. Wir rauchten jetzt Zigaretten.

Ich sagte: »Das Kreuz dort drüben ... Daran glauben Sie auch nicht mehr?«

»Was meinen Sie? Christus oder die katholische Kirche?«

»Beides. Sie unterscheiden sich voneinander, aber nicht so sehr wie beide von Ihrer neuen nationalistischen Religion. Zumindest gibt's bei beiden keinen Götzendienst.«

»Bei uns auch nicht. Wir glauben an Götter. Lieben Sie denn nicht das antike Griechenland? Wir sind die Nachfolger des antiken Griechenlands in der modernen Welt.«

»Das kaufe ich Ihnen nicht ab. Die Heilige Messe ist ein besserer Gottesdienst als der Stechschritt.«

»Ich beweise Ihnen, wie sehr wir das alte Griechenland lieben. Ich werde ...«

Er hielt inne. Schweigend rauchten wir unsere Zigaretten zu Ende und warfen die Kippen erneut in den Eimer. Er verfehlte sein Ziel, und seine Zigarettenkippe qualmte eine Weile auf den Fußbodenfliesen. Ich beobachtete sie. Ich stellte mich schlafend, sah aber den Mond über das Himmelszelt schleichen.

3

»Dort drüben, hinter den Kornfeldern, liegt die heilige Quelle«, sagte ich, als wir wieder im Zug saßen. »Man kann sie nicht sehen. Die Pappeln stehen im Weg.«

Rosika und Hesmert lachten. Sie saßen mir gegenüber in dem ansonsten leeren Abteil.

»Nun«, fuhr ich fort, »wenn man sie nicht sieht, fühlt man sie. Ich sehe den eingestürzten Tempel, umrankt von Efeu, und ich höre das Rascheln der Lanzen im Gras, sehe die Nymphenschar, flink und nackt ...«

»Nackt?«, fragte Rosika.

»Ganz und gar!«

116

»Warum bleiben wir dann nicht gleich zu Hause? Das ist billiger und einfacher«, sagte Rosika. »Was für eine Phantasie!«

»Er ist ein Dichter«, sagte Hesmert. »Ich kann die nackten Nymphen übrigens auch sehen. Und den Tempel.«

»Es wäre natürlich das Beste, so eine Reise mit dem Auto zu unternehmen, da kann man anhalten, wo man will«, sagte Rosika. »Haben Sie denn einen Wagen? Eigentlich sollte Hesmert über einen Dienstwagen verfügen. So einen dicken Mercedes, wie ihn die feschen SS-Männer angeblich benutzen, wenn sie auf den deutschen Straßen herumflitzen.«

»Vielleicht entspricht das, was Sie gehört haben, nicht ganz der Wahrheit«, sagte Hesmert ziemlich schroff.

»Ha! Ha! Ha!«, lachte ich. »Das wäre doch zu schön, um wahr zu sein. Wir drei sausen in unseren Flitterwochen in einem Dienstwagen der Gestapo durch Umbrien.«

»Flitterwochen?«

»Ja, Flitterwochen.«

Hesmert sagte, wir sollten an der nächsten Station aussteigen. Diese Ortschaft habe alte Wehranlagen und Triumphbögen, die für ihn höchst interessant seien.

»Na schön«, sagte ich. »Ich hatte ganz vergessen, dass Triumphbögen Ihre Spezialität sind.«

Die Stadt lag auf ihrem Hügel, rotbraun und schweigend. Ich machte ein Foto von Rosika und Hesmert vor ihren Toren. Sie hatten mir den Rücken zugekehrt. Er erklärte ihr, was es mit den Statuen am Tor auf sich hatte.

»Die Statuen wurden anderswo ausgegraben und in diesen Nischen aufgestellt. Sie sind antik, wahrscheinlich von Grabstätten. Die Tore stammen aus dem späten vierzehnten Jahrhundert.«

»Und Sie sind die Gegenwart!«, schrie ich von hinten. »Ich frag mich bloß, warum diese Statuen in der prallen Sonne nicht zum Leben erwachen.«

Rosika drehte sich um. Sie ließ sich nicht gern ungefragt fotografieren. Sie sagte: »Manche Leute werden in der Sonne schläfrig.« Sie war äußerst sarkastisch.

»Ist das alles, was Sie besichtigen wollten?«, fragte ich Hesmert.

»Wir müssen noch zur Burg«, sagte er. Er bog um die Ecke in eine steile Gasse zu unserer Linken.

»Ich hoffe nur, dass wir hier auch etwas zu essen und trinken bekommen«, sagte ich. Ich hatte den Fotoapparat wieder eingepackt.

»Frag doch jemanden nach einem Gasthaus, Moio!«

Unsere Schritte hallten in der kleinen Gasse. Trotz der Hitze öffneten sich vor und hinter uns Türen und Fenster. Frauen starrten uns an und Kinder streckten uns Sträuße mit verwelkten Blumen entgegen.

»Schatz, du regst ihre Phantasie an, so wie überall!«, sagte ich zu Rosika.

In der Burgruine gab es noch andere Besucher. Ein großer Reisebus hatte sich am unteren Tor geleert, und eine Schar gut ausgerüsteter Touristen hatte den Festungsberg über die kleine Gasse gestürmt. Sie hatten Stadt und Burg in Beschlag genommen, sich ausgebreitet und wieder versammelt, unter einem Baum, wo ihr Fremdenführer einen Vortrag über die Aussicht auf die Landschaft der Umgebung begann.

Umbrien lag schneeweiß im Morgenlicht, mit braunen und roten Dörfern gesprenkelt, während die weiter entfernten Berge blau waren. Ich sagte mit gedämpfter Stimme zu Rosika: »Sie sind Deutsche. Schau dir ihre Ausstattung an! Alles brandneu, neue Anzüge, neue Fotoapparate, vorzügliche Schuhe, wunderbare Feldstecher.«

»Ja? So ist es, oder?«, sagte Hesmert sehr stolz. Die Stimme des Fremdenführers erklang laut über der schläfrigen Stadt.

»Haben Sie denn nicht gesehen, wie die Leute ihre Fenster und Türen wieder schlossen und die Kinder zurück ins Haus scheuchten?«

»Was soll das schon beweisen?«, erwiderte Hesmert. Er wirkte streitlustig. »Das beweist doch nur, dass in diesem Land unkultivierte und unzivilisierte Menschen leben, oder? Der Faschismus hingegen ...«

Ich sagte: »Es beweist gar nichts. Es erinnert mich nur ein wenig an die Völkerwanderung. Die Barbaren überqueren immer noch die Alpen. Sie haben nur andere Waffen. Sie haben ihre Schwerter und Pfeile gegen Leicas und Feldstecher eingetauscht.«

»An Ihrer Stelle wäre ich vorsichtiger«, sagte Hesmert, »vorsichtiger mit Begriffen wie ›Barbaren‹. Außerdem herrscht heutzutage keine Feindschaft zwischen den beiden fortschrittlichsten Ländern, Deutschland und Italien.«

Wir gingen langsam zurück in die Stadt. Erneut öffneten sich Fenster und Türen einen Spalt, als wir vorübergingen. Hinter den Blumentöpfen konnte ich ängstliche Augen blinzeln sehen.

Ich sagte: »Sie widersprechen sich selbst. Kein Wunder. Eben sagten Sie, die Leute seien unzivilisiert. Ich halte es für zivilisierter, Angst zu haben als zu betteln.«

»Ich widerspreche mir nie.«

»Oh doch, das tun Sie, Gerhart«, sagte Rosika. Sie nahm seinen Arm. »Sie widersprechen sich sehr oft.«

»Immer«, sagte ich, »immer, wenn man Sie in die Ecke treibt. Gleich werden Sie mir sagen, dass man mir solche Dinge unmöglich erklären kann, weil man einfach ›daran glauben‹ müsse. Es ist ziemlich schwer, mit Ihnen über irgendetwas zu diskutieren.«

»Und wer bitteschön ist ›man‹?«, fragte Hesmert und wechselte wütend sein Jackett von der linken auf die rechte Schulter. »Ich habe den Verdacht, dass Sie Ihre zahlenmäßige Überlegenheit nutzen und eine vereinigte Front gegen mich bilden. Ich hätte es wissen müssen. Ich hätte doch ablehnen sollen.«

»Was ablehnen?«

»Nichts. Ich habe nichts gesagt. Ich wollte nur feststellen, dass Ihre berühmte ›liberale‹ Fairness nicht viel wert ist. Aber wir, wir sind natürlich Barbaren!«

»Ja, Barbaren! Ich wiederhole: Barbaren! In Italien gibt es eine recht große Bewegung unter faschistischen Autoren, die stolz darauf sind, Barbaren zu sein. Nur ihr in Deutschland, ihr wollt eure Finger in jeden Kuchen stecken. Schlammkuchen.«

»Dr. Boldt!«

»Ich weiß wirklich nicht, was heute mit dir los ist, Moio. Warum versuchst du nicht, ein Gasthaus zu finden.«

Ich fragte einen Mann, der mit einer Pfeife im Mund an seiner Türschwelle stand: »Gibt es hier irgendwo ein Gasthaus?«

Er schüttelte den Kopf.

»Wir möchten gern etwas essen und trinken«, sagte ich. Hesmert ging voraus, ohne auf uns zu warten.

»Ich zeige Ihnen ein Lokal«, sagte der Mann, verschwand in seinem Haus, ließ uns gute fünf Minuten in der Sonne warten und kehrte schließlich zurück mit seiner Pfeife und einem Hut.

»Hesmert! Hesmert!«, schrie Rosika. »Kommen Sie zurück, wir haben ein Lokal gefunden!« Ihre Stimme klang in der stillen Stadt hohl und dumpf. Unten hupte der Reisebus. Die deutschen Touristen verließen bereits diesen ungastlichen Ort.

Man führte uns in ein kleines Haus. Wir mussten eine sehr steile, schmale Treppe hinaufsteigen und gelangten in eine Art Speisesaal mit rosa und lila bemalten Wänden.

»Haben Sie etwas zu essen?«

»Makkaroni.«

»Sonst nichts?«

»Die besten Makkaroni. Frisch. Sie müssen ein Weilchen warten, während wir sie zubereiten. Ich bringe Ihnen Wein, während Sie warten.«

»Wie ist das Wasser hier? Ist es gut?«

»Nicht besonders.«

»Dann trinken wir nur Wein«, sagte Hesmert.

»Oh ... Da sind Sie wieder!«, sagte ich. Ich wischte mir die Stirn.

»Ja. Falls Sie nichts dagegen haben. Irgendwelche Einwände?«

»Keineswegs.«

»Hört auf zu streiten«, sagte Rosika. Sie nahm uns beide bei der Hand. Ich konnte ihre schönen Arme auf dem Tischtuch sehen; sie hatten Sommersprossen, aber nur außen; an der Innenseite sah man ihre blauen Adern, wenn sie ihre Hände fast unmerklich in unseren bewegte.

»Das ist bloß die Hitze«, sagte ich. »Eben hast du dich noch beschwert, dass die Hitze schläfrig macht.«

»Ich suche nach der Toilette«, sagte sie. »Ich muss mich waschen.« Hesmert ging herum und betrachtete die Wandmalereien. Zwei Tische weiter schlief ein Bauer. Seine Frau kam die Treppe herauf, ihr Kind an der Brust, trat neben ihren Mann, weckte ihn, sagte etwas, und der Mann stand auf und verschwand mit ihr.

Wir stritten uns noch eine Weile. Rosika sagte immerzu: »Wenn es nur etwas zu essen gäbe! Man muss euch füttern, damit ihr still seid.«

»Da hat sie recht!«, sagte Hesmert.

»*Panem et circenses*!«, sagte ich.

»Was für eine Stadt!«, sagte Rosika.

»Es ist meine Schuld«, sagte Hesmert. »Es ist meine Schuld, dass wir hierhergekommen sind.«

»Es ist mir immer noch lieber als Berlin«, sagte ich.

»Jetzt fang nicht schon wieder an«, sagte Rosika. In diesem Augenblick kamen die Makkaroni, wir aßen und tranken, bezahlten, gingen zurück zum Bahnhof und fuhren noch am selben Abend nach Assisi.

Der Fels, auf dem die Stadt des heiligen Franziskus steht, war voll beleuchtet. Der Gasthof, den wir schließlich entdeckten, war noch schlimmer und enger als der in Spoleto. Aber wir mussten irgendwo unterkommen. Wegen des Stadtfestes waren alle anderen Gasthäuser überfüllt. Nachts trafen sich all die Kutscher und Fremdenführer der Stadt vor unseren Fenstern. Sie sangen alle wunderschön. Wir teilten uns die Zimmer wie gewöhnlich. Wegen der Hitze mussten wir Türen und Fenster offen lassen. Wir lagen im Dunkeln auf unseren Betten und rauchten. Eigentlich war es wie ein einziges großes Zimmer, denn wir hatten den kleinen Korridor dazwischen ganz für uns. Wir hatten Sessel vor die Türen gestellt, damit sie nicht zuschlugen, wenn nachts Wind aufkam.

Ich konnte lange nicht einschlafen. Erst hörte ich Hesmert aufstehen und sah ihn als undeutlichen Schattenriss auf dem Stuhl neben der Tür sitzen. Dann kroch er zurück ins Bett und zündete sich noch eine Zigarette an. Wir sprachen kein Wort. Wir taten beide so als glaubten wir, der andere schliefe.

Ich konnte Rosika nebenan hören. Sie ging an unserer Tür vorüber, und ich erkannte ihr langes weißes Nachthemd. Das kleine rosa Blumenmuster darauf konnte ich natürlich nicht sehen.

Ich stand schließlich auf und ging in ihr Zimmer auf der anderen Seite des kurzen Korridors. Auch bei ihr stand ein Stuhl vor der Tür. Das Fenster war offen wie bei uns. Doch mir kam es vor, als würde ich eine noch stickigere und heißere Höhle betreten.

Von ihrem Bett aus sagte sie: »Oh! Heute Nacht müssen wir also nicht taktvoll sein? Ist es aus mit der Freundschaft?«

»Er ist ein Dummkopf. Ich kann ihn nicht leiden.« Ich legte mich neben sie. »Falls du hier bist, um auf deinen ehelichen Rechten zu bestehen, solltest du lieber rasch verschwinden! Ich mache, was mir gefällt.«

»Ich habe nur gerade an Kecz gedacht und wie es ihm geht.«

»Glaubst du, ich hätte ihn vergessen?«

Die Luft war heiß und windstill. Die Fremdenführer stritten sich um Geld. Gingen sie in dieser heiligen Stadt denn nie schlafen?

»Mach nicht so einen Lärm«, sagte sie.

»Hat die Hitze so eine Wirkung auf dich? Ich dachte, du liebst die Hitze.«

»Was meinst du mit ›so eine‹? Ich kann wohl kaum meine Haut ausziehen.«

Ich kicherte.

»Hör auf zu lachen! Du weckst ihn noch auf. Sei nicht taktlos. Wer zuletzt lacht, lacht am besten.«

»Rosie ...«, sagte ich.

»Bitte, bitte ... Tu mir nicht weh ...«

Gegen drei oder halb vier in der Früh war es taghell. Ich erwachte in meinem Bett, weil ich spürte, dass mich jemand anstarrte. Es war Hesmert, vollständig angezogen. Ich sprang aus den Federn.

»Oh ...«, rief ich. »Wunderbar! Es ist tatsächlich etwas kühler. Wo wollen Sie hin? Ich komme mit.«

»Irgendwohin in die Berge. Vielleicht auf den Heiligen Berg. Auf jeden Fall zu den Klöstern. Ich will das Fest nicht besuchen. Es wird sowieso Zusammenstöße geben. Der Pförtner hat mir gesagt, dass die Priester Zusammenstöße provozieren wollen, wenn die Balilla marschieren.« Und er drehte sich zur Tür.

»Ich komme mit«, sagte ich. Ich hatte alles vergessen, was gestern vorgefallen war. Im Nu war ich angezogen. Keiner von uns warf einen Blick in Rosikas Schlafzimmer; es war, als wäre dort etwas Anstößiges oder sogar Peinliches.

»Ich gebe dem Pförtner eine Nachricht für sie. Wir werden schließlich nicht den ganzen Tag fort sein.«

»Sie wird Ihnen böse sein. Macht Ihnen das keine Angst?«, fragte Hesmert höhnisch. »Frauen!«

»Frauen!«, sagte ich im selben Ton und nahm seinen Arm, als wir über die knirschende Treppe hinausgingen. Wir konnten die Sonne nicht sehen, aber es war fast helllichter Tag. Die Berge im Osten standen der Sonne im Weg. Die Kutscher schliefen vollständig angezogen unter einem Holzdach. Ihre Droschken streckten ihre Stangen in die Luft. Die Pferde wieherten in ihren unterirdischen Ställen. Das erste Licht tauchte die gotischen Kirchen in eine unnatürliche Farbe. Hesmert hatte Proviant für uns beide. Wir erklommen den Berghang hinter dem weiten Tal und erreichten in kurzer Zeit ein Stechpalmenwäldchen und eines der Klöster. Ein schläfriger Pater führte uns zu den berühmten Zellen und zeigte uns die Aussicht vom Gemüsegarten. Da wir überhaupt nicht müde waren, folgten wir seinem Rat und stiegen höher in die Berge hinauf. Wir stießen auf eine weitere Einsiedelei, die wegen eines längeren Aufenthalts des heiligen Franziskus als überaus heilig galt, verzehrten einen großen Teil unseres Proviants und freundeten uns mit dem Mönch an. Er war eine Art Riese mit einem langen Bart.

»Entschuldigen Sie«, sagte er und verschwand in der Küche. Er kehrte mit einem Gewehr in der Hand zurück. Er hatte eine äußerst vornehme Nase und schöne Augen. Er sprach das schönste Italienisch, so wie man es in der Toskana spricht. »Meine Zeit ist begrenzt. Nur wenige Fremde

124

kommen hier herauf. Es gibt kaum etwas zu sehen.« Er lächelte. »Ich gehe auf die Jagd. Möchten Sie mitkommen?«

Hesmert fragte: »Was jagen Sie hier?«

»Dort oben«, sagte der Mönch. »Eine gute Stunde entfernt. Kaninchen, tausende Kaninchen. Murmeltiere auch. Aber ich jage keine Murmeltiere. Hinter dem Wandschrank sind noch zwei Gewehre. Kommen Sie bitte; dort oben ist es kühl und schön.«

Er füllte seinen Beutel mit Zwiebeln und Knoblauch und warf ihn über die Schulter. Ich sagte verblüfft: »Aber der Gründer Ihres heiligen Ordens ... War er nicht ein Freund der Tiere?«

Der Mönch hielt inne. »Ist es nicht am freundlichsten, diese armen Tiere zu töten? Dort oben gibt es so viele von ihnen, dass nicht wenige verhungern, wenn man sie nicht abschießt.«

Hesmert trat hinter dem Wandschrank hervor, ein Gewehr in jeder Hand. »Hier bitte«, sagte er. Er gab mir eines.

»Ich habe seit dem Krieg keines von den Dingern benutzt«, sagte ich. Ich dachte an meine Mutter. Als sie noch auf großem Fuße lebte und bevor sie sich den Arm brach, waren wir zusammen auf die Jagd gegangen, sie und ich und dieser verfluchte Onkel Leo, dem wir so viel von unserem Pech zu verdanken hatten. Seitdem habe ich das Jagen immer gehasst. Ich kam trotzdem mit.

»Kugeln oder Schrot?«, fragte ich den Mönch.

»Kein Schrot, oh nein. Hierzulande verwenden wir kein Schrot.«

»Wie dürfen wir Sie ansprechen?«, fragte Hesmert.

»Ich bin Bruder Medardus.«

»Wir kommen aus Deutschland«, sagte Hesmert. Aber wir sprachen nicht viel, während des Aufstiegs.

Es war fast Mittag, als wir die Hochebene erreichten. Linkerhand konnten wir hinab auf die Ebene Umbriens sehen, mit ihren Kirchen, Bergstädten und Bergketten, die der Nebel nun blau färbte. Rechterhand sahen wir die Hauptkette des Apennins. Von den Bergen wehte eine kühlende Brise.

»Auch Menschen werden erschossen«, sagte Bruder Medardus. »Wir sind in diesem Land geboren. Aber ich kann einfach nicht begreifen, warum ein Fremder ein Land besucht, das Krieg führt.«

»Wir lieben Italien«, sagte ich. Ich war überhaupt nicht müde und begann es zu mögen, dieses Umherwandern, Auskundschaften und Jagen. Erneut war ich Hesmert dankbar, so wie in Ostia, als er mir das Schwimmen beigebracht hatte.

Die Hochebene war bedeckt mit Stechginster und Wolfsmilch. Der braune und graue Stechginster war in der Überzahl, doch die hochwachsende Wolfsmilch blühte noch. Der Boden war aufgewühlt und mit kleinen Erdhügeln übersät.

Überall hüpften Hasen und Wildkaninchen herum. Bruder Medardus schoss als Erster. Wir gingen zum Opfer hinüber und hoben es an den Ohren hoch. Es war ein ausgezeichneter Schuss, und wir gratulierten dem Mönch dazu.

»Sie gehen links und Sie rechts. Ich bleibe in der Mitte. In einer Stunde treffen wir uns dort drüben in dem Wäldchen.«

Ich schoss zweimal, zweimal daneben. Ich hörte die anderen schießen. Es erregte mich. Anfangs war ich froh, nicht getroffen zu haben, aber jetzt wollte ich unter allen Umständen etwas totschießen. Ich feuerte noch zweimal und traf ein ausgewachsenes Kaninchen und ein Murmeltier.

Das Wäldchen, das der Mönch uns gezeigt hatte, lag in einer Art Mulde der Hochebene. Hier wuchs viel grünes, feuchtes Gras, und es gab einen kleinen Teich unter den Stecheichen. Der Teich war sumpfig, und Wasserkäfer liefen über das schmutzige Wasser. Ich kam als erster dort an. Ich legte meine Beute neben mich auf das Gras. Ich begann zu rauchen.

Dann traf der Mönch mit drei Kaninchen ein und Hesmert wenig später mit zwei. »Das hätten Sie nicht tun sollen«, sagte der Mönch, als er das Murmeltier sah. »Wir können nichts damit anfangen. Vergraben wir es. Ich frage mich bloß, wie Sie es treffen konnten. Diese Tiere sind sehr scheu«, sagte er geringschätzig.

»Es tut mir so leid«, sagte ich. »Ich bin kurzsichtig. Ich habe es für einen Hasen gehalten. Auf jeden Fall war es größer als ein Kaninchen.« Hesmert lachte. Seine Kaninchen waren die schönsten und größten. Ich sah seine roten Lippen, während er lachte, und Blut an seiner Hand. Sogar der Mönch hatte Blut an der Hand.

»Ich lade Sie zu gebratenem Kaninchen ein. Aber erst rasten wir ein Weilchen.« Er holte seine Zwiebeln und seinen Knoblauch hervor, und Hesmert hatte noch einen Rest Brot übrig. Hier, am Rand des Wäldchens, war der Wind von Geräuschen der Berge erfüllt.

»Jammerschade, dass wir so wenig zum Trinken dabei haben«, sagte der Mönch. Er ließ seine Korbflasche kreisen. Es war nicht viel darin. »Erzählen Sie mir von Deutschland. Ich lese nie die Zeitung und treffe nur sehr wenige Ausländer. Wie heißt nochmal der starke Mann, der ein neues Deutschland erschaffen möchte? 'Itler, nicht wahr?«

»Wir könnten baden«, schlug ich vor. »Was meinen Sie, Hesmert?«

»Einverstanden«, sagte Hesmert, und wir liefen zum Teich. Der Mönch lachte und rief uns nach: »Das Wasser ist schmutzig und sehr warm! Wirklich sehr warm!« Er hatte recht, und schwimmen kam auch nicht infrage. Als wir aus dem Wasser stiegen, war unsere Haut mit kleinen Insekten, Blättern und Holzfasern bedeckt. Hesmert lachte auch.

»Wenn Ihre Frau uns sehen könnte!«

»Pah ... Frauen!«, sagte ich. Wir legten uns in einiger Entfernung von Bruder Medardus hin, denn wir wussten nicht, inwieweit seine Ordensregeln ihm erlaubten, nackte Männer anzusehen.

»Ein feiner Kerl«, sagte Hesmert. »Er hat wundervolle Gewehre! Allerdings hat er uns nicht das Beste gegeben. Das hat er für sich behalten.«

»Ich verstehe nicht viel von Gewehren. Ich weiß nur, dass sie töten.«

»Das sollten Sie aber«, sagte Hesmert ernst. »Nur die Waffen machen einen zum Mann.«

»Welche Waffen?«, fragte ich und grinste ihn an.

Als wir zur Einsiedelei zurückkehrten, war es ungefähr fünf Uhr. Inzwischen war es schrecklich heiß geworden, aber hinter den dicken Wänden des Hauses spürten wir es nicht. Die Sonne schien durch den Nebel, und die Luft war schwül.

»Heute Nacht könnte es regnen«, sagte Hesmert.

»Hoffnungslos, junger Freund aus Deutschland. Hier bei uns regnet es nicht vor September. Außerdem würde unser Herrgott nie die *Fiesta* verderben. Wird mit Zusammenstößen gerechnet?«

Wir zuckten die Schultern. Ich sagte: »Habt ihr denn jetzt nicht ein Konkordat mit Mussolini? Warum sollte es Zusammenstöße geben?«

»Ich habe gehört, dass es seit dem Konkordat immer Zusammenstöße während der *Fiesta* gibt. Ich gehe nie dort hinunter.«

»Bravo!«, sagte Hesmert. Er warf mir einen triumphierenden Blick zu. Der Mönch zeigte uns in der Küche die beste Methode, einem Kaninchen das Fell abzuziehen. Wir arbeiteten wie Metzger, doch uns wurde nicht übel.

»Im Rathaus gibt es zwei Lire für zehn Felle«, sagte Bruder Medardus. »Unsere Madonna braucht einen neuen Umhang. In drei Jahren habe ich genug dafür gespart.«

»Wie lange leben Sie schon hier?«, fragte Hesmert.

»Fünfzehn Jahre. Aber in der kalten Jahreszeit wandere ich durch das ganze Land. Ich gehöre nämlich zu einem Orden von Bettelmönchen. Ich wandere bis nach Apulien und Ungarn. Ich liebe Italien auch. Mein Vater zog mit Garibaldi.« Er sah uns wieder mit einem kleinen Lächeln an.

»Großartig!«, wiederholte Hesmert.

»Was soll das heißen?«, fragte ich Hesmert auf Deutsch.

»Sie sollten sich nicht einbilden, dass dieser Mann auf Ihrer Seite und gegen mich ist. Ich versichere Ihnen, für mich ist er mindestens ebenso nett wie für sie.«

Der Mönch führte uns überall herum, zeigte uns die Kapelle, die Madonna und den Garten.

»Wie möchten Sie Ihre Kaninchen? Mit Gewürzen und Soße oder gegrillt?«, fragte er uns. Wir zuckten die Schultern.

»Ich hole auf jeden Fall Kräuter aus dem Garten.« Er hob das Murmeltier hoch, das ich irrtümlich getötet hatte. Er bückte sich an der Außenmauer und begann mit einem kleinen Spaten eine Art Grab zu schaufeln. Ich schämte mich ein bisschen.

»Hier sind schon einige Hunde und Katzen beerdigt«, sagte er. »Man darf hier oben keine Kadaver herumliegen lassen. Es lockt die Vögel an.«

Wegen der Wolken wurde es früher als gewöhnlich dunkel, doch es gab kein Gewitter. Wir aßen draußen, an einem Holztisch unter einer Kiefer. Nun gab es genug Wein. Wir hatten den ganzen Tag über nicht viel gegessen und die Luft hatte uns sehr hungrig gemacht, also verspeisten wir im Nu vier Kaninchen. Wir tranken zwei Flaschen Wein.

Und dann wurde es wieder heller, denn die Wolken waren abgezogen. »Wir sollten aufbrechen«, sagte Hesmert. Er warf einen Blick auf seine Uhr. Sie war stehengeblieben. »Dieser junge Mann hat eine Frau unten im Tal«, sagte Hesmert zu dem Mönch.

»Tatsächlich?«, sagte Bruder Medardus. »Man sollte Frauen während des Festes nicht alleinlassen.«

»Sie kommt schon zurecht«, sagte ich. »Hier oben bei Ihnen ist es herrlich. Die frische Luft und die Einsamkeit machen einen wieder ganz glücklich.«

Der Mönch stand auf. »Sie können gern bei mir übernachten. Oder zumindest so lange bleiben, bis Sie sich genug ausgeruht haben. Heute ist Vollmond.«

»Ja«, seufzte Hesmert, »das wissen wir.«

Er hatte also Rosika die ganze Zeit nicht vergessen. Ich ebenso wenig. Der Mönch begleitete uns durch den anderen Teil des Gartens. Der Boden war hier ziemlich kahl, ohne Sträucher und mit einem schönen Rasen.

»Schauen Sie«, sagte er. »Kein Regen! Alle Wolken sind verschwunden. Wenn Sie möchten, könnten wir eine kleine Partie Boccia spielen, nachdem ich meine Gebete beendet habe.«

Er warf die vier Kugeln vom Haus herüber und verschwand in der Kapelle. Wir hörten seine kleine Glocke läuten, dann war es ganz still. Er kam zurück, mit hochgekrempelten Ärmeln, und wir spielten Boccia, bis wir die Kugeln nicht mehr sehen konnten.

Da weder Hesmert noch ich viel Übung in dem Spiel hatten, gewann der Mönch mühelos gegen uns beide. Nach dem Boccia tranken wir noch zwei Gläser Wein, dann legten Hesmert und ich uns auf zwei Decken neben dem Tisch auf dem Boden.

Der Mönch verabschiedete sich und zog sich in seine Zelle zurück. »Wenn Sie gehen, können Sie alle Türen offen lassen«, sagte er. »Sie dürfen natürlich auch gerne bleiben, wenn Sie wollen. Es war mir ein großes Vergnügen, wieder menschliche Wesen zu treffen.«

Er gab uns beiden die Hand und sagte etwas auf Latein, das wir nicht verstanden oder eher überhörten.

»Aber gesegnet hat er uns nicht«, sagte Hesmert. »Vielleicht, weil er uns für Protestanten hält.«

»Das ist sehr nett von ihm. Ich bin übrigens katholisch.«

Als der Mond uns hell ins Gesicht schien, wachten wir wieder auf. Wir streckten uns, nahmen unsere Siebensachen und stiegen ins Tal ab. Wir brauchten nicht lange, und bald sahen wir das Städtchen in voller Beleuchtung. Es war wieder furchtbar heiß geworden. Aber diese Lichter erinnerten mich an Weihnachten.

»Es sieht so gemütlich aus, ganz wie zu Hause«, sagte ich zu Hesmert.

»Wie zu Hause?«, fragte er. »Sie machen mir Spaß. Was für ein Zuhause haben Sie denn überhaupt?«

»Oh, eines auf zwei Beinen. Sehr beweglich.«

»Das hatte ich vergessen«, sagte er. Vielleicht dachte er in diesem Moment nicht wirklich an Rosika.

Sie schlief schon. Sie hatte sogar die Tür geschlossen. Am nächsten Morgen war sie mir böse und sagte, sie wolle das Fest und all die Sehenswürdigkeiten alleine besuchen. Also zog sie alleine los, um sich alles anzusehen, Hesmert ging ebenfalls alleine aus und ich blieb im Hotel, an einem alten klapprigen Schreibtisch und schrieb zwei Seiten für mein Buch.

4

Der Tag war etwas kühler, mit einem Wind aus dem Norden. Als ich fertig war, ging ich hinaus. Ich suchte überall nach Rosika und Hesmert, konnte sie aber nicht finden. Ich machte mir keinerlei Sorgen deswegen; ich spazierte nur herum.

Die Hauptstraße war wegen des Fests für den Verkehr gesperrt. Ich erfuhr, dass die zahlreichen Priesterseminare sich geweigert hatten anzutreten – genau wie Bruder Medardus vorhergesagt hatte. Ich verließ die Stadt und schlenderte hinunter ins Tal.

Ich besuchte die drei wichtigsten Kirchen von Assisi und auch die große Kathedrale im Tal, eine Barockkirche, die man um das ursprüngliche Heiligtum gebaut hatte wie ein Kästchen um einen Edelstein. Die Kerzen brannten, Frauen beteten und die Droschkenkutscher ließen draußen ihre Peitschen knallen.

Ich kehrte zurück zur *piazza*, wo das Fest inzwischen abgeebbt war. Es war gegen Mittag. Ich ging in ein Gasthaus und bestellte einen Salat. Großen Appetit hatte ich nicht. Auf Wein oder zu viel Gerede konnte ich auch gut verzichten. Ich war still und zufrieden. Meine gute Laune hatte vermutlich etwas mit dem Windwechsel und den heiligen Stätten zu tun. Genau gegenüber von meinem Gasthaus stand ein antiker Tempel. Es war derselbe, den Goethe in seiner *Italienischen Reise* mit solcher Begeisterung beschrieben hatte. Ich hielt ihn nicht für außergewöhnlich. Allerdings sind wir verwöhnte Kinder, während Goethe gerade direkt aus Weimar gekommen war und seinen ersten Tempel gesehen hatte. Ich trank Kaffee und ging zurück ins Hotel, als die Hitze zunahm. Weder Rosika noch Hesmert seien zurückgekommen, sagte das Zimmermädchen. Ich legte mich auf das Bett und dachte an dieses und jenes. Später fand ich die beiden in einem Olivenhain, nur wenige Schritte hinter der »Alten Kirche«. Rosika saß auf einer kleinen Mauer in der Nähe des Eingangs und Hesmert ein Stück weit entfernt auf dem ausgedörrten Gras. Die Sonne schien auf Rosikas Arme, sie hatte ihren Hut abgenommen und ihr übriger Körper war im Schatten.

Ich sagte: »Na? In drei Stunden fahren wir. Habt ihr eure Koffer gepackt?«

Rosika drehte ihr Gesicht zu mir. Sie war etwas rot um die Augen, als wäre sie zu lange in der Sonne gewesen oder als hätte sie geweint.

Rosika sagte: »Sag nicht ›wir‹. Er gehört nicht mehr zu ›uns‹.«

Ich schwieg, denn ich war in einer viel zu friedlichen Stimmung. Ich streichelte Rosikas Arm. Hesmert lag mit dem Rücken zu mir. Ich wollte sie küssen, aber sie stieß mich zurück.

Sie rief so laut, dass er es nicht überhören konnte: »Er sagt, wir seien allesamt Verbrecher. Man sollte uns den Kopf abschlagen oder uns wenigstens lebenslang einsperren. Er sagt, ich solle mir nicht einbilden, dass er mir nur hinterherlaufe, weil er verliebt in mich sei. Er sagt ...«

Ich hatte eine wirklich schlimme Ahnung; nicht so sehr die Vergangenheit, sondern die Zukunft betreffend. Ich lachte Rosika an. So leise und so sanft wie möglich sagte ich zu ihr: »Welchen anderen Grund, um uns ›nachzulaufen‹ könnte er schon haben, als in dich verliebt zu sein?«

Rosika stampfte mit dem Fuß auf. Sie war von der Mauer heruntergesprungen. Sie zerrte mich hinter sich her in den Garten. Die Bäume standen dicht, und man hatte eine schöne Aussicht über viele Kirchen und Dörfer. Das Land im Tal teilte sich in Olivenhaine, Weingärten und Kornfelder.

Rosika sagte: »Genau. Er lügt einfach. Etwas in ihm steht im Widerspruch zu seinen eigenen Gefühlen. Er hat eine gespaltene Persönlichkeit. Er liebt mich und verachtet gleichzeitig dich und mich und sich selbst, weil dies seine Gefühle gegenüber Kommunisten sind, die er verfolgen und vernichten sollte.«

Wir waren wieder bei Hesmert. Er sprang auf, als Rosika das schreckliche Zauberwort aussprach. Sein Gesicht färbte sich dunkelrot. Ich sagte sehr leise: »Was redest du da, Rosika? Du weißt ebenso gut wie ich, dass wir beide kein Interesse an Politik haben und dies schon seit Jahren.« Ich zuckte die Schultern.

Hesmert sagte: »Sie hat das alles ins Rollen gebracht. Sie hat Deutschland geschmäht. Ich dulde nicht, dass jemand Deutschland verunglimpft. Sie sagt, alle Nationalsozialisten sind Mörder. Ich halte das nicht aus.«

Ich legte ihm die Hand auf die Schulter. »Machen Sie sich wegen ihr keine Gedanken«, sagte ich. »Es ist die Hitze. Warum müsst ihr euch immer streiten? Warum machen wir denn diese Reise? Um uns zu streiten?«

Hesmert sagte: »Sie haben recht! Warum eigentlich?« Er entfernte sich einige Schritte.

Ich sagte zu Rosika: »Es ist sehr schwer für mich. Mir ist lieber, du schläfst mit ihm als dass er immer diese Anfälle bekommt.«

Ich meinte es ernst. Ich hatte das Gefühl, dass all diese Streitereien intimer und gefährlicher waren als irgendein physiologischer Akt.

Rosika sagte laut: »Na gut. Ganz wie du willst.«

Sie kam Hesmert wieder näher. Als sie auf ihn zuging, rief er: »Sagen Sie mir, Martin, stimmt es, dass Sie oder Rosika wissen, wo Radwan sich aufhält? Radwan, der verurteilte Verräter am deutschen Volk! Sie hat damals in Rom etwas darüber erwähnt. Ich kann es nicht glauben. Sagen

Sie mir, dass das nicht wahr ist. Wenn es wahr ist, sollte ich lieber ...«

Inzwischen stand sie vor ihm, auf einer geringfügig tiefer gelegenen Stelle als er. Er stand auf der Wurzel eines Olivenbaums und war viel größer als sie. Sie reckte sich und legte ihre beiden Arme um seinen Hals. Sie küsste ihn auf die Wangen und sagte: »Moio will, dass wir wieder Freunde sind.« Sie blickte über ihre Schulter zu mir. Ich sagte: »Unfug. Sie weiß gar nichts. Sie hat Radwan noch nie im Leben gesehen. Außerdem weiß jeder, dass er sich außerhalb von Deutschland versteckt.«

»Das stimmt nicht!«, schrie Rosika.

Hesmert sagte: »Wir sind uns sicher, dass er in Deutschland ist.«

»Und ich weiß wo!«, rief Rosika triumphierend. Sie war auf die Wurzel neben Hesmert gesprungen und schmiegte sich an ihn.

Ich wurde rot. Ich dachte an den guten alten Spilla und all die anderen Genossen und was sie zu alledem sagen würden. Ich dachte an mich selber, als ich Kilian gewesen war.

»Halt die Klappe!«, schrie ich. »Das ist gelogen. Willst du uns beide irre machen? Ich hau dir gnadenlos eine runter, wenn du nicht den Mund hältst!«

»Ha! Ha! Ha!«, lachte Rosika. Sie gab Hesmert ein Küsschen auf die Wange und lief davon. Wir sahen sie zwischen den Olivenbäumen verschwinden.

»Sie müssen sie nicht ernst nehmen«, sagte ich zu Hesmert. »Es ist die Hitze. Sie hätte uns gestern lieber begleiten sollen.«

Hesmert blieb stumm. Wir gingen langsam zurück in die Stadt. Ich hätte einiges darum gegeben, seine Gedanken lesen zu können. Ich fürchtete, dass er meine erraten hatte. Vor dem Gasthaus sagte er: »Ich möchte alles vergessen, was sie vorhin gesagt hat. Sonst könnte ich Sie nicht länger begleiten!«

»Keine Sorge«, sagte ich. »Ich belüge Sie nie. Falls Sie lieber misstrauisch sein wollen, ist es bedauerlich, dass ich nicht lüge. Aber, um ganz offen zu sein, ich habe wirklich keine Verbindungen zu irgendeiner Partei.«

»Und Sie sagen: ›es ist bedauerlich‹?«

»Nein! Ich bin froh darüber. Hier bin ich zum Beispiel erzkatholisch.«

Er packte mich an der Schulter. »Warum kommen Sie dann nicht mit mir zurück nach Deutschland? Jetzt, da Sie bessere Chancen haben als je zuvor. Gatti ...« Doch er schwieg plötzlich.

»Wie bitte?« Er blieb stumm. Ich sagte: »Was soll ich in Deutschland anfangen?«

»Oder in Österreich. Sie würden Sie einstellen, wo auch immer Sie hinwollen.«

»Aber warum? Weshalb?«

»Vielleicht könnte man aus Ihnen immer noch einen strammen Nationalsozialisten machen.«

Er lachte. Mir gefiel sein Lachen überhaupt nicht. Vielleicht wusste er schon zu viel. Plötzlich verstand ich Rosika ganz gut, und warum sie so wütend auf ihn geworden war. Auf der Treppe sagte ich zu ihm: »Nein. Danke. Man muss irgendwo die Grenze ziehen.«

Rosika packte rasch ihre Sachen. Am selben Nachmittag nahmen wir einen der großen Busse in die nächste Stadt, der Provinzhauptstadt, die auf einem Hügel lag. Die Stadt war voller Faschisten. Sie hatte den Ruf, eine Art Faschismuszentrum zu sein.

In Rom hatten wir im Voraus Zimmer hier gebucht. Wir hatten uns eine kleine Pension ausgesucht. Meine Briefe hatte ich mir zu dieser Adresse nachschicken lassen. Auf dem Weg dorthin überquerten wir den Hauptplatz und gingen dann durch seltsam dunkle Seitengassen zwischen großen *palazzi*. Unweit von unserem Ziel trafen wir einen jungen Mann in Kniehosen und kariertem Jackett. Er war sehr groß, hatte Sommersprossen und trug keinen Hut. Sein Haar war lang und nicht gescheitelt. Er war blond. Unter dem Arm trug er zwei Zeitungen im größeren Format. Er pfiff, als wir ihm begegneten.

Rosika sagte: »Ich wette, er ist ein Ausländer.«

Ich sagte: »Vielleicht Amerikaner. Oder Engländer.«

Hesmert sagte: »Eher kein Engländer. Denken Sie an die Sanktionen! Außerdem pfeift kein Engländer, wenn er durch die Straßen einer fremden Stadt geht.«

»Er gefällt mir ganz gut«, sagte Rosika.

Unsere Pension war ein alter *palazzo*. Rosika hatte ihr Zimmer im ersten Stock, und unseres lag im zweiten Stock, im anderen Flügel des Hauses. Die Zimmer waren alle sehr hoch. Von unserem konnte man direkt in die Fenster eines anderen Hauses sehen, das nicht mehr als zwei Meter entfernt auf der anderen Seite einer schmalen Gasse stand. Von Rosikas Zimmer aus konnte man über die Stadtmauern und einige Bäume aufs offene Land hinausschauen.

Wir speisten auf einer offenen Veranda. Neben den Gabeln und Löffeln lagen unsere Briefe. Hesmert hatte seine Post auch an diese Adresse nachsenden lassen.

Ich las meine Briefe, während ich die Suppe aß. Es gab mehrere, außerdem Zeitungen. Rosika beobachtete mich die ganze Zeit. Einer der Briefe stammte von meiner Mutter, ein anderer von Tante Cecily in London, mit einem kurzen Postskriptum von Wolf am Ende. Der letzte Brief, den ich öffnete, kam von meiner Zeitung in Wien.

Während ich ihn las, hörte ich Hesmert und Rosika ein sprunghaftes und etwas unbeholfenes Gespräch führen.

Rosika sagte: »Draußen ist es wieder sehr heiß. Und schwül. Können Sie nicht mehr Fenster öffnen?«

»Natürlich«, sagte Hesmert. Er stand auf und öffnete alle drei Fenster der Veranda.

Rosika atmete hörbar. Über den Rand meines Briefes blickend, sah ich, wie sie sich streckte und schnurrte.

»Es ist wie in einem Flugzeug. Nichts als Himmel und Wolken. Sehen Sie dort ... Assisi aus gottlosen Zeiten!«

Eine hübsche Brise wehte durch den Raum, und der Brief von meiner Mutter flatterte davon. Hesmert sprang auf und holte ihn mir zurück. Seine Briefe hatte er sofort eingesteckt.

»Danke!«

»Neuigkeiten aus Wien?«

Ich musterte Rosika und antwortete nicht.

Hesmert sagte: »Hier ist es wunderbar. Rosie hat ganz recht. Wie in einem Flugzeug. Gefällt es Ihnen hier nicht, Martin?«

»Nein«, sagte ich. »Ehrlich gesagt, es gefällt mir hier überhaupt nicht.«

Wir hatten guten Fisch und Weißwein. Der durch die Fenster wehende Wind war sehr erfrischend.

Ich sagte: »Wir brechen morgen ziemlich früh auf. Rosika muss etwas für ihre Gesundheit tun. Ich schlage vor, wir reisen nach Gubbio. Das liegt irgendwo im Apennin. Vielleicht verbringen wir den Rest unseres Lebens in Gubbio.«

»Aber wir müssen uns um die Koffer kümmern, Moio. Wann fahren wir nach Flor...«

»Niemals!«, unterbrach ich sie. Ich lachte.

Hesmert sagte: »An Ihrer Stelle würde ich die Koffer gleich nach Siena schicken, so wie ich. Meine Freunde freuen sich darauf, Sie kennenzulernen. Meine Koffer gehen nach Siena.«

»Ihre Freunde?«

»Die Gattis?«

»Sie haben mir gerade geschrieben. Es tut ihnen sehr leid, dass sie Ihnen keine Unterkunft anbieten können, weil sie so viele Gäste haben. Aber wir können uns treffen, so oft Sie wollen.«

»Auf diese Gattis darf man wohl gespannt sein«, sagte Rosika. »Moio, was steht in dem Brief?«

»Na schön«, sagte ich. »Wir könnten direkt nach Siena weiterreisen, falls sich Gubbio als Fehlschlag erweist. Aber morgen fahren wir auf jeden Fall nach Gubbio.«

»Einverstanden«, sagten beide und sahen einander an.

»Du solltest lieber die Kofferanhänger beschriften«, sagte Rosika. Und: »Was steht in dem Brief?«

Ich erzählte ihr nicht, was in dem Brief stand. Ich wollte ihr nicht alles verderben. Meine Zeitung teilte mir mit, dass sie nicht in der Lage sei, mir die letzten beiden, im Juli fälligen Raten zu bezahlen. Es tue ihnen leid, aber es gebe Schwierigkeiten mit der Devisenstelle. Ich wusste nur zu gut, dass sie mich einfach nicht länger bezahlen wollten. In Wien schien sich alles zu ändern. Ich dachte: »*Hitler ante portas!*« Sie wollten mich wohl einfach um die letzten vereinbarten Raten betrügen. Rosika erzählte ich es nicht.

Am nächsten Morgen fuhren wir nach Gubbio. Wir behielten jedoch unsere Zimmer in der Pension. Auch nahmen wir kein Gepäck mit. Ich war von Anfang an nicht von Gubbio überzeugt. Plötzlich wurde mir klar, dass ich ohne Siena und ohne diesen Palio nicht leben konnte.

Unterwegs dachte ich viel an Marta und meine Jugend.

Es war eine fröhliche Fahrt. Unsere Mitpassagiere waren ein paar Soldaten auf Urlaub und einige Bauernfrauen mit Einkaufskörben, die vom Markt heimkehrten. Und der letzte, der in den Wagen stieg, war unser junger Mann mit den Sommersprossen.

»Da ist er«, sagte ich. »Er liest *The Times*. Also ist er doch Engländer.«

Hesmert sagte: »Amerikaner lesen auch *The Times*.« Rosika drehte sich zweimal um, um sich den jungen Mann anzusehen. Der junge Mann lächelte sehr offen und nickte sogar ein wenig.

Hesmert sagte: »Rosika, hören Sie auf so schamlos zu flirten!«

»Sie darf wohl nur mit Ihnen flirten?«, sagte ich.

Wir fuhren an vielen kleinen Bergen, Pässen und Tälern mit Dörfern vorbei. Es rumpelte und schaukelte heftig. Wir saßen in einer Reihe und lachten ziemlich viel. Rosika hatte sich bei uns beiden eingehängt. Manchmal drehte sie sich um, um dem Engländer einen Blick zuzuwerfen. Ich taufte ihn »Bobby«. Neben dem Fahrer stand ein großer Beutel. Er war voller Pralinen in Stanniolpapier. Jede Praline trug Stempel und Zeichen einer berühmten Schokoladenmanufaktur in Siena.

Wann immer wir uns einem Dorf näherten, hupte er wild. Die Straße zu unserer Linken und Rechten füllte sich sofort mit den Jugendlichen und Kindern des Dorfes. Der Fahrer warf ihnen links und rechts Pralinen zu, ohne die Fahrgeschwindigkeit zu verringern.

Rosika klatschte in die Hände: »Ich möchte ihn küssen!«

»Vorzügliche Reklame!«, sagte ich.

»Menschlich!«, sagte Hesmert. »Italienisch! Faschistisch!«

»Kinderlieb. Kinder und Hunde sind die Lieblinge der Diktatoren.«

»Pst!«, sagte Rosika.

»Für die Kinder ist es freilich sehr angenehm. Aber wir sind keine Kinder mehr.«

Am Gipfel des letzten Passes vor Gubbio gab es einen Halt. Wir stiegen alle aus und betraten eine kleine Hütte. Die Hütte war voller Bauern und Soldaten. Es gab Wein.

Ich merkte, dass Rosika ein Gespräch mit dem Engländer angefangen hatte. Wir stiegen zurück in den Bus, der noch viel schneller weiterfuhr. Die Straße führte den Hang hinab nach Gubbio.

»Worüber habt ihr gesprochen?«, fragte ich.

»Er hat mich gefragt, wo wir herkommen. Ich spreche kaum Englisch.«

»Also ... Was haben Sie gesagt?«, fragte Hesmert. Er legte den Arm um ihre Taille, als der Bus eine gefährliche Kurve schnitt und nach Gubbio hineinfuhr.

»Ich habe gesagt, dass ich aus Ungarn komme.«

Gubbio war ein schmutziger, kleiner Ort, auf Dauer völlig unmöglich. Es war eine trostlose Stadt, die von alten Zeiten lebte, und es war viel heißer als irgendwo sonst. Wir besichtigten eine alte Burg, ein paar alte Gemälde in einer Art Keller, eine römische Ruine und das Gasthaus. Hesmert stieg überaus hastig aus dem Bus, um den Engländer wieder abzuhängen. Ich genoss seine Eifersucht sehr. In der römischen Ruine herrschte ein wenig Schatten. Wir aßen den Proviant, den wir mitgenommen hatten. Außerdem kauften wir in einem der Gasthäuser von Gubbio Wein. Ich machte ein witziges Foto von Rosika und Hesmert. Hesmert war auf die Knie gesunken und streckte seine Hände nach Rosika aus.

Rosika rollte mit den Augen und hob abwehrend die Arme.

»Nun«, sagte ich, »das könnte sich als nützlich erweisen. Material für den Scheidungsprozess.«

»Moio! Du weißt doch, dass ich diese Scherze nicht ertrage!«

»Natürlich nicht!«

»Moio, was stand in dem Brief?«

Ich hatte ihn tatsächlich ganz vergessen. Als ich ihr keine Antwort gab, hörte sie auf zu fragen. Das Geld würde mindestens bis Siena reichen. Vielleicht länger. Ich hatte nicht die geringste Ahnung, wer mir in Siena helfen könnte. Vielleicht die berühmten Gattis. In meiner Phantasie nahmen die Gattis allmählich eine übernatürliche Form an.

Gegen sechs Uhr kehrten wir aus Gubbio zurück.

»Tja ... Kein Ausruhen in den Bergen für mich!«, sagte Rosika.

»Nein«, sagte ich. »Kein Ausruhen. Wir müssen die Sache bis zum bitteren Ende durchziehen.«

»Ich möchte ein Eis.«

»Setzen wir uns dort drüben ins Kaffeehaus«, sagte ich. Es war ein hübsches Café an der belebten Hauptstraße. Wir waren alle drei sonnengebräunt. Wir fühlten uns äußerst gesund. In diesem Faschistenzentrum wehte ein gesunder Wind.

Die Hauptstraße war voller flanierender Soldaten und Faschisten, Knaben und Mädchen, Anwälte auf Urlaub und sogar Ausländer. Ich hatte dieses Kaffeehaus vorgeschlagen, weil ich »Bobby« an einem der Tische gesehen hatte. Ich wollte Hesmert ein wenig ärgern.

»Da ist er wieder«, sagte ich. Bobby saß drei Tische weiter. Rosika sagte kein Wort, warf aber alle paar Minuten einen Blick hinüber. Bobby lächelte charmant und grüßte uns alle.

Hesmert sagte: »Also wirklich, Martin, ich bin sprachlos.«

»Warum?«, fragte ich ihn. »Jeder will ein bisschen Spaß haben.«

»Sei nicht so albern!«, sagte Rosika. »Ich denke an etwas ganz anderes. Ich mache mir viele Sorgen. Glaubst du wirklich, dass ich nichts anderes im Kopf habe außer Männer?«

Hesmert sagte: »Was denn noch?«

»Sie sind ganz schön dreist«, sagte Rosika.

»An was denkst du sonst noch?«, fragte ich. »Hast du irgendwelche Probleme?«

»Ich sorge mich um unsere Zukunft. Was stand in dem Brief, Moio?«

»Los! Erzählen Sie ihr, was drinstand.«

»Nicht einmal im Traum«, sagte ich.

Während wir auf unserer luftigen Veranda zu Abend aßen, ertappten wir Rosika zweimal beim Gähnen.

»Entschuldigung«, sagte sie. »Ich bin etwas müde. Dieser Ort ist schließlich nicht sonderlich amüsant.«

Da hatte sie durchaus recht. Nur einer der anderen Tische war besetzt, von zwei alten Damen, die sich im Flüsterton unterhielten. Wir hatten einen ausgezeichneten Salat mit grünen Bohnen und dann köstlichen Kopfsalat, Pfirsiche und Mandeln, aber kein Fleisch.

»Die versuchen, so viele Nahrungsmittel zu sparen wie möglich«, sagte Rosika. »Moio, du hast völlig recht. Wir könnten ebenso gut so schnell es geht abreisen.«

Ich drückte ihr Knie unter dem Tisch und sagte: »Ja, wenn Bobby hier gewesen wäre, hätten wir vermutlich mehr Spaß gehabt?«

»Woher wissen Sie, dass er Bobby heißt?«, fragte Hesmert. Er schnitt dieselbe Grimasse wie damals, als ihm vor dem Aliciaro übel geworden war.

»Ich weiß nicht«, sagte ich. »Der Detektiv in mir, wahrscheinlich.« Ich lächelte.

»Wie ... Sie auch ...?«, lachte Hesmert.

»Und wer sonst noch?«, fragte Rosika. Dann sagte sie: »Entschuldigt mich heute Abend, aber ich muss euch früh verlassen. Geht doch und habt selber euren Spaß.«

»Jetzt?«, sagte ich. »Es ist noch helllichter Tag.«

»Natürlich können wir selber Spaß haben!«, sagte Hesmert. Er stand rasch auf. Wir wünschten Rosika eine gute Nacht, sie gab mir einen Kuss und Hesmert küsste ihre

Hand. Sie trug an jenem Abend einen grünen Schal und hatte seit der Rückkehr aus Gubbio sogar Strümpfe angezogen. Wir gingen die schmale Straße entlang zum Stadttor. Es war immer noch helllichter Tag. Hesmert setzte sich auf die Mauer neben dem Tor. Ich stand neben ihm.

Ich sagte: »An einem Sommerabend wie diesem denke ich immer an den Tod. Es ist so mild. Bald wird alles verloren sein. Es ist so angenehm und so beängstigend.« Ich legte meinen Arm um seine Schulter.

Er sagte. »Und ich dachte gerade auch an Kecz. Haben Sie nicht irgendwas vom Krankenhaus in Rom gehört?«

»Nein. Aber ich dachte eigentlich nicht direkt an ihn. Nein. Keine Briefe aus Rom. Sind Sie ein Detektiv?«

»Gehen wir zurück.«

Wir schalteten das Licht nicht an. Der Mond war noch nicht aufgegangen. Wie schnell die Zeit seit Spoleto vergangen war! Wir standen am Fenster und rauchten ein paar Zigaretten. Keine Zigarren diesmal. Zwei Mädchen saßen am Fenster gegenüber. Das Zimmer hinter ihnen wurde nur von einer Kerze beleuchtet. Wir konnten das ganze Zimmer sehen, denn unser Fenster lag etwas höher als ihres. Es stand ein großes Bett darin, ein Heiligenbild hing an der Wand; rechts davon stand ein kleiner Waschständer. Das Haar der Mädchen schimmerte im Kerzenlicht. Eines der Mädchen trug ein gelbes Kleid, das andere ein blaues. Wir riefen zu ihnen hinüber. Aber zunächst antworteten sie nicht. Ich sagte: »Entschuldigen Sie, aber wir sprechen nicht besonders gut Italienisch. Wir sind Ausländer.«

»Ausländer?«, fragte die Gelbe. »Von wo, wenn ich fragen darf?«

»Aus Deutschland«, sagte Hesmert. »Germania. Hitler.«

Beide lachten und klatschten leise. »Wir sind Freunde«, sagte Hesmert.

»Enge Freunde«, sagte die Blaue.

»Wollen Sie uns auf einen kleinen Spaziergang begleiten?«, schlug ich vor. »Vielleicht zur *Fiesta*?«

Hesmert flüsterte mir zu. »Welche *Fiesta* denn?«

Ich flüsterte zurück: »Es gibt immer irgendwo eine *Fiesta*.«

Die Mädchen kicherten und flüsterten auch. »Nein!«, sagte die Blaue schließlich. »Nicht zur *Fiesta*. Mutter will nicht, dass wir zu lange wegbleiben. Aber ein kleiner Spaziergang vielleicht. Nur eine halbe Stunde.«

»Wir warten vor der Tür auf Sie«, sagte Hesmert. Das gelbe Mädchen war bereits außer Sicht. Wir sahen einen dicken Schatten, wahrscheinlich die Mutter.

Das blaue Mädchen sagte: »Unmöglich! Unsere Tür ist ungefähr eine halbe Stunde von Ihrer entfernt. Treffen Sie uns an der Porta Emilia.«

»Da kommen wir gerade her«, sagte ich. »So können wir uns nicht verlaufen.«

Als wir das Haus verließen, sagte Hesmert: »Und was, wenn Rosika uns aus irgendeinem Grund braucht?«

Ich sagte: »Glauben Sie, ich habe Angst vor ihr? Wollen Sie sich nicht wegen Bobby rächen?«

»Und Sie?«

Die Mädchen warteten schon unter einer Straßenlaterne bei der Porta Emilia. Das Mädchen im gelben Kleid hatte dunkles Haar, das im blauen war blond. Sie waren beide sehr jung und natürlich Schwestern. Zunächst gingen wir mit ihnen die *piazza* entlang. Ich schlug vor: »Gehen wir ins Kino. Da läuft ein guter Film. Amerikanisch.«

»Wir dürfen nicht länger als eine halbe Stunde wegbleiben«, sagte die Blaue. »Haben Sie das vergessen? Ihr Italienisch ist perfekt.« Das machte mich sehr stolz. Ich wollte ihren Arm nehmen, aber sie erlaubte es nicht.

»Ich bin Laura, und meine Schwester heißt Jole. Mein Vater ist in Neapel wegen des Kriegs. Ich bin verlobt, aber

145

mein Verlobter ist in Abessinien. Er hat versprochen, mir Elfenbein von einem Elefanten mitzubringen.«

»Schreibt er Ihnen oft?«, fragte ich.

»Das ist es ja gerade«, sagte Laura. »Er schreibt fast nie. Aber Sie sehen ihm ähnlich. Sind Sie auch Soldat?«

»Nein, aber mein Freund«, sagte ich.

Hesmert und Jole gingen ein gutes Stück voraus. Er hatte schon ihren Arm genommen.

»Egal. Es schert mich nicht. Alle sagen, dass nur Soldaten echte Männer sind.«

Ich schwieg dazu. Wir bogen ab in ein paar stillere Gassen und erreichten die alten Schutzwälle. Sie hatten sich in eine dichte Allee aus Kastanienbäumen verwandelt. Es roch nach Sommer und Dunkelheit, und die Brunnen plätscherten.

Ich sagte zu Laura. »Ihre Schwester hat schon den Arm meines Freundes genommen. Vielleicht, weil er ein Soldat ist?«

Laura brach in Gelächter aus. »Nein, vielleicht, weil sie jünger ist. Sie weiß noch nicht, was man macht.«

»Was macht man denn, Laura?«

Laura hatte große, etwas schrägstehende Augen. Sie hatte volle, sinnliche Lippen, ziemlich gut geschminkt. Hesmert verschwand mehrmals am Rand der Allee, und ich dachte, »Bestimmt küsst er sie schon«. Ich legte meinen Arm um Lauras Hals, und sie sagte: »Bitte nicht! Sie sehen ihm so ähnlich.« Ich mochte sie viel lieber als Violet Loria. Ich war ziemlich verliebt in sie.

Ich sagte: »Morgen reisen wir wieder ab. Sollen wir nicht doch ins Kino gehen?«

»Zu wem gehört die schöne Dame, die mit Ihnen reist?«

»Zu meinem Freund.«

»Wie heißt er ... der Soldat?«

»Gerhart. Und ich heiße Martin.«

»Ich fahre nächstes Jahr auch nach Deutschland. Hitler ist ein großer Mann.«

Ich schwieg. Sie wurde ziemlich ernst. Wir waren schon dreimal die Kastanienallee hinauf- und hinunterspaziert. An ihrem Ende drehte sich Hesmert so flink um, dass wir einander nie ins Gesicht sahen. Doch den Schwestern gelang es jedes Mal im Vorübergehen einander etwas zuzuzwitschern, wie Vögel in der Dämmerung.

»Er ist doch ein großer Mann?«, fragte Laura und blieb stehen. »Ja, ja, natürlich. Sehr groß.«

»Unsere Universität organisiert nächstes Jahr eine große Deutschlandreise. Es kostet nur zweihundert Lire. Ist das nicht herrlich? So etwas kommt von echter Freundschaft zwischen Nationen.«

»Ja.« Ich blieb auch stehen und seufzte.

»Na?«, sagte sie und beugte ihren Kopf ein wenig. Ich umfasste ihren Hals und küsste sie. Ihr Mund war glatt, und sie küsste nicht besonders gut. Doch sie erwiderte den Kuss. Ich spürte ihren Lippenstift und roch Zwiebeln in ihrem Atem.

Sie sagte: »Die Dame gehört zu Ihnen. Schämen sie sich, mich anzulügen.« Sie lief fort. Doch ich folgte ihr, immer noch hinter Hesmert und Jole. Aber sie begannen auch zu rennen. Sie lachten und liefen auf die Hauptstraße, wo eine Musikkapelle spielte und die *Fiesta* in vollem Gang war.

Bald hatten sie uns abgehängt. Laura ärgerte sich sehr darüber. Wir suchten sie, konnte sie aber nicht finden. In der Menge kam es nicht infrage, wieder Lauras Arm zu nehmen. Wir suchten ungefähr eine halbe Stunde, dann sagte ich: »Wenn das so ist, können wir ebenso gut ins Kino gehen.«

»Nur, wenn Sie artig sind.«

Im Kino war es sehr heiß. Wir schafften es gerade noch, das Ende von *City Streets* zu sehen, ein alter Film mit Gary

Cooper und Sylvia Sidney. Ich bestand darauf, Laura nach Hause zu begleiten.

Es war ein langer Weg bis zu dem Vorort. Von ferne hörten wir Schritte auf dem Bürgersteig. Es war Jole, die auf ihre Schwester wartete. Sie sah ziemlich wild aus mit ihren schwarzen Augen unter all dem schwarzen Haar. Ich lachte.

Jole schimpfte mit Laura. »Bist du irre? Ich habe hier fast eine Stunde gewartet. Ich konnte wohl kaum alleine hinaufgehen, und wo warst du eigentlich? Mamma macht uns die Hölle heiß!«

Ich sagte: »Bitte entschuldigen Sie. Wir waren im Kino. Aber warum sind Sie allein? Wo ist mein Freund?«

Jole stampfte mit dem Fuß. »Woher soll ich das wissen? Dieser Idiot! Wir sind gleich hierhergelaufen, nachdem ihr beide euch beim Tor geküsst habt, aber vielleicht hat er sich verirrt. Auf jeden Fall ist er verschwunden. Wahrscheinlich ist er bei seiner Frau.«

Laura sagte ihr etwas auf Italienisch, so schnell, dass ich es nicht verstand. Jole sagte: »Was schert es mich? Das ist nicht mein Problem. Immer ist es meine Schuld, nur weil ich die Ältere bin. Ich weiß.«

Ich sagte: »Dann bleibt uns wohl nichts anderes übrig, als auf Wiedersehen zu sagen?«

Jole sagte: »Nein. Nichts. Gute Nacht.« Und sie ging sehr schnell ins Haus. Laura gab mir wenigstens die Hand. »Gute Nacht. Entschuldigen Sie, aber sie ist wirklich die Ältere.«

Ich rannte zurück zur Pension und verirrte mich zweimal auf den dunklen Straßentreppen. Nun gab es etwas Mondlicht, aber ich musste vor dem Haus warten. Keiner von uns hatte einen Schlüssel für die Eingangstür mitgenommen. Ich klingelte dreimal; dann erschien der Alte, der unsere Stiefel putzte; ich lief hinauf in den dritten Stock.

Im Korridor gab es kein Licht, und ich brauchte mehrere Streichhölzer, ehe ich die Tür zu unserem Zimmer fand.

Das Zimmer war leer. Auf meinem Schreibtisch herrschte größere Unordnung als zuvor. Mein Jackett, das ich zurückgelassen hatte, lag umgekrempelt auf meinem Bett, und ich suchte nach meiner Brieftasche und meinen Briefen, aber sie waren noch da.

Ich verließ das Zimmer und verirrte mich erneut. Dann schaute ich zufällig aus einem der Fenster im Korridor in den kleinen Hof hinunter. Dort bewegte sich etwas Weißes, und ich konnte sogar Licht in dem Zimmer sehen, das Rosikas sein musste. Ich lehnte mich aus dem Fenster und flüsterte laut: »Rosika! Hesmert!«

Der weiße Fleck im Hof antwortete »Jaja!« und verschwand im Haus. Ich rief noch einmal »Rosika!«, doch in Rosikas Zimmer regte sich nichts. Vielleicht hatte ich mich in dem Zimmer geirrt. Und dann glaubte ich, ihre Stimme zu hören, die meinen Namen rief, aber plötzlich lag wieder Ruhe und Frieden über der ganzen Stadt.

Ich ging zurück in mein Zimmer. Hesmert kam wenige Minuten später. »Was ist passiert?«, fragte ich ihn so ruhig wie möglich. Hesmert setzte sich auf sein Bett. Er lachte. »Na«, fragte er zurück, »hatten Sie Ihren Spaß? Man sollte nämlich nie seine Frau alleinlassen. Kaum war ich zurück, da klopfte sie an die Tür.«

»Na ... Was weiter?«

»Sie hat Sie gesucht. Beim Auspacken hat sie ihre Pyjamahose verloren. Der Wind hat sie in den Hof geweht. Das kommt davon, wenn man mit so wenig Gepäck reist. Ich musste schließlich in den Hof hinunter und sie retten.«

»Ja ...«, sagte ich. »Sie Retter!«

»Und ich brauchte stundenlang, um den kleinen Hof überhaupt zu finden. Voller schmutziger Gassen, Winkel und Ecken, diese Stadt ...« Die Stadt hieß übrigens Perugia.

5

Wir hatten unsere Koffer mit einem kleinen Buben voraus-geschickt. Rosika trug ihr hauchdünnes rosa Kleid. Als wir auf der schmalen Straße zum Bahnhof gingen, trafen wir einen alten Mann. Er trug einen Beutel über der Schulter. Rosika und Hesmert gingen ein paar Schritte vor mir.

Der Alte sah sich in der Straße um. Dann sah er mich an. Ich fragte ihn: »Suchen Sie etwas?« Er sagte: »Ich brin-ge die Telegramme.«

Es war ein Telegramm vom Krankenhaus in Rom. Dr. Scialli informierte mich über Keczs Tod. Ein Lungenödem. Das Telegramm musste irgendwo liegengeblieben sein; es war zwei Tage alt. Man hätte unmöglich auch diese Nach-richt vor Rosika verheimlichen können. Ich schloss also zu ihnen auf und sagte laut: »Kecz ist tot. Hier ...« Dann eilte ich weiter und ließ sie zurück.

Hesmert sagte: »Entsetzlich. Ach, das ist einfach ent-setzlich.« Ich hörte Rosika in Tränen ausbrechen. Dann kam sie zu mir und nahm meinen Arm.

Sie sagte: »Oh, Moio! Ist es meine Schuld? Wir fahren sofort zurück nach Rom; wir können ihn wenigstens be-erdigen. Warum sagst du nichts? Warum machst du so ein Gesicht? Warum bist du so wütend? Hier, wir fragen sie, wann der nächste Bus nach Rom fährt. Hesmert, fragen Sie nach den Busverbindungen.«

»Es ist zwecklos«, sagte ich. »Das Telegramm ist ziem-lich alt.« Hesmert nahm es mir aus der Hand. Ich zog mei-ne Hand zurück, als er sie leicht berührte. Er schüttelte den Kopf und sagte zu Rosika: »Martin hat recht. Das Te-legramm wurde irgendwie aufgehalten. Es ist wirklich schlimm, der arme Kerl.«

Jetzt aber saßen wir in dem Bus, der uns über Chiusi nach Siena bringen sollte. Rosika sagte: »Warum nennen

Sie ihn einen ›armen Kerl‹? Meist sind die Lebenden eher zu bedauern als die Toten. Was fühlt denn ein Toter? Oh Gott! Kecz, mein armer Kecz! Ich sehe ihn immer noch vor mir in diesen Griechischseminaren, und Marika dazu. Ich hoffe, du verstehst das, aber ich kann ihn wirklich sehen. Oh Gott, Moio, warum trommelst du ständig mit den Fingern auf die Lehne? Mach mich nicht verrückt!«

»Hör auf zu plappern!«, sagte ich. »Ich trommle mit den Fingern, weil ich den Tod hasse.«

»Schlimm, wirklich schlimm«, sagte Hesmert.

Rosika fuhr fort: »Wir sollten zumindest ein Beileidstelegramm nach Budapest schicken und noch eines an die Akademie in Rom. Die italienischen Zeitungen werden sicher Artikel über ihn drucken, glaubst du nicht auch, Moio? Du solltest in Chiusi eine römische Zeitung kaufen. Aber Chiusi ist wohl ein winziger Ort, und vielleicht bekommen sie gar keine Zeitungen aus Rom, und in den anderen Zeitungen steht wahrscheinlich nichts darüber. Was meinst du? Frag den Fahrer. Da reisen wir einfach weiter als wäre nichts passiert ...«

»Ja, als wäre nichts passiert!«, sagte Hesmert und machte eine kleine Handbewegung in ihre Richtung. Er saß gegenüber Rosika und mir. Ich bemerkte, dass seine Knie Rosikas berührten.

Ich sagte: »Was sind das für rosa Flecken auf deinen Wangen, Rosika? Hattest du zu wenig Schlaf?«

»Du machst mir Spaß!«, rief sie. »Wie kannst du in solch einem Moment so etwas fragen? Was wenn ich dich fragen würde, wie du deine letzte Nacht verbracht hast? Ich bitte dich, Moio, benimm dich! Hast du keinen Respekt vor den Toten? Du kannst nur mürrisch und wütend dreinschauen!«

Hesmert zog sein Jackett aus. Ich konnte die dunkelbraune Haut unter seinem Hemd sehen.

»Ich ertrage es nicht, mit dem Rücken zum Fahrer im Bus zu sitzen«, sagte er. »Würden Sie die Plätze mit mir tauschen, Martin?«

Wir tauschten die Plätze. Ich betrachtete die beiden aufmerksam. Der Bus raste über eine weite Ebene. Wir konnten den ruhigen Spiegel des Trasimeno-Sees sehen. Wir waren fast allein in dem Bus, und obwohl es sehr heiß war, blies und pfiff der Wind angenehm durch die Fenster. Jede Kurve ließ Hesmerts und Rosikas Schultern zusammenstoßen. Rosika lachte. Hesmert lachte. »Ai!«, rief Rosika. Ich sagte kein Wort.

Chiusi wirkte auf uns wie Gift unter einem giftigen grauen Himmel. Wir fanden ein kleines Gasthaus. Ich hatte Hunger und wollte gerade hineingehen. Hesmert hielt mich zurück. »Nein, Martin. Da können wir unmöglich hinein.«

»Warum nicht?«, fragte ich. »Ich habe Hunger. Ich hoffe, Sie haben nichts dagegen, dass ich hungrig bin?«

»Sei nicht so empfindlich, Moio!«, sagte Rosika.

»Wir Deutschen sind angewiesen, keine Gasthäuser und andere Lokale zu betreten, die nicht mit unserer Position übereinstimmen.«

»Seltsame Anweisung«, sagte ich. Rosika sah mich an. Dann warf sie Hesmert einen Blick zu.

Ich sagte: »Dann müssen Sie hungrig bleiben. Ich glaube nicht, dass es in diesem kleinen Kaff noch ein anderes Gasthaus gibt.«

So blieb er draußen, und wir sahen ihn erst später in der Kathedrale wieder. In dieser schönen Kirche wurde gerade eine Trauerfeier abgehalten. Man hatte in der Mitte des Mittelgangs einen Katafalk aufgestellt. Die Kirche war mit schwarzen Tüchern behangen. Schwarzgekleidete Kinder und Frauen knieten rund um den großen Katafalk. Hin und wieder stieß jemand zu ihnen, bekreuzigte sich und kniete sich ebenfalls hin. Es duftete nach Weihrauch. Nach all dem schmutzigen Grau draußen, wirkte das Schwarz in der Kirche äußerst sauber.

Rosika zupfte an meinem Ärmel. »Es ist genau wie ...«

»Ich weiß.«

»Aber ist es nicht nur ein Zufall?«

»Natürlich.«

»Es macht mir Angst«, sagte Rosika. »Außerdem können wir jetzt keinen der Kunstschätze besichtigen.«

»Gib ihnen etwas Geld!« Ein Mönch streckte seine Schale aus. Rosika gab ihm zehn Centesimi.

»Was für eine rührende Geste! Du hast nie Geld dabei, Moio!«

Bevor wir Chiusi verließen, wollten wir die berühmte etruskische Nekropole vor der Stadt besichtigen. Man sagte uns, dass der Wärter in der Hitze des Tages nicht verfügbar sei. Also legten wir uns in einen Obstgarten hinter der Kathedrale und warteten, dass es kühler wurde. Hesmert kletterte auf einen Baum vor uns. Rosika rief. »Nicht zu hoch! Sie brechen sich noch das Genick. Um Himmels Willen, passen Sie auf!«

Hesmert lachte zu uns herunter. Ich rief: »Haben Sie Hunger? Der andere ist ein Kirschbaum. Sie sind den falschen hochgeklettert.«

Er rief: »Ich lechze nach einem Menschenopfer!« Er starrte uns beide an.

»Da sitzen Sie wie eine Wildkatze! Sieht er nicht wie eine Wildkatze aus, Moio? Kommen Sie runter, ich fürchte mich.« »Vor was fürchtest du dich?«, fragte ich Rosika sanft. »Wie er sich windet!«

Hier herrschte ebenfalls Windstille. Rosika sagte: »Pardon.« Sie zog ihre Bluse aus.

»Nein!«, schrie Hesmert von seinem Baum herab. »Ich mag keine halbnackten Frauen.«

»Ob Sie es mögen oder nicht, ist mir egal«, sagte Rosika.

»Gehen wir jetzt zur Nekropole«, sagte ich und stand auf.

»Ich komme später nach«, sagte Hesmert. Er machte es sich auf seinem Baum bequem. Er gab vor, etwas zu essen. Aber da gab es keine Kirschen, die Kirschen waren auf dem anderen Baum. Er tat nur so. Wir überquerten die Wiese, gingen an ein paar Steinbrüchen vorbei und den Hang hinunter in einen kleinen Hain. Vor einem Eisentor, das den Weg nach unten markierte, warteten einige andere Touristen. Es waren allesamt Italiener von einer *dopolavoro*-Reise aus Florenz. Die Frauen bedeckten ihre Schultern mit Pferdedecken, als der Wärter sie durch die feuchte, kalte Dunkelheit führte. Die Decken wurden gratis verliehen.

»Nein danke«, sagte Rosika. »Wie abscheulich! Gut, dass du meinen Mantel mitgenommen hast. Du bist ein guter und lieber Moio!«

»Danke«, sagte ich.

Die Gräber waren mit fröhlichen Gemälden verziert, wie in anderen etruskischen Begräbnisstätten. Überall sah man Bankette und Szenen aus dem Leben der Jäger und Fischer. Und es gab schöne Jünglinge und Priesterinnen im Profil oder eine Göttin mit einem Kranz im Haar.

»*Die* hatten keine Angst vor dem Tod. Sie waren auch nicht wütend!« Rosika drückte meinen Arm.

Wir betraten eine andere Gruft. Der Wärter sagte auf Italienisch: »Die Damen werden gebeten zurückzubleiben. Nur Herren!« Er lächelte matt und ein wenig anzüglich.

»Was ist da drin?«, fragte Rosika den Wärter. Er antwortete nicht, aber sah sie vorwurfsvoll an.

»Wahrscheinlich nur ein paar kleine Obszönitäten«, sagte ich.

Rosika sagte: »Nein! Ich will nicht zurückbleiben. Ich bin eine verheiratete Frau.«

Der Wärter zuckte die Schultern. »Da gibt es so etwas wie weibliche Sittsamkeit.«

Also blieb Rosika bei den anderen Frauen. Die Darstellungen des Liebesaktes in der Kammer waren ziemlich schlicht und überhaupt nicht erregend. Ich kehrte um, und der Wärter streckte seine Hand aus.

Ich sagte zu ihm: »Ich möchte noch einmal die *Tomba della Harpa* sehen.«

»Natürlich«, sagte er. »Ich warte draußen an der Tür auf Sie.« Er ging mit den anderen zu der äußeren Tür. Jetzt war es viel dunkler, denn er hatte die kleine Kerze mitgenommen. Ich führte Rosika nicht in die *Tomba della Harpa*, sondern in die Kammer mit den Obszönitäten.

Sie sagte: »Ist das alles?«

»Was hast du gestern Abend mit Hesmert gemacht?«, fragte ich.

»Bist du verrückt? Lass mich in Frieden!«

Ich hielt sie ziemlich fest. »Was hast du mit deiner Laura gemacht?«

»Ich habe sie geküsst, so und so ...«

»Ich habe Hesmert auch geküsst. Aber anders.«

»Wie anders?«

»Lass mich in Ruhe!« Sie lachte. »Wenn du wissen willst, was wirklich passiert ist ... Er hat sich mir aufgedrängt!«

»Er hat dir einen *Kuss* aufgedrängt?«

»Vielleicht etwas mehr als das! Falls es dich interessiert, er hat gerade deine Taschen durchsucht, als ich in dein Zimmer kam.«

»Noch eines von deinen Opfern? Noch ein Gefallen?« Ihre Heuchelei machte mich fuchsteufelswild. Ich konnte ihr Gesicht im Zwielicht erkennen. Sie lachte. Ich schrie sie an: »Du lügst! Das kann nicht wahr sein!«

»Warum nicht?« Nun stand sie vor einem der obszönen Bilder aus dem lustigen Leben unserer Vorfahren. Ihr kastanienbraunes Haar war deutlich zu sehen. Ihr Gesicht war ein rosa Fleck in der Finsternis. Ich gab ihr zwei Ohrfeigen. Sie schrie. Ich verfolgte sie, denn sie lief auf die Tür zu. Sie fand sie nicht schnell genug. Ich packte sie am Hals und drückte ihren Kopf nach unten. Ich zog ihr den Rock hoch und schlug sie tüchtig mit der flachen Hand.

»Ai, ai, ai, du Schwein, lass mich los; du bist ein Schwein; lass mich; ich hab gelogen; du bist ein Idiot; ich lass mich scheiden; ich lass mich scheiden; ich setz dir trotzdem Hörner auf; ich will nicht; lass mich ...«

»Tut das weh?«, rief ich. Ich stieß sie fort. Sie hatte keine einzige Träne vergossen. Ihre Augen waren trotzig und trocken, als wir wieder ins Freie traten.

Ich gab dem Wärter ein gutes Trinkgeld. Wir fanden Hesmert immer noch auf demselben Baum. Rosika sprach den ganzen Weg kein einziges Wort zu mir.

Sie schrie ihn an: »Gerhart, kommen Sie sofort herunter. Wir brechen gleich nach Siena auf. Sie müssen meinem Mann sagen, ob ich gestern Nacht mit Ihnen geschlafen habe oder nicht.«

»Rosika ... Sind Sie verrückt?«, sagte Hesmert. Er starrte uns an. »Ihr beide seht furchtbar aus!«

»Heirate, o Mann, und platze vor Lachen!«, zitierte ich ein altes deutsches Sprichwort. »Rosikas Phantasie ist wegen der Hitze ein wenig mit ihr durchgegangen. Verzeih mir, Rosika.«

»Halt den Mund!«, sagte sie zu mir. Sie nahm Hesmerts Arm. »Er hat ...«

»Rosika ...«, sagte ich und packte wieder ihren Arm.

»Gerhart!«, sagte sie. »Ich fürchte mich vor ihm. Wir gehen. Sagen Sie ihm, dass er verrückt ist.«

Hesmert sagte: »Ich weiß wirklich nicht, was ich sagen soll, Martin. Wie *können* Sie nur?«

»Na schön. Aber ich kann.«

»Ich könnte, wenn ich wollte«, sagte Rosika. »Gerhart, heute Nacht dürfen Sie mit mir rechnen. Was nicht ist, kann noch werden.«

Wir gingen zum Bus und verließen Chiusi. Es war schon dunkel. Rosika hatte Hesmert von mir fortgezogen, und jetzt saßen sie zwei Reihen hinter mir. Dort flüsterten sie die ganze Zeit. Ich fragte mich ständig, ob Rosika mich angelogen hatte und wie sehr. Es war eine schreckliche Fahrt. Rosika saß auf Hesmerts Schoß. Ich drehte mich nur einmal um und sah sie an. Wir waren die einzigen Fahrgäste. Chiusi war ein schwarzes Loch voller Fieber. Diesmal küssten sie sich nur. Hesmerts rechte Hand lag auf Rosikas Brust.

Gegen neun kontrollierte der Fahrer die Fahrkarten. Wir sahen nichts von der Landschaft ringsum. Halbblind und stumm von dem Gepolter und dem Lärm erreichten wir Siena.

Der Fahrer half mir mit dem Gepäck.

»Heute Abend dürfte es schwierig für Sie werden, eine Unterkunft zu finden«, sagte er. »Der Palio!«

»Danke«, sagte ich. »Wir haben Zimmer gebucht.«

»Oh, das ist sehr vernünftig. Ich dachte nur an den Palio.«

Ich gab ihm Trinkgeld. Gern wäre ich mit ihm einen trinken gegangen. Er war ein freundlicher Mann mit einem Glasauge und zwei Orden. »Junge Leute!«, sagte er und grinste. Er meinte Rosika und Hesmert.

In der Stadt herrschte großes Gedränge, obwohl es ungefähr elf Uhr war. Die Leute schlenderten herum, bummelten an den Türen der Bars und in den Bars, redeten, redeten und lachten. Im Dunkeln konnten wir nicht einmal den berühmten Rathausturm sehen. Wir saßen in einer Droschke. Rosika legte ihre Hand auf mein Knie. »Moio!«, sagte sie. Dabei sah sie mich liebevoll an. Ich antwortete nicht.

Hesmert sagte: »Wir hätten unsere größeren Koffer gleich vom Bahnhof abholen sollen.«

»Morgen ist auch noch ein Tag«, sagte ich. »Vielleicht ist Rosika müde.«

Wir hatten Zimmer in einem kleinen Hotel direkt hinter dem Dom.

»Bitte geben Sie uns ruhige Zimmer«, sagte ich zur Gastwirtin.

»Es tut mir leid, heute gibt es keine Auswahl. Der Palio!«

Ein dicker Mann mit goldener Uhrkette kam die Holztreppe herunter. Er starrte Rosika an.

»Ich würde gerne wissen, was so schockierend ist?«, sagte sie. Sie kämmte ihr Haar vor einem großen Spiegel, während ich die Formulare ausfüllte.

»Was sind das für Trommeln?«, fragte Hesmert den Pagen.

»Das ist bei der *Fiesta* so Brauch. Morgen können Sie die Standartenträger sehen. Am Nachmittag findet die *tombola* statt.«

»Haben Sie ein Telefon?«, fragte Hesmert. »Ich möchte gleich die Gattis anrufen und ihnen sagen, dass wir hier sind.«

»Hat das nicht Zeit bis morgen?«, fragte Rosika. »Ein Zimmer im ersten Stock und ein Zimmer mit zwei Betten im dritten«, sagte die Gastwirtin über ihren dicken Busen. Sie trug ein Seidenkleid.

»Genau wie in Perugia«, sagte Hesmert und lächelte.

»Nein, nicht wie in Perugia«, sagte Rosika. Sie legte ihre Hand auf meine Schulter. »Bitte, Moio ...«

Wir gingen hinauf in den dritten Stock, aber Hesmert begleitete uns. »Ich bleibe noch etwas länger«, sagte er, »wenn Sie nichts dagegen haben.«

Ich läutete nach dem Zimmermädchen und bestellte zwei Wermut und Seltzer mit Eis. »Willst du vielleicht auch einen Wermut, Rosika?«, fragte ich sie.

»Nein«, sagte sie. »Ein Glas Milch.«

Unser Zimmer hatte eine schöne Aussicht über die Stadtmauer auf eine Art Burggraben. Irgendeine kleine Straße musste dort hinunterführen, denn man konnte die ganze Zeit Geplauder und Gelächter hören. Hinter dem Burggraben stand ein großes Gebäude, und von dort kam eine schwache Lichtspiegelung.

»Wahrscheinlich eine Kirche«, sagte Hesmert. Er trat ans Fenster. Er kehrte uns den Rücken zu. Rosika machte eine hilflose Handbewegung, als wollte sie ihn loswerden. Das Zimmermädchen kam zurück mit den zwei Wermuts und der Milch. »Zum Wohl«, sagte ich und küsste Rosika. Hesmert sagte: »Ich nehme kein Seltzer. Ich trinke ihn pur.«

»Das schlage ich nach. Man sollte wissen, welche Kirche es ist«, sagte ich. Ich setzte mich aufs Bett. Ich schlug den Baedeker auf. Rosika verschwand kurz hinter dem Wandschirm. Sie kehrte im Nachthemd zurück. Ihr rosa Kleid und ihre rosa Unterwäsche hingen jetzt über dem Wandschirm. Ihr Nachthemd war auch aus Seide, aber nicht rosa.

»Gute Nacht, Gerhart!«, sagte sie und bot ihm ihre Wange an. Doch er küsste sie nicht, sondern gab nur mir die Hand. Er verließ das Zimmer. Rosika lachte lauthals.

6

Es war zwecklos. Es hatte keinen Sinn. Es hatte keinen Zweck, sie zu schlagen, und auch keinen, mit ihr zu schlafen. Da lag sie, träges Fleisch, und in der Dunkelheit lag ich auf dem Fleisch, und später machte sie seltsame, kleine Geräusche, teils Stöhnen, teils Schurren, aber es war alles zwecklos. Meine Glieder fühlten sich alle schwer an, ich lag wach und wurde immer schwerer, während sie schlief.

Ich sah, wie der Tag im Osten anbrach, stand auf und versuchte etwas zu schreiben, schlief jedoch am Tisch ein.

Später, als Rosika sich wusch, klopfte es an der Tür. Hesmert sagte hinter der Tür, dass der Wagen bereits draußen warte. Rosika fragte: »Welcher Wagen?«

»Gattis Wagen natürlich. Sie haben ihren Wagen geschickt, um uns zu ihnen zu fahren.«

»Die haben es aber eilig!«, sagte ich. Rosika trocknete sich ab, zog ihren rosa Morgenmantel an und ließ Hesmert herein. Ich hatte mich fertig angezogen und hielt meinen Strohhut in der Hand. Hesmert ergriff meine andere Hand und zog mich zu dem Fenster mit Blick auf den Burggraben. Dort floss etwas Wasser, und Frauen wuschen darin ihre Wäsche. Dahinter lag eine Straße und hinter dieser stand eine Kirche auf einem kleinen Hügel. Auf der Straße wartete ein prachtvoller Wagen. Ich hielt ihn für einen Mercedes Compressor oder einen Cadillac oder dergleichen, sehr kostspielig. »Bitte sehr«, sagte Hesmert. »Das ist der Wagen. Beeilt euch. Ich kann sie unmöglich zu lange warten lassen.«

»Ich komm schon«, sagte Rosika und trug ihr Make-up auf. »Umdrehen und nicht schauen, Gerhart. Bitte nicht!«

»Ha! Ha! Ha!«, lachte ich. »Wunderbar! Nicht schauen!« Ich saß auf einem Sessel am Fenster. Ich nahm meinen Strohhut und setzte ihn achtlos auf.

Hesmert sagte: »Ziehen Sie sich nicht zu warm an, aber nehmen Sie den Mantel mit. Es ist heiß, aber abends könnte es draußen bei ihrem Landhaus kalt werden.«

»Woher wissen Sie das? Waren Sie schon einmal in ihrem Landhaus?«, fragte ich. »Und warum schicken sie ihren Wagen nicht vor die Haustür? Außerdem komme ich nicht mit.«

Rosika wirkte nicht so müde wie beispielsweise gestern. Sie suchte nach einem Seidenband und bat Hesmert, es ihr um den Ärmel zu binden. Doch der Ärmel war zu kurz und sie trug das schwarze Seidenband an ihrem nackten Arm. Sie trug es zum Andenken an Kecz.

»Der Wagen konnte nicht bis zur Haustür fahren«, sagte Hesmert. »Aber was soll das heißen, dass Sie nicht mitkommen? Ich habe Sie angekündigt, und sie erwarten Sie.«

»Ich möchte mir die Stadt ansehen, ich möchte den Palio sehen und all die Vorbereitungen dafür. Die Gattis sind mir egal, und Ihr Geflirte und Geturtel steht mir bis zum Hals. Ich will Sie nicht mehr sehen; Sie machen mich verrückt. Tun Sie, was immer Ihnen gefällt, aber ich will nicht bleiben, herumtrödeln und herumsitzen und Ihnen dabei zusehen.«

»Kommen Sie!«, sagte Rosika. Sie nahm Hesmerts Arm. »Ich bin fertig. Lassen Sie ihn in Ruhe. Er weiß ja, wo wir sind. Er kommt später nach. Er hat heute seinen albernen Tag.« Sie kam zu mir und küsste mich auf den Mund. Ich hatte die Nase voll von der ganzen Sache. Ich hatte sie nie wirklich geliebt. Ich hatte mich einfach in diese Brüste verliebt und in ihren schönen Rücken, der sich wie ein Paar Flügel bis zu ihren beiden Schultern verbreiterte, aber ich hasste ihr Schnurren, ihr Stöhnen und ihren Egoismus und wünschte sie zum Teufel.

»Ich möchte die Stadt besichtigen«, sagte ich. Ich stand nicht auf. Ich saß auf meinem Stuhl. Der Mann hinter dem Lenkrad des Wagens winkte uns zu.

»Gerhart, lassen Sie ihn in Frieden. Er ist ein guter Junge, aber er hat ein paar Kindheitserinnerungen an den Palio und an all das, was seine geliebte Marta darüber geschrieben hat. Lassen Sie ihn.«

Sie gab mir noch einen Kuss. Hesmert sagte: »Sie wollen also nicht mit uns mitkommen? Im Ernst?«

»Heute nicht. Vielleicht komme ich später. Ich lass mich nicht zwingen. Ich schau mir die Stadt an.«

»Aber passen Sie auf, dass Sie keinen Sonnenstich bekommen, Martin«, sagte Hesmert, »wenn Sie ohne Hut ausgehen!« Er lehnte sich aus dem Fenster und gab dem Chauffeur ein Zeichen, und der Mann ließ den Motor an, und als Hesmert vom Fenster zurückwich, schlug er mir den Hut vom Kopf. Er fiel hinunter, erst in einer geraden Linie, doch dann erfasste ihn ein kleiner Luftzug und er flog weiter und landete irgendwo im Bett des Bächleins, ziemlich weit entfernt von den Wäscherinnen.

Hesmert war eilends hinausgegangen, und ich hörte nur die Treppenstufen unter seinen Schritten knirschen. »Ich bringe den Kerl noch um«, sagte ich zu mir. »Ich muss ihn einfach umbringen.«

Es war sehr heiß, aber ich mochte es so. Mein Gesicht war rotbraun, als ich in den Spiegel sah. Wenn ich alleine spazieren ging, wollte ich lieber nicht zu viel Geld mitnehmen. Also nahm ich meine Brieftasche mit den großen Scheinen und dem Scheckbuch und legte sie mit meinem Pass und einigen anderen Papieren in die Schublade meines Nachttisches, um alles gut zu verstecken. Ich brauchte keinen Hut. An die Sonne war ich gewöhnt. Und in den schmalen Gassen von Siena gab es keine Sonne. Siena! Das war also Siena. Die Paläste waren schwarz oder dunkelrot; die meisten waren im strengen gotischen Stil gebaut, und die Straßen und Gassen dazwischen waren schmal, tief, verwinkelt und sehr steil. In den Palästen gab es viele Kunstgalerien, und vor dem Rathaus lag dieser riesige Platz, der wie eine Muschel aussah, was sogar genauso im Baedeker stand. An diesem Platz lag das Rathaus mit seinem hohen Turm, und der Platz hieß Piazza del Campo. Andere Paläste waren im selben Stil gebaut, den man »Toskana-Gotik« nannte, aber das war eigentlich egal, da man keine architektonische Schönheit bewundern kann, wenn sich so viele Menschen tummeln. Die Leute hatten sich für das Fest angezogen, trugen Standarten und andere Sachen oder bliesen ins Horn oder trommelten wild oder führten ein Pferd am Halfter, und all dies in hochkomischen Kostümen mit Zacken und Zipfeln am Rücken. Andere, die vom Land oder aus anderen Provinzen kamen, trödelten auf den Türschwellen der Häuser herum oder bummelten vor den Bars und Barbierläden, hielten Eistüten oder leere Gläser in der Hand oder spazierten durch die schmalen Straßen, strömten in Kirchen, in Kapellen, Gasthäuser, Kaffeehäuser, Speiselokale, Reisebüros. Und da war er, am höchsten Punkt der Stadt, der gigantische Dom, doch gleich daneben standen die Überreste einer noch gigantischeren Kathedrale, die man nie fertiggestellt hatte, begonnen von den Edlen Sienas, um die Edlen von Florenz zu ärgern; doch letztendlich war nichts daraus geworden; man sah nur ein Fenster in einer seltsamen Mauer, ringsherum war alles kahl, und es rührte und bewegte einen auf wundersame Weise, wie alles, das nicht ganz fertig ist. Der eigentliche Dom, der fertiggebaute, war groß genug, und auf dem Fußboden sah man die berühmten *graffitos* mit Szenen aus der Bibel, doch sie waren zu drei Vierteln mit Holz abgedeckt, um sie zu schützen, und da war die Domkuppel, genau über der Mitte des Mittelgangs, und man konnte unmöglich hinaufschauen, so hoch war sie und so hell leuchtete es in der Höhe. Diese Kuppel hatte Richard Wagner zu seinem Tempel des Heiligen Grals inspiriert. Und da war eine Kanzel, so groß, dass man darin schwimmen konnte, eine echte Badewanne, aber schön verziert mit hübschen, sinnlichen und heiligen Statuen; und gleich nebenan lag die Bibliothek mit den am besten erhaltenen Fresken der Renaissance und weiß der Teufel was noch. Und was war mit Gott, der gewiss über dieser riesigen Kuppel schwebte? Man konnte davon ausgehen, dass Sein Wort in all dem Lärm unterging.

Denn es war ein ziemlich kriegerisches Getöse. Obwohl man diese Stadt keineswegs faschistisch nennen konnte, war sie von Krieg erfüllt, aber von keinem bestimmten, weder vom Krieg in Abessinien noch vom kommenden Weltkrieg – sondern einfach nur vom Krieg, einem Krieg der Trommeln und Standarten, einem Krieg zwischen Stadtteilen, einem Krieg der guten Erde gegen die Hitze und vor allem von meinem Krieg gegen Hesmert und Rosika.

Die verschiedenen Stadtteile trugen jeweils Tiernamen; einer hieß zum Beispiel »Adler«, ein anderer »Schildkröte« oder »Wölfin« oder »Panther«, »Eule« oder »Gans«. Einer wurde »Welle« genannt, obwohl eine Welle kein Tier ist; doch auf der Fahne des Stadtteils war ein Delphin abgebildet. Es gab insgesamt siebzehn Stadtteile. Früher gab es sechs weitere, aber diese hatte man aufgrund irgendeines Vergehens aufgelöst; vielleicht hatte einer von dort etwas Wertvolles gestohlen oder während des Pferderennens zu oft geschummelt. Denn die ganze Sache mit den Stadtteilen betraf nur das Rennen des Palio; jedem Stadtbezirk wurde ein Pferd zugeteilt und dann mietete man irgendeinen harten Kerl aus den Ebenen als Jockey, denn in Siena konnte niemand gut reiten. Und wenn ein armer Bezirk per Los ein gutes Pferd zugeteilt bekam, verkaufte man es an einen reicheren Bezirk; und wenn ein reicher Bezirk ein gutes Pferd bekam, lauerten die Bewohner der ärmeren Stadtteile dem Jockey aus den Ebenen nächtens auf und verprügelten ihn. Deswegen waren so viele andere Schläger in der Stadt, die überhaupt nicht aussahen, als ob sie aus der Toskana stammten. Sie trugen nicht einmal eine Uniform; sie folgten nur dem gewählten Jockey als eine Art Leibwache, und einige wurden dafür bezahlt, während es für andere Ehrensache war.

Der eigentliche Palio war eine schöne Standarte, verziert mit dem Abbild der Jungfrau Maria; sie hatte keine

Arme, aber einen Heiligenschein, und sie wurde aufgrund einer alten Überlieferung »Madonna ohne Arme« genannt. Der Sieger des großen Rennens erhielt die Standarte sowie siebzehn Lire und sechzig Centesimi, nicht mehr und nicht weniger; so war es Brauch. Der siegreiche Bezirk durfte im nächsten Jahr mit einem allgemeinen Wirtschaftswachstum rechnen, sagte man mir, und Marta hatte mir dasselbe geschrieben; von ihr wusste ich fast alles. Trotzdem hatte ich ein lebhaftes Interesse an allem, auch wenn es mir vorkam, als würde ich die Vergangenheit noch einmal durchleben.

Ich ging zur Piazza del Campo, kaufte drei äußerst preiswerte Karten für das Rennen, noch dazu auf der schattigen Seite des Platzes. Ich besuchte den Dom, lauschte einer Kapelle. In den Gassen war es kühl. Unter den vielen unbekannten Leuten langweilte ich mich zu Tode, aber zu den Gattis wollte ich nicht. Das ständige Getrommel machte mich verrückt; die Trommler bogen ständig um die nächste Ecke. Und sie warfen die Standarten hoch in die Luft, um sie erst aufzufangen, wenn sie bis zu einer Handbreit über den Boden gefallen waren. Sie waren die ganze Zeit schön zusammengefaltet wie eine keusche Dame mit einem strengen Gang, die Schoß und Mund zukneift. Später wirbelte man sie in großen Kreisen herum, und ich wunderte mich nur, wie sie das in den schmalen Straßen tun konnten, ohne gegen die Hauswände zu schlagen. Tatsächlich bevorzugten sie die Plätze, die Piazza del Campo mit ihrem fröhlichen Springbrunnen oder den Platz vor dem Dom mit dem alten Hospital.

Ich ging in eine Seitengasse neben dem Hospital und betrat ein Gasthaus. Es war ganz kühl und fast leer, denn während einer *Fiesta* kam niemand in die Nähe eines Hospitals.

Ein kleiner alter Mann saß an einem Tisch im Zwielicht. Er war wirklich sehr alt. Sein Hut lag neben ihm. Es war ein Stetson, wie ihn die amerikanischen Cowboys tragen. Aus Ohren und Nase des Alten wuchs üppig flaumiges, weißes Haar. Ich bestellte eine Flasche Rotwein und setzte mich neben ihn.

»Tja, die *Fiesta*«, sagte ich.

»Ja, ja«, sagte er. Der Wirt in einem dunklen Anzug brachte Wein. Der Wein schäumte ein wenig, war aber recht sauer.

»Wenigstens kann man ausruhen, während die anderen feiern«, sagte ich.

»Wenn man hinterher nicht die doppelte Arbeit hätte«, sagte der Alte. Ich bestellte noch ein Glas.

»Ja, ja, die *Fiesta*«, sagte er. »Viele haben Freude daran. Manche machen gute Geschäfte. Beim Rennen wird oft gemogelt. Die *tombola* ist eine gute Sache. Für gewöhnlich ist Siena das ganze Jahr über ziemlich verschlafen. Die zweite *Fiesta* am fünfzehnten August ist noch größer. Da ist viel Müll auf den Straßen. Die Arbeit bleibt an uns hängen!«

Ich schenkte ein zweites Glas ein. »Wie heißen Sie?«, fragte ich ihn. »Ich bin Dr. Boldt. Darf ich sie auf ein Glas einladen?«

»Es ist mir eine große Ehre, Ihre Einladung anzunehmen. Zum Wohl, Dr. Boldt. Ich heiße Martino.«

»Vorzüglich. Ich heiße auch Martino.«

Wir tranken. Es war noch nicht Mittag, aber ich spürte, wie mir der Wein ziemlich rasch zu Kopfe stieg. Der Alte schwieg lange.

Ich sagte: »Die sind zu nichts nütze.« Er antwortete nicht. Ich sagte: »Frauen! Man kann sie drehen und wenden, aber sie ändern sich nie.«

»Entschuldigen Sie, aber was die angeht, habe ich alles vergessen.« Die Sonne kroch über den Fußboden.

»Darf ich Sie nach Ihrem Beruf fragen?«, sagte ich zu Martino.

»Ich arbeite hier für das Hospital. Ich muss den Boden fegen und den Mist aufkehren. An erster Stelle den Mist. Ich muss den ganzen Platz fegen. Es ist harte Arbeit. Es bringt auch nicht viel ein.« Er deutete auf eine Ecke, wo ein großer Besen und eine Schaufel standen.

»Heute ist mein freier Tag!« Er setzte schwungvoll seinen Hut auf.

»Würden Sie mir Gesellschaft leisten?«

»Danke. Mit Vergnügen.« Ich bestellte noch eine Flasche Rotwein. »Ich will nichts mehr trinken«, sagte er. Ich trank diese Flasche allein.

Ich sagte: »Dieser Dom! Dieser Richard Wagner!«

»Lachen Sie nicht. Ich kannte ihn persönlich.«

»Sie? Sie sagen, Sie haben ihn gekannt?«

Martino stand auf. »Ich habe Richard Wagner gekannt. Warum zweifeln Sie an meinen Worten, junger Mann?«

»Ich zweifle nicht daran«, sagte ich. »Ich habe es nicht bös gemeint. Es wäre mir nicht im Traum eingefallen, irgendetwas anzuzweifeln.«

»Ich kam als Student nach Siena. Sie sind ein Deutscher, ich auch.« Und er begann Deutsch zu sprechen. Er sprach einen schwäbischen Dialekt. Sein Italienisch konnte ich besser verstehen als sein Deutsch. Doch er war zweifelsohne ein Deutscher.

»Wenn Sie ein echter Deutscher sind, müssen Sie mich begleiten. Ich zeige Ihnen den Palazzo dei Diavoli, wo Richard Wagner während seiner Zeit in Siena lebte. Mein lieber Freund, ich bin jetzt ein alter Mann. Damals war ich nicht älter als zwanzig. Kommen Sie mit!« Ich bezahlte den Wein. Die Hitze sprang uns einfach entgegen, als wir vor die Tür traten. Martino warf mir einen argwöhnischen Blick zu.

»Sie sind doch ein echter Deutscher, oder? Ich lese alle Zeitungen, die im Hospital herumliegen. Sie sind nie älter als eine Woche, wenn ich sie lese. Heil Hitler!« Er zeigte mir den Hitlergruß.

»Heil Hitler!«, sagte ich ganz ernst.

Er nahm seinen Hut ab und gab ihn mir. »Setzen Sie ihn auf, sonst bekommen Sie einen Sonnenstich. Ich bin daran gewöhnt.«

Wir verließen Siena. Es fiel nicht schwer, Siena zu verlassen. Die Gemüse- und Obstgärten reichten bis zu den Palästen. Wir gingen eine staubige Straße entlang. Ich musste Martinos Hut schließlich abnehmen, denn er war mir zu klein und drückte mich an der Stirn. Martino setzte ihn wieder auf. Wir gingen sehr langsam. Hin und wieder rasteten wir kurz. Die Sonne stand direkt über uns. Ich spürte, wie ich innerlich ganz weich wurde. Ich konnte kaum etwas sehen. Martino erzählte mir von seinem Gespräch mit Richard Wagner. Wir besuchten auch den *palazzo*. Im Hof hing jede Menge Wäsche. Wir gingen zurück nach Siena. Mir war ziemlich übel. Ich lud Martino zum Essen ein. Ich wollte Selbstmord durch Sonnenstich begehen. So stellte ich es mir vor, aber Hesmert und Rosika sollten vor mir sterben.

Wir aßen Spaghetti in demselben Gasthaus. Ich trank noch eine Flasche. Ich sagte: »Und jetzt zur Kunst. Möchten Sie mich begleiten?«

»Ich liebe Kunst«, sagte der deutsche Student, aus dem ein Straßenkehrer geworden war. Wir gingen in das Museum, in dem all die Gemälde ausgestellt wurden, die im Dom keinen Platz mehr gefunden hatten. Als wir eintraten, begann es zu regnen. Ich wurde sofort nüchtern. Jetzt wollte ich auch nicht mehr sterben oder jemanden umbringen. Der Regen fiel in spärlichen, öligen Tropfen. Das Museum war im vierten Stock eines *palazzo*, der auf der zweithöchsten Stelle der Stadt lag. Der Dom besetzte die höchste.

Martino folgte mir schüchtern durch die leeren Säle. Er hatte seinen seltsamen Hut an der Garderobe abgeben müssen. Die Wärter prüften seine schweren Stiefel und seine ausgefranste blaue Hose. Vielleicht kannten sie ihn.

Von unten hörten wir Schreie und Händeklatschen. Wir standen gerade vor dem Gemälde der Madonna mit allen Heiligen von Duccio di Buoninsegna. Man nannte es »Maestà«. Ich hatte noch nie im Leben so schöne goldene Heiligenscheine gesehen.

Ich sagte: »Ein großartiges Kunstwerk.« Ich sah mir auch die Rückseite des Gemäldes an, denn damals bemalte man einige auch auf der Rückseite. Hier zeigte sie Illustrationen des Leidensweges unseres Erlösers. Es hatte aufgehört zu regnen.

Ich sagte: »Wundervoll. Nur fromme Menschen haben große Kunstwerke. Ich könnte so etwas nie vollbringen. Keine große Kunst. Haben Sie eines meiner Bücher gelesen?«

Keine Antwort. Martino hatte sich leise zurückgezogen. Später entdeckte ich ihn an einem der gotischen Fenster. Er streckte seinen dünnen Hals. Er sah hinunter auf die Piazza del Campo. Man konnte nur einen Teil der *piazza* erkennen. Es herrschte lautes, langanhaltendes Geschrei. Gelegentlich trabten Pferde vorbei.

Er sagte: »Heute ist die vorletzte Probe. Glauben Sie denen nicht, die behaupten, dass die ›Wölfin‹ gewinnt. Der ›Adler‹ wird gewinnen. Es ist alles abgemacht. Der ›Adler‹ hat seit zwanzig Jahren kein Rennen mehr gewonnen.«

Er nahm meine Hand. »In ungefähr einer halben Stunde beginnt die *tombola*!« Über der Treppe, die zum Platz hinunterführte, hing eine Art Gondel. Die Leute vom Platz besetzten die Stufen. Die Probe war vorbei, doch überall fanden sich immer mehr Menschen ein. Sie drängten sich auf den Stufen; sie blickten auch aus den Fenstern. Auf vielen Balkonen lagen Teppiche. Auf den Tribünen ertönte

Gehämmer und Geschrei, die Trommeln wurden geschlagen und alle jubelten. Nur die Leute auf der Treppe waren sehr still.

»Was ist los?«, fragte ich Martino.

»Still!«, sagte er. »Gleich beginnt die *tombola*.«

Man konnte über eine Leiter in die Gondel klettern. Ein Mann in schwarzem Anzug erschien. Ein anderer mit einem großen Hut folgte ihm. Er führte ein weißgekleidetes Mädchen an der Hand.

»Ruhe!«, schrie jemand aus der Menge. Dem Mädchen wurden mit einem Taschentuch die Augen verbunden. Der Mann mit dem großen Hut holte ein Fässchen hervor, dessen Farbe und Form einem großen Ei glich. Die Leute klatschten und winkten und alle schrien: »*Diamo! Bravo! Bravissimo! Avanti!*«

Nun wurden die Lose gezogen. Das Kind zog ein Kärtchen aus dem Fass, Großhut riss es ihm aus der Hand und der Mann in Schwarz las die Nummer. Die Menge schwieg. Auch das Hämmern und Trommeln verstummte. »Vierunddreißig!«

»O-o-oh ...«, schrie die Menge, abermals enttäuscht. »*Avanti! Evviva la bambina! Fa presto! Avanti!*« »Wie viele Nummern sind im Spiel?«, fragte ich Martino. Auch er hielt ein Stück Papier in seinen verschrumpelten alten Fingern.

»Zweihundert«, sagte er. »Und es gibt vierzehn verschiedene Preise.«

»Was ist Ihre Nummer?«, fragte ich ihn, aber er wollte mir sein Los nicht zeigen. Es war jetzt spät am Nachmittag. Der Schatten des Turms wanderte über den Platz.

Wir gingen, als die Veranstaltung vorbei war. Man sah Menschen einander umarmen und küssen. Martino warf sein Los weg. Ich sagte zu ihm: »Wissen Sie, wo dieses Anwesen der Gattis liegt?«

»Gatti? Ich weiß nicht. Gatti?«

»Ich glaube, die Villa heißt Ercole Nanni. In der Nähe von Sant'Onofrio, einem Kloster oder was auch immer.«

»Ah ... Ich verstehe. Aber das Haus steht jetzt leer. Oder vielleicht auch nicht. Vielleicht haben sie Mieter gefunden ... Es ist ziemlich weit ...«

»Kommen Sie doch bitte mit. Ich nehme eine Droschke.«

»Mit Vergnügen«, sagte Martino. »Heute ist mein freier Tag. Ich stehe ganz zu Ihrer Verfügung.«

Die Droschke hatte eine Markise. Wir fuhren durch ein schönes Land. Weinreben hingen zwischen den Bäumen. Unter den Reben wuchs Gemüse. Die Droschke schaukelte während der Fahrt. Ich spürte ein Feuer im Inneren. Ich hatte Kopfschmerzen. Wir fuhren an vielen Toren mit Löwen und Greifen vorbei.

»Da ist es!«, rief Martino, und der Kutscher nickte. Es war eine etwas ungepflegte Straße, und wir waren unterwegs niemandem begegnet.

7

Der Haupteingang befand sich auf der rechten Seite, und wir bogen um die Ecke. Die Hausfassade war ebenfalls ungepflegt, in einem gelblichen Farbton gestrichen; an einigen Stellen bröckelten der Verputz und der Stuck ab. Ein Kiesweg führte durch einen Blumengarten. Links und rechts am Ende des Gartens stand jeweils eine Zypresse. Über den Obstbäumen konnte man Siena sehen. Da war es, ein wenig höher gelegen, und mir kam es vor wie ein Schiff mit vielen Masten. Die Sonne stand direkt darüber, und es erinnerte mich an die vielen Bilder in einem alten Jahrbuch, das ich als Kind besessen hatte. Darin waren mittelalterliche Städte auf dieselbe Weise dargestellt: Türme, Kirchen und wieder Türme, und über allem die Sonne mit ihren wellenartigen Strahlen und mit Engeln, die Inschriftenbänder trugen und durch die Luft flatterten.

Ich sagte zu dem Fahrer. »Warten Sie hinter dem Haus. Ich komme gleich wieder.« Einen genauen Plan hatte ich nicht. Ich wollte Rosika sehen und sie mitnehmen; vielleicht könnten wir Siena sofort verlassen, sogar noch vor dem Palio. Von der Hitze hatte ich Herzklopfen, spürte aber keine Angst.

Ich sagte zu Martino: »Kommen Sie. Ich möchte Sie meiner Frau vorstellen.« Ich trieb ihn an. Schließlich war er ein alter Mann, und es war ganz leicht, ihn hier und da ein wenig zu schubsen.

Ich trat aus dem Licht in ein großes und dunkles Vestibül. Es war leer. An den Wänden hingen alte, aber wertlose Ölgemälde. Ich folgte der Musik. Sie führte mich in die Küche, deren Ende ich im Zwielicht nicht sehen konnte. Durch eine andere Tür kam ein großer Mann in einem hellblauen Blazer, um mich zu begrüßen. Er hatte glattes schwarzes Haar und trug eine schwarze Sonnenbrille. Er kam vom Haus, offensichtlich ein Angestellter.

Er sagte: »Sie sind wohl Dr. Boldt. Wir haben auf Sie gewartet. Wie geht es Ihnen? Kommen Sie!« Er nahm langsam seine Brille ab. Jetzt konnte ich sehen, dass er schöne traurige Augen und einen großen dünnen Mund hatte.

Ich sagte: »Wo ist meine Frau?«

Die Musik war eben verstummt, setzte aber gleich wieder ein. »Oh! Ihr geht's gut. Wir haben hier drinnen eine Art Tanz. Jungs bleiben Jungs. Kommen Sie herein und nehmen Sie einen Drink!«

»Ich habe jemanden mitgebracht«, sagte ich. Dabei dachte ich an Martino, doch als ich mich umsah, war er

172

abermals verschwunden. Im Museum hatte er mir denselben Streich gespielt. »Martino!«, rief ich.

»Ich bin Gatti. Martino ist vielleicht in der Küche. Erschrecken Sie nicht ... Im Haus sind nur wenige Möbel, aber es ist trotzdem gastfreundlich. Hier ...«

»Zweifellos. Aber ich möchte meine Frau sehen.« Gatti führte mich durch die große Küche. Der Herd war mit Holzkohle gefüllt. Daneben war eine Zisterne. Man hatte den Deckel abgenommen, und ein halbvoller Wassereimer stand an ihrem Rand. Aus dem dunklen Loch kam ein eisiger Luftzug.

An der Wand neben dem Kochherd hingen mehrere Messingtöpfe. Farbige Kacheln bedeckten die untere Hälfte des Herdes. Sie waren hellblau, doch alles andere war schwarz oder grau und schmutzig. Das Kupfer war beschlagen. Eine schwarze Katze saß auf einem Strohsessel. Sie schlief. Über dem Herd befand sich eine große Ofentür.

Jetzt konnte man die Musik nicht mehr so deutlich hören. Wir betraten ein Zimmer mit Aussicht über die Weingärten. In dem Zimmer stand ein Schreibtisch, auf dem Briefe und andere Schreibutensilien herumlagen. Da stand auch ein Telefon. Ein paar Korbstühle standen herum, die überhaupt nicht zu dem Schreibtisch passten. Sonst gab es nicht viel anderes. Gatti ging zur Wand gegenüber und öffnete ein Schränkchen, das ich beim Betreten des Zimmers übersehen hatte.

»Setzen Sie sich dort drüben, Dr. Boldt«, sagte Gatti und brachte zwei Gläser. »Wie gefällt Ihnen Siena?« In Anbetracht des Lärms und der Musik musste nebenan eine große Party im Gang sein. Bislang hatte ich nur diesen Gatti gesehen. Wie absurd, an einem so heißen Sommertag zu tanzen! Rosika würde sich wieder erkälten. Sie hatte eine zarte Konstitution. Und gestern hatte ich sie verprügelt. Es hatte nichts gebracht.

Ich leerte hastig mein Glas. Es war richtig starkes Zeug. Das hatte ich nicht gewusst. Ich sagte: »Sehr gut, vorzüglich, aber ich möchte meine Frau sehen!«

Ich stand auf und ging zurück in die Küche. Hinter mir hörte ich Gattis Schritte. Ich durchquerte ein anderes Zimmer, das fast so leer war wie das erste und das Vestibül.

Gatti sagte: »Ja. Natürlich. Wie Sie wollen.«

Wir kamen in einen Saal mit einem Piano. Jemand spielte Foxtrott und Walzer. Die Fensterläden hatte man geschlossen und den Saal in jenem typischen Sommerbraun dekoriert, das alles ungewiss und verschwommen erscheinen lässt. Der Fußboden war mit Fliesen belegt und wahrscheinlich sehr rutschig beim Tanzen. Ich sah ein paar altmodische Lehnsessel, die man an die Wand gerückt hatte, um für Platz zum Tanzen zu sorgen, und zwei Zimmerpalmen.

Ich rief: »Rosika!«, denn Rosika tanzte gerade vorbei. Es waren viele Männer anwesend, und sie trugen alle gelbliche oder bräunliche Hemden und kurze Hosen, und ihre Schuhe sahen Bergsteigerschuhen ziemlich ähnlich. Es waren allesamt junge Männer. Abgesehen von Rosika konnte ich nur eine andere Frau sehen. Diese war überaus blond und sehr hübsch. Sie trug eine Art Pyjama, wie man ihn für gewöhnlich am Strand trägt, der ihren ganzen Rücken frei ließ.

Rosikas Kleid bestand aus einem kurzen Rock aus der Faser einer Tropenpflanze. Sie konnte unmöglich ihre Wäsche darunter tragen, denn dann hätte man die rosa Seide gesehen. Ihr Büstenhalter bestand aus demselben hauchdünnen Material. Ansonsten war sie vollkommen nackt. Sie tanzte mit einem blonden Riesen, der mich angrinste. Ja, an ihren Füßen hatte sie goldene Sandalen mit hohen Absätzen. In diesem Aufzug schienen ihre Beine endlos lang zu sein.

Erst jetzt merkte ich, dass der Kerl am Piano Hesmert war.

Ich rief sie noch einmal: »Rosika!«, doch sie hörte nicht. Vielleicht war sie betrunken. Sie hatte eine seltsame Kopfhaltung.

Ich sagte zu Gatti: »Soll das ein Kostümball sein?«

»Oh, nein«, sagte er. »Den Damen war nur etwas heiß. Gestatten Sie ... Meine Frau ...«

Alle tanzten weiter, doch einige der jungen Männer hatten mich bemerkt und kamen zu uns. Auch die junge Dame im Pyjama kam zu mir herüber, und ich küsste ihre Hand.

Gatti sagte: »Dr. Boldt, Liebling. Er ist derjenige, der zu spät zu unserer kleinen Feier kam. Aber besser spät als nie.« Er stieß einen Seufzer aus. Hesmert spielte weiter Klavier. Signora Gatti lächelte, und ich tanzte mit ihr. Ich entwischte ihr, als einer der jungen Kerle abklatschte. In diesem Moment tanzte auch Rosika gerade nicht, und ich erwischte sie unter einer der Palmen.

»Oh ...«, sagte sie. »Bist du also doch noch hergekommen? Wir amüsieren uns herrlich!« Ich konnte nicht erkennen, ob sie betrunken war oder nicht, denn sie sah mich nicht an. Ihre Stimme klang dumpf. »Moio«, sagte sie und legte ihren Arm um meinen Hals. »Es ist lustig, einfach lustig. Ich habe dir viel zu erzählen, aber du darfst mich nicht wieder verhauen. Bitte nicht. Ich bin für so etwas nicht geschaffen, aber es geht mir gut. Ich gebe mein Bestes.«

»Das kannst du nicht machen«, sagte ich. »Du kannst einfach nicht in diesem Aufzug herumlaufen. Deine Beine sind zu lang.«

»Lieber zu lang als zu kurz«, sagte sie. »Deine Beine sind auch lang, so viel ich weiß. Erinnerst du dich?«

»Komm sofort mit mir!«

»Nicht einmal im Traum. Jetzt, wo der Spaß beginnt.«

Ein älterer Mann trat an uns heran und bat Rosika um einen Tanz. Mir war eben erst aufgefallen, dass hier alle Deutsch sprachen. Gatti nahm meinen Arm. Wir verließen das Haus und gingen in den Garten. Wir folgten dem Kiesweg bis zu den Zypressen und gingen wieder zurück. Er bot mir eine Zigarette an. Er war noch trauriger als zuvor. Ich konnte sehen, wie zart und schlank seine Handgelenke waren.

Er sagte: »Ich hoffe, Sie bleiben, bis der Palio vorbei ist. Aber nach der *Fiesta* reisen Sie lieber sofort ab.« Ich antwortete nicht. In meinem Kopf drehte sich alles, und ich wusste, dass ich Fieber hatte. Mir klebte die Zunge am Gaumen. Halt lieber den Mund, dachte ich. Ich hätte trotzdem gern erfahren, warum ich sofort nach der *Fiesta* abreisen sollte.

Gatti sagte: »Wir sind in einer unmöglichen Lage. In den nächsten vierzehn Tagen kommt es zu wichtigen Entscheidungen. Man muss für jede Aufgabe bereit sein. Hesmert hat mir von Ihnen erzählt. Was werden Sie tun, wenn Ihr Österreich zu einer deutschen Provinz wird und Sie keinen Parteiausweis haben? Hitler will Frieden. Er greift sich Österreich, und das geschieht vielleicht früher als alle denken. Hitler will der Welt Gutes tun und wird überall missverstanden.« Plötzlich konnte ich wieder sprechen. Ich sagte: »Ja sicher. Hitler will Frieden!« Dann lächelte ich. Beim Lächeln schmerzte die sonnenverbrannte Haut um meine Lippen.

»Kommen Sie mit«, sagte Gatti. Er warf mir einen argwöhnischen Seitenblick zu. Wir durchquerten erneut das Vestibül, gingen diesmal aber direkt in das Zimmer mit dem Telefon und dem Schreibtisch. Als wir eintraten, stand ein junger Kerl in einem braunen Hemd gerade vom Tisch auf. Er tat so, als hätte er das Telefon nicht angerührt, aber ich bemerkte, dass der Hörer immer noch auf seiner Gabel schaukelte.

»Rufen Sie die anderen!«, sagte Gatti. Der junge Kerl verschwand. »Setzen Sie sich!« Ich musste noch ein Glas mit dem brennenden Zeug nehmen. Jedenfalls brannte es nicht so sehr wie mein Herz und mein Kopf. Es interessierte mich, was geschehen würde, aber ich hatte das Gefühl, dass ich mit der ganzen Geschichte nicht mithalten konnte.

Gatti sagte: »Man hat Sie in meinem Auftrag beobachtet. Was sind Sie? Ein unbedeutender Autor. Ich habe sie lächeln gesehen. Sie dürfen nicht lächeln, können aber gern lachen, wenn Sie wollen. Ich bringe Sie zurück nach Österreich. Wir sitzen beide im selben Boot. Sie befinden sich jetzt im Hauptquartier der größten antifaschistischen Organisation von ganz Europa. Ich fahre Sie in meinem eigenen Wagen zurück nach Wien. Mitte Juli soll das Abkommen zwischen Hitler und Schuschnigg unterzeichnet werden. Das ist der Anfang vom Ende. Wenn wir dann nicht zuschlagen, wird es zu spät sein. Wir brauchen Leute wie Sie. Hesmert hat mir von Ihnen erzählt. Wir kennen Ihre Überzeugungen recht gut. Sie sind Kilian. Sie haben die Fememorde von 1924 aufgedeckt. Sie sind ein Korrespondent für Zeitungen in Prag und Moskau. Das entspricht genau unseren Vorstellungen, obwohl ich die Tatsache hervorheben muss, dass wir unabhängig sind, völlig unabhängig.« Gatti seufzte erneut. Es war ein sehr tiefer Seufzer, und er trank noch einen Gin. Das Zimmer war nun voller Leute. Hinter meinem Stuhl standen drei junge Kerle, drei weitere an der Tür. Ich dachte bei mir: »Geh kein Risiko ein. Leugne lieber alles.« Nichts hatte mir wirklich etwas bedeutet, eine lange Zeit, bis ich Rosika getroffen hatte. Nichts.

Doch sie zählte. Rosika mit ihren langen Beinen in ihrem tropischen Kostüm. »Sie irren sich«, sagte ich. »Ich interessiere mich nicht für Politik. Ich weiß nichts über die Fememorde. Übrigens habe ich nicht gehört, was Sie sagten. Ich will nicht – verstehen Sie? – Ich will nicht nach Österreich. Ich schlage mich irgendwie durch, irgendwo, in Italien oder in England. Außerdem würde ich gerne wissen, was ich in Österreich tun soll? Wie lautet der Plan? Ich will nicht darin verwickelt sein. Ich bin Privatmann. Ein Dichter. Ich habe eine Frau, die ich liebe ...«

Alle lachten. Ich stand auf. Ich war sehr wackelig. Gatti legte seine Hand auf meinen Arm und sagte: »Was sind schon Frauen?« Er hatte mich noch nie so traurig angeschaut. »Frauen! Ihre Frau können Sie natürlich nicht mitnehmen. Aber ich würde ihr mit dem größten Vergnügen Gastfreundschaft in meinem Haus gewähren, bis Sie Ihre Aufgabe erledigt haben.«

»Oh«, rief ich. »Das ist es! Das ist es also. Ihr Interesse gilt meiner Frau. Das alles ist nur ein Trick, um Hesmert meine Frau zu verschaffen? Wenn ich Sie richtig verstehe, dann ist das alles eine komplette Lüge. Ich weiß es. Ich weiß, worauf Sie es abgesehen haben.«

Gatti stand ebenfalls auf. Doch er ließ mich vorbei, als ich zur Tür lief. Ich dachte nur: »Gleich gibt er seiner Bande ein Zeichen, und der Kampf beginnt, wie in einem Gangsterfilm.« Ich rechnete jeden Moment damit, etwas Kaltes in meinen Rücken oder etwas Schweres auf meinen Kopf zu bekommen. Das wäre vielleicht sogar eine Art Erleichterung gewesen.

Nichts dergleichen geschah. Sie warfen sich nicht einmal Blicke zu, diese jungen Pseudogangster. Gatti seufzte lediglich wieder und sagte: »Wie Sie wollen. Mein Wagen wartet auf Sie im Hof. Sie können heute abreisen, wenn Sie wollen. Ihre Frau interessiert mich nicht im Geringsten.«

Ich antwortete nicht und ging an ihm vorbei aus dem Zimmer. Ich lief weiter durch die Küche und kam in den

Saal mit den Palmen. Der Saal war fast leer, und niemand spielte irgendwelche Musik. Ein junger Bursche saß auf einem großen Stuhl, mit Frau Gatti auf seinem Schoß. Hesmert saß am Piano. Neben ihm, aber ein paar Schritte entfernt, stand Rosika. Sie trug wieder normale Kleidung. Vielleicht hatte ich alles nur geträumt. Ich sah, wie sie ihren Kopf schüttelte. Hesmert hatte sie eben am Arm gepackt. Er hielt ihre Hand, aber ohne sie zu streicheln oder zu küssen.

Ich rief: »Kommt, Rosika und Hesmert, wir fahren heim!« Die anderen auf dem großen Stuhl regten sich nicht. Rosika sagte: »Hier bin ich, Schatz.« Hesmert sprang von seinem Klavierhocker auf. Er taumelte ein wenig.

Wir trafen Gatti im Korridor. Er sagte: »Ich fahre Sie in meinem Wagen zurück. Warten Sie eine Sekunde. Der Chauffeur trinkt gerade seinen Kaffee.«

Ich verbeugte mich. »Danke für Ihr Angebot. Aber ich habe meine Droschke mitgebracht. Für alle Fälle. Ich bin Ihnen nicht böse. Ich vergesse sehr schnell.«

»Ja, das stimmt«, sagte Rosika und tätschelte mein Kinn. »Aber im Vergeben ist er nicht so gut. Er vergibt nie.«

Alle lachten. Der Riese und Signora Gatti kamen aus dem Saal und lachten auch. Wie flink, wie schick, wie leidenschaftlich waren diese jungen Männer von heute!

»Haben Sie auch einen kleinen Sonnenstich?«, fragte ich Hesmert, als wir durch die Weingärten zurückfuhren. Martino saß neben dem Kutscher. Sie führten ein langes Gespräch über die Chancen des »Adlers« im morgigen Rennen.

Hesmert hielt die Augen geschlossen. Er atmete schwer. Rosika sagte: »Moio, lass ihn in Frieden. Er ist eifersüchtig. Das verstehst du doch?«

»Ich verstehe es nicht«, sagte ich. Hesmert murmelte etwas, aber niemand hörte ihm zu.

Rosika sagte: »Was fehlt dir, Moio? Du glühst. Du hast sicher Fieber. Du bist in der Sonne herumspaziert. Wer ist der Kerl neben dem Kutscher? Hast du dir die Sehenswürdigkeiten angeschaut, und welche hast du gesehen?«

Ich war zu müde, um zu antworten. Rosika sagte: »Und ich will dir so viel erzählen. Aber ich bin zu müde.« Hesmert öffnete die Augen. Er sagte hasserfüllt: »Sie sind also müde, wie? Sie sind nie zu müde, um zu …«

»Schämen Sie sich, Hesmert«, sagte ich ziemlich schläfrig. »Lassen Sie unsere Dame in Ruhe!«

»Unsere Dame!«, sagte Hesmert. »Unsere Madonna!« Und er lachte.

Wir kamen erst gegen acht Uhr in Siena an. Während wir vor unserem Hotel warteten und nachdem Hesmert hineingegangen war, um zu zahlen, weil ich nicht genug Geld übrig hatte, sah ich jemanden herauskommen. Und ich bemerkte, wie Rosika ihm nachwinkte. Von hinten erkannte ich den Engländer aus Perugia, den ich Bobby genannt hatte.

Rosika errötete. Sie sagte: »Was für ein Zufall!«

»Ein auffälliger Zufall!«, sagte ich. Hesmert kehrte zurück. Ich gab Martino die Hand. Hesmert sagte: »Was denn für ein Zufall?«

Martino sagte: »Ich danke dem Herrn aus tiefstem Herzen. Sollten Sie einen Sonnenstich bekommen haben, nehmen Sie bitte ein Abführmittel. *Calomel* ist das Beste. Heil Hitler!«

Und er verschwand. Hesmert starrte mich an. »Was hat der Mann gesagt?«

»Unwichtig«, sagte ich. »Bobby kam eben vorbei. Er scheint in unserem Hotel zu wohnen. Wahrscheinlich ist er hinter Rosika her!«

Rosika lachte: »Du siehst überall nur Verehrer von mir!« Sie ging ins Hotel. Die Drehtür drehte sich. Ich war so müde, dass die ganze Welt sich um mich zu drehen schien. Ich wollte mit Rosika ins Bett gehen und mich von ihr pflegen lassen. Sie war meine Mutter und ich ihr Kind. Ich hatte nie eine Mutter gehabt, abgesehen von jenem dicken, leichtsinnigen Wesen, das sich im hohen Alter den Arm gebrochen hatte. Ich wollte ein Kind sein. Ich wollte auch ein Kind haben. Aber ich hatte ja schon eines. Mein Sohn lebte in England. Dort lebte er, unter einer Decke aus angenehm kühlem Nebel. Wie gern wäre ich unter solch einer Decke. Ein verrückter Kerl, dieser Gatti mit seinen Angeboten. Ich hielt nichts davon. Ich wusste nichts mehr davon. Ich verstand, warum er so traurig war, mit solch einer Frau.

Ich hatte eine gute Frau, im Großen und Ganzen. Rosika war eine gute Frau. Ich liebte sie. Oft tat ich ihr Unrecht. Sie war kokett. Das war ihr größter Fehler. Viele Frauen sind kokett. Davon geht die Welt nicht unter.

Mir war schwindelig. Die Drehtür drehte sich, drehte sich immer weiter.

Im Hotelfoyer hörte ich Hesmert zu mir sagen: »Großartig, dass Bobby hier ist. Ich habe nur auf ihn gewartet. Es ist einfach herrlich. Kolossal. Wunderbar.«

Vielleicht führte er eher Selbstgespräche als mit mir zu reden. Er sprach sehr leise. Alles war so leise. So flaumig. Wie das flaumige weiße Haar meines Wagnerfans Martino.

8

»Glaubst du, man kann nach dem Ober klingeln? Ich bin so durstig.«

»Es ist zu früh, Moio. Trink ein Glas Wasser.«

»Ich will aber Eiswürfel. Wermut und Eis.«

Ich setzte mich im Bett auf. Der erste Versuch misslang. Ich stand auf und taumelte durch das Zimmer. Alles drehte sich. Ich bekam die Wasserflasche zu fassen und leerte sie. Das Wasser schmeckte dickflüssig und abgestanden. Ich ging wieder schlafen.

Ein Geräusch weckte mich. Das Zimmer war groß und viel zu hell. Rosika stand nackt vor der Waschschüssel und goss Wasser aus einem Krug über ihre Brüste.

»Es ist spät«, sagte sie. Sie verspritzte das Wasser. Ihr Körper sah für mich geschwollen und aufgedunsen aus. »Hast du die Trommeln nicht gehört? Sie haben wohl ziemlich früh angefangen.«

Sie kam an meine Seite und legte mir die Hand auf die Stirn. »Du hast bestimmt Fieber«, sagte sie. »Nimm den Thermometer. Er ist in der Schublade des Nachttischchens.«

Ich griff nach der Schublade. Sie kam mir irgendwie leer vor, aber ich fand den Thermometer. Ich legte ihn unter meine Zunge. Sie fragte: »Was hast du gegessen?«

»Nichts Besonderes«, sagte ich. »Vielleicht ist es ein kleiner Sonnenstich. Ich möchte etwas Richtiges zum Trinken. Martino bringt mir etwas Richtiges.«

Rosika klingelte nach dem Ober. Sie sprach mit ihm durch die geschlossene Tür. Nach einiger Zeit erschien ein Glas Wermut und ein Seltzer mit Eis in einem anderen Glas. Inzwischen hatte ich mein Fieber gemessen. Ich hatte ungefähr 39,5 Grad. Ich sagte Rosika nicht, wie hoch es war, und schüttelte sofort den Thermometer, um die Anzeige zu senken.

Ich trank den Wermut mit viel Eis und Wasser und fühlte mich besser. Rosika sagte: »Man sollte einen Arzt kommen lassen. Wie hoch ist es?«

»Siebenunddreißig.«

»Du solltest trotzdem einen Arzt kommen lassen. Ich gehe und frage nach einem. Wenn du krank bist, kannst du nicht die *Fiesta* besuchen.«

Ich sprang aus dem Bett und griff nach meiner Hose.

»Nicht einmal im Traum. Ich bin nicht verrückt, aber ich lasse mir das nicht gefallen. Ich will den Palio sehen. Ich habe mir wegen dem Palio schon genug Ärger eingehandelt und lasse mich nicht von einem bloßen Sonnenstich aufhalten!«

Ich lag in meinen Hosen quer auf meinem Bett. Ich konnte es nicht tun. Ich konnte es einfach nicht. Aber warum nicht noch ein Weilchen im Bett bleiben? Warum nicht? Das eigentliche Rennen würde nicht vor sechs oder sieben am Abend beginnen. Ich könnte ausruhen. Warum nicht?

Rosika war gegangen. Ich hatte es nicht bemerkt. Dergleichen kommt vor, wenn man hohes Fieber hat. Die Menschen waren zwar größer und dicker als sonst, aber viel unwichtiger. Ich dachte: Vielleicht würde mir Chinin guttun. Ich wollte sofort zwei Zentigramm nehmen. Ich griff nach der Schublade des Nachttisches.

Ich fand das Chinin und nahm es mit einem Schluck Seltzer. Schließlich fiel mir ein, warum mir die Schublade so leer vorgekommen war. Ich durchsuchte sie noch gründlicher. Von meinem Pass, meinen Briefen, meiner Brieftasche mit meinem Geld und dem Scheckbuch keine Spur.

Ich legte mich wieder auf das Bett. Im Zimmer wurde es immer heißer. Ich dachte daran, Rosika zu fragen, ob sie meine Brieftasche genommen hatte, aber Rosika war nicht da. Ich wollte den Palio in all seiner Pracht sehen. Trotzdem musste ich warten. Vorläufig konnte ich nur die Geräusche knapp außerhalb meines Bettes hören. Sie waren gleichzeitig in meinem Bett, in meinem Körper und in meinem Kopf. Es war ein Geplapper, ein Marschieren, ein Trommeln und Trompeten. Die Glocken begannen zu läuten. Ich versuchte, aufzustehen. Diesmal gelang es mir.

Ich wusch mich mit dem Wasser, das Rosika übriggelassen hatte. Wahrscheinlich hatte sie meine Brieftasche. Ich durchsuchte meine Taschen; nur vier Lire waren übrig. Gestern hatte ich mit Martino ziemlich viel ausgegeben. Ich ging hinunter. Rosika wartete im Foyer. Sie las eine Zeitung. Sie legte sie weg und sagte: »Na ... Dir scheint es wieder gutzugehen. Du siehst zumindest sehr gut aus. Komm, wir besuchen den Dom. Dort werden die Jockeys gesegnet.«

»Wo ist Hesmert?«, fragte ich.

Sie zuckte die Schultern: »Ich habe ihn nicht gesehen. Aber ich habe deinen Bobby getroffen, und er hat mir ›Guten Morgen‹ gesagt!«

Ich ging hinüber zur dicken Gastwirtin hinter ihrer Glaswand. Ich erzählte ihr von meinem Fieber. Sie sagte, vorübergehend sei kein Arzt in Siena erreichbar. Ich erzählte ihr auch von meiner Brieftasche und war wohl leider ziemlich verwirrt. Sie gab vor, mich nicht zu verstehen.

Rosika bestand darauf, sofort einen billigen Strohhut zu kaufen. Sie machte ein äußerst wütendes Gesicht. Ich kannte dieses Gesicht und erwähnte meine Brieftasche nicht.

»Du hast nur wegen Hesmerts dummen Streich Fieber bekommen. Einen Sonnenstich. Das ist klar. Was für ein Schwein!« Sie hatte schlechte Laune, weil Hesmert nicht da war.

Wir konnten den Dom nicht besuchen, denn er war überfüllt. Auch auf dem Platz davor herrschte Gedränge. Ich saß im Schatten auf der Treppe zum Dom. Über mir stand eine gotische Straßenlaterne.

Gegenüber befand sich das Hospital, für das Martino arbeitete. Aber ich konnte Martino nirgendwo sehen. Der Platz war ständig in Bewegung. Die Prozession bahnte sich ihren Weg durch die Zuschauer. Sie brachten die Pferde, die zuvor in den verschiedenen Gemeindekirchen gesegnet worden waren. Jetzt sollten sie den Hauptsegen empfangen. Man zerrte sie um die Ecke zu einem Seiteneingang, weil kein Pferd Treppensteigen kann. Jeder versuchte, ein Pferd irgendwo zu berühren.

Rosika stand neben mir. Sie schien unermüdlich zu sein. Manchmal sah ich sie an. Sie stand aufrecht und war immer aufmerksam.

Ich sah nur Sonne, Sonne, Sonne. Die Standarten flatterten. Die Pferde blieben ruhig, als sie vorbeitrotteten. Mir kamen sie eigentlich recht elend und abgehalftert vor, aber wahrscheinlich war das ganze Rennen aus der Sicht eines Sportsmannes ein Reinfall. Ein guter Reiter hätte darüber gelacht. Ein Engländer beispielsweise. Dieser Bobby zum Beispiel. Oder mein Sohn. Mein Sohn war jetzt auch fast ein Engländer. Ich hatte einen seiner Briefe in meiner Brieftasche. Er lautete: »Mein lieber Papa, hier sagen alle, ich sei fast schon ein englischer Gentleman ...« Aber der Brief war mir abhandengekommen. Ich hatte ihn in Perugia bekommen. Jetzt war die ganze Brieftasche verschwunden.

»Rosika!«, sagte ich. Ich hob langsam meinen Kopf. Er war bleischwer.

»Da ist er!«, rief Rosika. Sie zog mich an der Hand hoch. Sie winkte und wedelte ihr Taschentuch. »Gerhart! Hallo!«

So hatten wir Hesmert also gefunden. Ein Mädchen in Blau begleitete ihn. Er sagte: »Gestatten ... Das sind meine Freunde, die Boldts. Dies ist Fräulein Helga Brünne aus Hamburg. Sie ist die Dame, die ich in Ostia getroffen habe. Erinnern Sie sich, Rosika?«

»Oh ... Bezaubernd!«, sagte Rosika. Sie nahm ihre neue Freundin am Arm. Helga war ziemlich hübsch, aber ich konnte gerade nicht so gut sehen. Mir schien, sie hatte schwarzes Haar und Sommersprossen. Ich bemühte mich sehr, etwas zu sagen.

»Sind Ihre Freunde, die Gattis, nicht hier?«, fragte ich Hesmert.

»Ich glaube nicht«, sagte er. »Aber in einer solchen Menschenmenge kann man nie wissen. Ich habe gehört, dass sie heute Morgen abgereist sind. Sie haben die *Fiesta* so oft gesehen. Viele Leute aus Siena verlassen die Stadt für ein paar Tage, weil sie den Lärm nicht ertragen. Ertragen Sie den Lärm? Aber was stimmt denn nicht mit Ihren Augen? Ihre Augen sehen seltsam aus!«

»Auch nicht seltsamer als Ihre«, sagte ich. »Ich muss etwas essen.« Seine Freunde waren also abgereist. »Sind sie nach Österreich gefahren?«

»Ich weiß nicht. Vielleicht nach Österreich, vielleicht andersoohin. Interessiert Sie das sehr?«

»Wir dürfen unsere Damen nicht in der Menge verlieren.«

Wir fanden irgendwo ein Gasthaus und aßen zu Mittag. Ich wusste nicht, was ich aß. Mir war ziemlich übel. Ich wartete auf das Rennen, als würde etwas Entscheidendes davon abhängen. Die Vorstellung erschien mir absurd, und ich machte die Hitze dafür verantwortlich. Ich wartete auf das Startsignal. Ich dachte an Martas Briefe. Ich wusste nicht, was wir tranken oder was wir aßen oder wohin wir gingen. Der Lärm wurde immer lauter, meine Schritte unsicherer und die Menge schwoll an.

Ich glaube, wir besuchten eine der kleineren Gemeindekirchen, wo das Pferd des Stadtteils gesegnet worden war. Dieses Pferd war die »Wölfin«. Die Kirche roch nach Blumen und Pferdeäpfeln. Einige alte Frauen saßen herum. Aus der Sakristei trat ein kleiner stämmiger Kerl mit einem Kranz um den Hals. Er lächelte, doch für ein Lächeln hatte er nicht genug Zähne übrig.

Ich hörte Hesmert hinter meinem Rücken sagen: »Das ist der Jockey der ›Wölfin‹. Die ›Wölfin‹ wird gewinnen. Davon bin ich überzeugt. Was meinen Sie, Fräulein Helga?«

»Bestimmt«, hörte ich sie sagen.

»Ich glaube, dass der ›Adler‹ gewinnt«, sagte Rosika. »Aber Moio wollte auch auf die ›Wölfin‹ setzen. Wegen seinem Wolf!«

»Halt den Mund!«, sagte ich sanft. Eine alte Frau verließ die Gruppe der anderen Frauen und zeigte uns mitten in der Kirche einen großen, dampfenden Haufen Pferdemist. Ich verstand nicht, was sie sagte.

»Sie sagt«, erklärte Hesmert in väterlichem Ton, »dass die ›Wölfin‹ bestimmt gewinnt, weil sie heute Morgen während der Segnung diesen Haufen gemacht hat. Sie meint, das sei ein fast sicheres Zeichen für Sieg!«

»*In hoc signo vinces!*«, sagte ich.

Wir gingen von Kirche zu Kirche, von Straße zu Straße. Ich bekam kaum etwas mit. Ich hatte Rosikas Arm genommen. Ich wusste nur, dass der ›Adler‹ gewinnen musste, sonst wäre alles verloren. Ich hatte gegen die ›Wölfin‹ gesetzt. Mit großem Risiko setzte ich mich selbst aufs Spiel.

Sie sagten, es sei ganz kühl auf den Straßen, aber ich merkte davon nichts, da ich Fieber hatte. Da gab es wirklich nichts, was mich beeindrucken konnte. Der Lärm machte mich taub. Je weiter der Nachmittag voranschritt, desto unterschiedlicher wurden die verschiedenen Geräusche. Kinder bliesen in ihre Trompeten, rasselten mit ihren Rasseln, Erwachsene läuteten Glocken, stießen ins Horn und schrien.

Hesmert sagte: »Gehen wir ein, zwei Gläschen trinken. Nicht lange, sonst kommen wir nicht zurück zu unseren Plätzen.«

»Großartig«, sagte ich. »Gehen wir etwas trinken.« Hesmert hatte zum ersten Mal vorgeschlagen, etwas zu trinken. Er war in einer sonderbaren Stimmung. Heute konnte er gern für uns alle zahlen, denn ich hatte mein ganzes Geld verloren.

Rosika hakte sich wieder bei Fräulein Helga ein, und Fräulein Helga bei Hesmert. Ich ging alleine. Der ›Adler‹ musste gewinnen. Rosika fragte mich: »Geht's dir jetzt besser?«

»Mir geht's ganz gut«, sagte ich. Rosika nahm meinen Arm.

Hesmert sagte zu Fräulein Helga: »Es tut mir so leid, dass Sie nicht bei uns sitzen. Aber wir treffen uns nach dem Rennen. Es gibt eine Festbeleuchtung.«

Nach dem Rennen! Lächerlich! Ich wollte schlafen und nie wieder aufwachen. Zum Teufel mit der Politik, zum Teufel mit den Frauen!

Fräulein Helga sagte: »Unglaublich, wie viele Leute hier sind! Sie scheinen von überall zu kommen. Nicht einmal in Hamburg habe ich solch eine Menschenmenge gesehen.« Die Bemerkung kam mir ziemlich dumm vor. Auch Hesmert musste sie für dumm gehalten haben. Er warf Fräulein Helga einen verächtlichen und gequälten Blick zu.

Rosika lachte: »Ha! Ha! Ha! Hamburg! ... Da fällt mir etwas ein ...« Sie lachte weiter. Hesmert kam zu ihr herüber. Auf dem Weg hätte er beinahe einen kleinen Kerl umgestoßen.

Hesmert sagte: »Wollen Sie wohl aufhören, so zu lachen? Hören Sie auf, so zu lachen! Sonst ...« Er packte sie am Arm.

»Lassen Sie mich los!«, sagte Rosika.

»Wenn Sie sie nicht loslassen, bring ich Sie um!«, hörte ich mich sagen.

»Entschuldigung!«, sagte Hesmert und ging zurück zu seiner Dame. Die Szene machte in diesem Moment keinen Eindruck auf mich.

Wir konnten uns nur sehr langsam bis zur Bar durch-
drängeln. Die Bauern tranken *Birra Spiess*, die Anwälte Kaffee und die jungen Burschen aus Siena *orzata* oder Wermut. Hesmert bestellte vier *Americani* für uns vier. Wir
mussten im Stehen trinken. Ich ging hinaus auf die Straße.
Draußen war es angenehmer. Ich kippte meinen *Americano*
in einem Zug und genoss ihn sehr. Er schmeckte ganz anders als all die anderen *Americani*, an die ich gewöhnt war.
Vielleicht gab es eine Spezialmischung für die *Fiesta*. Der
»Adler« würde gewinnen. Vielleicht hatten sie in diesen
Americano etwas hineingemischt. Ein Gewürz.

Hesmert trat hinaus auf die Straße. Er hielt ein halblee-
res Glas in der Hand. Er sagte: »Es tut mir so leid. Manchmal verliert man den Verstand.«

Ich sagte: »Ich wünschte bei Gott, ich hätte meinen vor
langer Zeit verloren!«

»Wollen Sie noch einen?«

»Ja, bitte.«

Er brachte mir ein neues Glas, dann holte ich mir selbst
noch eines und noch eines. Jetzt fühlte ich mich gut. Mein
Herz schlug sehr schnell. Das war das Chinin. Ich mochte
einen rasenden Puls. Ich liebte all diese Erregung. Ich wollte nicht schlafen und wollte keine Mutter. Ich wollte einen
Vater und eine Hure. Lang lebe die Politik! Es war gut, in
einer Menge heiß und fest gedrückt zu werden, einer italienischen Menge, einer faschistischen Menge. Es gab keine
Gelegenheit, dick und faul zu werden, wenn man in solch
einer Menge zerquetscht wurde. Man musste immerzu
wachsam sein. Auch wenn Rosika keine gute Frau sein
sollte, war sie wenigstens eine schöne. Schaut her, ihr alle,
wie sie ihre Hüften schwingt, wie ihre Brüste hüpfen, wie
ihr Rücken sich schlängelt und tanzt! Ich mochte es, eine
Frau von hinten anzusehen. Sie sehen nie besser aus, wenn
man sie umdreht. Gestern hatte ich Rosika für eine gute

Frau gehalten. War es ihre Schuld, dass so viele Männer sie neckten, sie in der Menge sogar kniffen und an ihrem Kleid zupften? Schließlich waren ihre Arme nackt, und man konnte ihre Brüste sehen, wenn man genau hinsah. Die Madonna mit den bloßen Armen und schönen Brüsten.

So kamen wir zur Piazza del Campo.

Es war erst vier Uhr. Die *piazza* war schwarz vor lauter Menschen. Die Paläste ringsum waren mit vielen Farben geschmückt. Jeder Palast streckte seine Zunge heraus, und seine Zunge war ein kostbarer Teppich. Manchmal auch ein alter Bettvorleger. Das riesige Rathaus war überall mit Flaggen dekoriert.

Da waren vielleicht zehntausend Menschen. Oder zwanzigtausend. Einige standen in einem unregelmäßigen Rechteck dicht aneinandergepresst in der Mitte des Platzes. Das waren die Leute, die keinen Eintritt zahlten. Um sie herum verlief die Rennstrecke. Sie war ungefähr vier bis sechs Meter breit und mit Rindenmulch bedeckt. An schrägen Stellen lehnten Säcke an den Hauswänden. Die Pferde mussten drei Runden laufen. Es gebe für gewöhnlich viele Stürze, besonders an der abschüssigen Strecke, erzählte man mir.

Entlang der Häuser gab es Haupttribünen mit sechs, manchmal sogar acht Sitzreihen. Sie waren für die zahlenden Besucher reserviert. Wir saßen am nördlichen Ende, nicht weit entfernt vom Start. Vor mir saß ein glatzköpfiger Mann mit seinen drei Kindern. Er erinnerte mich irgendwie an meinen Vater. Die Kinder hatten Lutscher und erinnerten mich an nichts.

Wir warteten. Man hörte ein Summen, Zischen und Rascheln. Die Leute vertrieben sich irgendwie die Zeit. Ich döste eine Zeitlang und begann dann eine Unterhaltung mit dem Mann vor mir. Wir diskutierten die Chancen. Er schwor auf die »Wölfin«. Hier sagten alle, dass sie gewinnen würde. Ich wurde ganz aufgeregt und sagte, dass nur der »Adler« gewinnen könne. Der »Adler« hatte schon so lange kein Rennen gewonnen. Viele Leute lachten über mein Italienisch.

Hesmert sagte: »Schade, dass Helga so weit weg von uns sitzt.«

»Jammerschade.«

»Hier sind bestimmt viele Ausländer«, sagte Hesmert. Rosika reckte den Hals, als könnte sie nicht einmal in solch einer Menge aufhören, nach jemandem Ausschau zu halten.

»Wonach schaust du, Rosika?«, fragte ich.

»Nach dem Rennen, du Trottel!«

Die Leute aßen tonnenweise Eiscreme. Sie spuckten auf den Boden. Sie sangen und banden kleine Ballons zusammen, manchmal vier bis sechs, und ließen sie aufsteigen. Es war wolkenlos, und die winzigen roten Ballons schwebten still hinauf in das dunkle Blau. Manchmal knüpfte man Kärtchen an die Ballons, beschriftet mit Zeilen wie »Lang lebe der Palio!«, »Lang lebe der *Duce*!«, »Lang lebe die Madonna!«

Plötzlich kam das Gerücht auf, dass der Palio für heute abgesagt werde. Jeder sprang auf. Ein Zeitungsjunge wurde von zehn, von hundert Menschen umringt, und ein anderer lief schreiend auf die Rennstrecke. Jemand las etwas aus der Zeitung vor. Die Kapelle begann zu spielen. Eine Frau neben mir hatte eine Zeitung ergattert. Da stand es: Ein Onkel des Königs war ernsthaft krank. Der Duca d'Aosta. Er hatte im Krieg eine gewisse Rolle gespielt. Nun lag er an solch einem schönen Sommernachmittag im Sterben, während in Siena der Palio stattfand.

»Er hält durch bis nach dem Palio«, sagte die Frau und begann einen Pfirsich zu essen. »Die Madonna lässt es nicht zu. Niemand stirbt während dem Palio.«

Die Kapelle spielte den *Marcia Reale*. Es gab eine offizielle Durchsage, dass der Palio nicht verschoben werde, auf gar keinen Fall. Danach werde man für den Onkel des Königs beten.

Die Ehrenloge füllte sich mit Ehrengästen. Sie stand gegenüber dem Rathaus. Alle schrien »*Evviva!*«, und viele standen auf und winkten mit ihren Händen und Taschentüchern. Eine noch größere Menge Ballons stieg himmelwärts. Ich fragte den Mann, der wie mein Vater aussah: »Wer ist eingetroffen?«

»Die Frau des *Duce*, Donna Rachele. Sie hat ihre zwei jüngeren Kinder mitgebracht. Süße Kinder! Glücklich ist der Mann, dessen Kinder eine Mutter haben!«

»Haben Ihre denn keine Mutter?«

»Ich bin Witwer«, sagte der Mann.

Man summte und spuckte immer mehr. Mir wurde es unerträglich. Ich wusste nur, dass der »Adler« gewinnen würde, und fragte, ob man irgendwo Wetten abschließen könne.

»Nein«, sagte der Mann. »Beim Palio wettet man nicht. Wetten ist eine Sünde.« Es war also eine Sünde. Dann wurde wieder alles ganz still. Es geschah immer noch nichts. Die Pferde und ihre Jockeys sammelten sich im Hof des Rathauses, blieben aber unsichtbar. Ebenso die Prozession. Der Palio würde sicher niemals stattfinden. Zumindest nicht zu meinen Lebzeiten.

Ich sah Rosika von ihrem Platz aufstehen. Sie sagte: »Da ist Carlo!« Sie ging fort. Ich erinnerte mich, dass Carlo kein Geringerer als ihr erster Liebhaber war, der Mann, der ihr nichts als Schwierigkeiten eingebrockt hatte. Sie lief die Treppe hinunter zur Rennstrecke. Ich verlor sie aus den Augen.

Hesmert sagte: »Wieder der Engländer?«

»Welcher Engländer?«

»Der, den Sie Bobby nennen.«

»Ich weiß nicht, was Sie meinen«, sagte ich, denn ich hatte tatsächlich all diese Scherze vergessen. Rosika kam bald zurück.

Sie sagte: »Er war es natürlich nicht. Sah ihm aber verblüffend ähnlich. Man lässt sich so leicht täuschen. Aber ich habe Bobby gesehen!« Sie deutete nach rechts. Drei Reihen von uns entfernt saß der Engländer, teilweise verdeckt von einer dicken Frau. Er sah zu uns herüber. Er trug eine Brille und eine Reisemütze. Als er uns erkannte, zog er seine Mütze. Ich erwiderte den Gruß. Hesmert verzog das Gesicht und flüsterte Rosika etwas zu. Rosika saß zwischen Hesmert und mir. Dann ging es plötzlich los. Die große Glocke am Mangia-Turm, die bis jetzt geschwiegen hatte, begann nun zu läuten. Sie schlug langsam, schwerfällig, wundervoll und pausenlos. Die Prozession trat aus der linken Tür des Rathauses.

Die Leute begrüßten die verschiedenen Stadtteile mit Applaus, wedelten Tücher und Fetzen und warfen Hüte in die Luft. Die feindlichen Bezirke wurden mit Buhrufen und Gelächter empfangen. An der Spitze eines jeden Stadtteils ging der Standartenträger. Ich hatte langsam genug vom Standartenschwingen, also schloss ich die Augen. Hier hatten die Standartenschwinger endlich genug Platz! Nach den Standarten kamen die Reiter und dann noch mehr Reiter. Dann das Rennpferd, am Zaumzeug geführt. Dann die Würdenträger des Bezirks. Einige von ihnen sahen wie Verbrecher aus, besonders die Jockeys aus den Ebenen. Andere ähnelten venezianischen Dogen. Es war sehr würdevoll, unbeschwert, sehr laut und langweilig. Es dauerte eine Ewigkeit. Warum fingen sie nicht endlich mit dem Rennen an? Doch die Leute genossen das Spektakel.

»Donna Rachele hat der ›Wölfin‹ applaudiert!«, rief der Mann vor mir. »Sehen Sie? Lang lebe der Wolf!«

»Ja! Lang lebe die ›Wölfin‹!«, schrie auch Hesmert, und so wie ich ihn nie zuvor hatte schreien gehört.

»Warum schreist du nicht?«, fragte Rosika und zwickte mich in den Arm. »Schrei, wenn du ein Mann bist!«

»Ich schreie nur, wenn es sich lohnt«, sagte ich. »Nicht vorher. Ich wünschte nur, sie würden anfangen!«

»Lang lebe die Madonna!«, schrien nun viele. Eine Wolke zog vor die Sonne. Oben auf einem großen, von vier Ochsen gezogenen Karren erschien die Madonna. Sie war die Trophäe. Es war das Bild der armlosen Madonna. Sie wurde von Soldaten in mittelalterlichen Gewändern eskortiert. Man konnte nicht einmal sehen, dass sie keine Arme hatte, denn diese waren unter einem blauen Mantel verborgen. Auf ihrem luftigen Thron schwankte sie hin und her.

Die Prozession kehrte zurück zum Palast. Nur die Madonna wurde in der Ehrenloge neben Mussolinis Frau abgestellt; eine Stufe tiefer, damit das Publikum sie besser sehen konnte. Man hätte eine Nadel fallen gehört, und die Rennstrecke war leer.

Nur hier und da pfiff ein kleiner Bub oder bellte ein Hund. Die ganze Stadt hatte sich hier auf der *piazza* versammelt. Kein Wunder, dass jeder meine Brieftasche stehlen konnte, dachte ich.

»Hören Sie, Hesmert!«, flüsterte ich ihm zu. »Wissen Sie, dass man mir mein ganzes Geld gestohlen hat?«

»Wie bitte, Moio?«, fragte Rosika.

»Nichts«, sagte ich. Hesmert warf mir einen raschen Blick zu. Es herrschte große Spannung. Darauf hatte ich gewartet. Das Fest des Palio. Und ich konnte kaum die Augen offen halten. Mir war schrecklich übel. Ich verlor jede Orientierung. Ich hörte Hesmert sagen: »Da ist er … Der Scheißkerl!« Er meinte Bobby. Bobby hatte tatsächlich mit jemandem die Plätze getauscht und da war er, näher bei uns als zuvor.

Nun stürmten die Pferde die Bühne. Sie waren schwarz, kastanienbraun und weiß. Allesamt Stuten. Die Jockeys ritten ohne Sattel. Anmutig wie Mädchen. Wenn ich wollte, konnte ich Rosika auch ohne Sattel reiten. Wir saßen in der Nähe des Starts, aber ich konnte überhaupt nichts sehen. Ich war mir sicher, ich würde eine Sekunde vor dem Start ohnmächtig werden. Ich würde nicht das Geringste von meinem Jugendtraum mitkriegen. Ich zwang mich, aufrecht zu sitzen und alles aufmerksam zu verfolgen, und das gelang mir für kurze Zeit. Die Jockeys trugen lange Peitschen. Sie trugen farbige Schärpen um den Leib. Die Leute schrien. Sie erschreckten die Pferde. Es gab zwei Fehlstarts, und alle brüllten. Sie zeigten mir den »Adler« und die »Wölfin«. Plötzlich schrie ich aus vollem Hals: »Lang lebe der ›Adler‹!«

Rosika sagte: »Gut gemacht! Noch einmal!« Aber ich schrie nur, wenn ich wollte.

Der Mann vor mir rief: »Lang lebe die ›Wölfin‹!« Und er hob seine Kinder hoch, damit sie besser sehen konnten. Die Leute auf den unteren Bänken waren aufgesprungen.

Beim dritten Start ging es wirklich los. Die Pferde rannten von links nach rechts und kamen zweimal an uns vorbei. Das Pferd namens »Schildkröte« führte. Plötzlich hörte man mehr Geschrei von einer Stelle der *piazza*, und die Menge am Start, alte Männer mit Bärten und Schärpen benutzten ihre Trillerpfeifen. »Da muss etwas schiefgegangen sein!«, schrie der Mann vor mir. Ein kleiner Menschenring bildete sich in der Nähe des Starts.

»Schande! Bravo! Gut gemacht!«, brüllten die Leute aus vollem Hals. Was wirklich schiefgegangen war, wusste ich nicht. Es war auch keine Zeit, um nachzufragen. Vielleicht hatten sie sich geeinigt, dass die »Schildkröte«

nicht gewinnen sollte. Was für ein Pferd und was für ein Name! Jedenfalls fingen sie alle Pferde wieder ein. Die ganze Sache dauerte doppelt so lange wie ein normales Rennen, wenn alles gutging.

Sie kehrten zum vierten Mal zum Start zurück. Wieder gab es eine lange Verzögerung. Die Jockeys fingen an zu murren, und die Pferde waren ein bisschen verrückt. Die Menge schaukelte hin und her. Die Pferde tänzelten vor und zurück. Sie wollten nicht weitermachen, aber sie mussten. Sie rasten dreimal um den Platz. Es gab drei Stürze. Anfangs führte die »Wölfin«. Hesmert schrie sich heiser. Ich warf ihm einen wütenden Blick zu. Ich schrie nicht. Ich hielt so gut ich konnte nach der »Wölfin« Ausschau. Das war jedoch schwierig, denn sie raste erstaunlich schnell vorbei, und wir konnten nicht einmal die ganze Strecke sehen. Bei der dritten Runde gab es ein Durcheinander bei den Säcken am Abhang. Die ganze Tribüne neben mir sprang auf, winkte und winkte. Der Mann vor mir hob sein jüngstes Kind hoch und winkte mit ihm.

Doch die »Wölfin« war ausgeschieden! Der Mann vor mir streckte mit einem schrecklichen Fluch die Arme zum Himmel. Eine Frau in der Nähe raufte sich die Haare. Zwei Burschen trommelten mit den Händen auf ihre Brust. Die »Wölfin« war gestürzt!

Nun ging alles blitzschnell. Die »Eule« führte. Eine Halsspanne hinter ihr war mein »Adler«. Ich brüllte so laut ich nur konnte: »Adler! *Aquila!* Adler!« Auf meinem Teil der Tribüne waren alle gegen den »Adler«. Doch von irgendwo in weiter Ferne wurde mein Schrei erwidert. Es war ein starkes Echo, aber sehr weit entfernt.

Rosika schrie: »Wunderbar, Moio!« Der Jockey meines »Adlers« war ein fürchterlich aussehender Bursche. Er hatte seine Mütze verloren, und man konnte sein rotblondes Haar sehen. Er sah aus, als hätte er keine Haut auf dem Gesicht, und seine Augen waren winzig und rot. Er war dünn und schmächtig. Die Peitsche in seiner Hand ähnelte einer Spielzeugpeitsche für Kinder.

Als er rund zwanzig Meter vom Zielpfosten entfernt war, hob er seine Peitsche und schlug nach seinem Rivalen, der »Eule«. Der Abstand zwischen ihnen war gering. Sie verfluchten und beschimpften einander hörbar. Dann hob der Jockey des »Adlers« erneut seine Peitsche und schlug dem anderen Jockey zweimal ins Gesicht. Der Jockey der »Eule« stürzte und sein Pferd ging durch. Der »Adler« hatte gewonnen. Ich schrie noch einmal und das sehr laut. Doch es war verlorene Liebesmüh – denn alle schrien. Der Jockey des »Adlers« wurde auf den Schultern seiner Mannschaft getragen. Von links näherte sich die Mannschaft der »Eule«. Hinter ihnen stürmten *carabinieri* und Faschisten die Rennbahn. Sie schrien alle, es wurde gespuckt, geklatscht, gepfiffen; und sie brüllten, drohten, lachten und weinten, sie warfen Papierschnipsel in die Luft, schubsten einander, bewarfen einander mit Mützen und Eiskugeln, und sie stritten, warfen Bänke um, rissen einander die Haare aus und die Kleidung herunter und kniffen einander in die Nase. Das Gelächter übertönte alles andere, und alle lachten. Ich sprang auf und schlug dem Mann vor mir so fest auf die Schulter, dass er umfiel und eines seiner Kinder mitriss.

Ich wollte die ganze Welt erobern. Der Jockey des »Adlers«, dieser hässliche Kerl, wurde die Rennbahn entlanggetragen, geschützt von *carabinieri*. Die Frauen aus seinem Stadtteil umringten das Pferd und küssten es auf den Hals, den Mund, den Rücken und auf die Vorderbeine. Sie legten ihm einen Kranz um den Hals. Es verschwand in einer Staubwolke.

Nun wurde überall geküsst. Ich küsste Rosika. Rosika küsste mich. Hesmert stand irgendwo und war sehr wütend. Er sagte: »Das ist noch nicht das Ende.« Er grinste. Ich küsste auch ihn. Er trat an Rosika heran und wollte sie in der allgemeinen Orgie küssen. Rosika rief: »Nein! Nein, ich will nicht! Sie nicht!« Ich rief: »Küss ihn! Er ist harmlos!« Doch sie küsste ihn nicht.

Wir verließen eilends unsere Plätze. »Was machen wir jetzt?«, fragte ich jeden. Es hatte sich wirklich gelohnt.

»Wir gehen in die Kirche.«

»Sant'Onofrio.«

»Die Adler-Kirche!«

»Das Pferd wird noch einmal gesegnet und gefüttert.«

Ich wurde durch die Straßen gezerrt. Wir hatten Hesmert verloren. Ich hielt Rosikas Arm fest. Plötzlich bemerkte ich, dass sie mit jemandem rechts von ihr sprach. Es war Bobby.

Ich verlor auch Rosika. Inzwischen war es dunkel geworden. Ich musste irgendwo etwas getrunken haben, an das ich nicht gewöhnt war. Überall herrschte Festbeleuchtung. Chinesische Laternen schaukelten in der Abendluft. Fackeln loderten am Palazzo Publico. An jedem Ort schien eine Kapelle zu spielen. Glocken. Den *Marcia Reale. Evviva il Fascismo!* Und der alte Onkel unseres Königs, war er nun gestorben oder nicht? Überall das Lied der Faschisten, das Lied der Jugend!

Ich ging in die Kirche und wieder hinaus und in eine Seitengasse. In dieser Gasse, schmal, steil, dunkel, überall Fackeln, war ein langer Tisch gedeckt. Dort feierten, aßen und tranken die Leute aus dem Adler-Bezirk. Sie setzten sich einen Moment, tranken ein, zwei Gläser und standen wieder auf.

Am Tischende stand ein Futtertrog. Er war randvoll mit Heu. Die siegreiche Stute mit goldenem Geschirr stand am Trog und fraß Heu. Auch ihre Hufe hatte man vergoldet, als ein Zeichen des Sieges. Hin und wieder erhob sich ein Mann und hielt dem Pferd einen Becher oder eine Flasche Wein unter das Maul. Ich setzte mich zu ihnen an den Tisch, ging zum Pferd und roch seinen wilden Schweißgeruch und den Duft des Weins und auch den Geruch, den ich selbst verströmte, Wein, Schweiß und Fieber.

Ich sah nur noch die gewaltige Stute. Ich roch die Stute und starrte sie lange an. Und dann geschah etwas. Ich wurde ohne Vorwarnung ohnmächtig.

Ich erwachte in meinem Bett im Hotelzimmer. Ich hatte immer noch Fieber, vielleicht etwas weniger als zuvor. Die Sonne schien durchs Fenster. Mein Kopf war immer noch schwer und mein Blick trübe. Ich drehte mich um, doch das Bett neben mir war leer. Rosika war nicht da. Das wurde mir nicht sofort bewusst, und ich dachte, sie sei vielleicht nur kurz weggegangen.

Ich sah genauer hin. Das Bett war unberührt. Ich wollte wissen, wer mich gestern zurück ins Hotel gebracht hatte. Zeit verging. Ich hatte jedes Zeitgefühl verloren.

Es klopfte an der Tür. Ich sagte: »Herein!« Es war Hesmert. Er fragte mich: »Wie geht's Ihnen heute? Ich habe eben erfahren, dass man Sie gestern ins Hotel tragen musste. Sie sind anscheinend in Ohnmacht gefallen. Geht's Ihnen jetzt besser?«

Er trug seinen Mantel über dem Arm und in der anderen Hand seinen kleinen Koffer. Außerdem hatte er eine Krawatte umgebunden.

Er sagte: »Es tut mir sehr leid, aber ich kann leider nicht länger bleiben. Ich habe gerade ein dringendes Telegramm aus Rom bekommen. Ich muss mich sofort beim Institut zurückmelden. Es tut mir so leid, dass ich Sie krank zurücklassen muss.«

Ich fragte ihn: »Wo ist Rosika? Sie ist nicht hier gewesen. Sehen Sie sich ihr Bett an. Wo ist Rosika?«

Er zuckte die Schultern. »Sie haben mich unten im Hotel dasselbe gefragt. Aber ich muss leider sagen, dass ich nicht die geringste Ahnung habe.«

»Haben Sie sie nicht gesehen?«

»Gestern Nacht habe ich sie zuletzt gesehen. Sie war mit diesem sogenannten Bobby zusammen. Es war vielleicht halb zwei, vielleicht später. Sie war gut gelaunt, würde ich sagen, sehr gut gelaunt. Ich muss gestehen, dass ich auch nicht alleine war, deswegen konnte ich sie unmöglich ansprechen. Es war irgendwie seltsam, sie an solch einem Ort zu treffen. Wir haben wohl alle zu viel getrunken. Wie ich schon sagte, sie war mit Bobby zusammen.«

Ich sprang auf. Ich packte Hesmerts Jackett.

Ich fragte ihn: »Ist das die Wahrheit? Schwören Sie, dass das wahr ist?« Er zuckte erneut die Schultern. »Ich sage die Wahrheit. Entschuldigen Sie, aber mein Zug fährt in einer Viertelstunde. Ich lasse sofort einen Arzt für Sie kommen.«

»Ich will keinen Arzt. Ich will Rosika.«

Hesmert kehrte mir den Rücken zu.

»Schade, dass ich mich nicht von ihr verabschieden kann«, sagte er. »Sagen Sie ihr bitte, dass mir alles viel Spaß gemacht hat. Ich rufe gleich den Arzt. Bitte, entschuldigen Sie. Machen Sie sich keine Sorgen. Sie wird schon wieder auftauchen, auf die eine oder andere Art.«

Und dann ging er fort.

DRITTER TEIL

1

Ich verließ das Hotel. Mir war immer noch schwindelig. Ich hatte einen furchtbaren Geschmack im Mund. Ich überquerte den Platz, um die Polizeistation aufzusuchen, aber es hatte keinen Zweck. Dort schliefen noch alle. Man sagte mir, ich solle wiederkommen, wenn der Inspektor da sei. Im Wartezimmer schliefen zwei junge Faschisten. Im Büroraum schlief der stellvertretende Inspektor. Beim Hinausgehen sagte ich, ich würde in etwa zwei Stunden wiederkommen.

»Sagen wir in drei Stunden. Das ist sicherer.«

Die ganze Stadt schlief. Auf der Piazza del Campo arbeiteten einige junge Kerle. Vielleicht bauten sie die Tribünen ab. Die Straßen waren vermüllt mit Essensresten, zerbrochenen Flaschen, viel Papier, noch mehr Konfetti. Ich sah auch einige Straßenkehrer. Die Fenster waren geschlossen. Die Jalousien heruntergelassen. Ich ging am Hospital vorbei. Am ebenfalls geschlossenen Haupteingang traf ich Martino. Er fegte die Straße vor dem Hospital.

Er grüßte mich gelassen. Er sagte: »Geht es Ihnen wieder gut?« Ich nickte.

Er sagte: »Ich habe von Ihrem Verlust gehört. Wir können Ihnen helfen.«

»Wie meinen Sie das?«

»Ich meine das Geld. Sie wurden bestohlen. Nehmen Sie das Siena nicht übel. Es ist eine ehrliche Stadt. Wegen der *Fiesta* sind viele Ausländer hier. Die Ausländer sind Diebe. Kommen Sie mit!«

Ich begleitete ihn in das Hospital und durch einen langen Korridor. Es roch nach Kälte und Essig. Ich erinnerte

201

mich an meinen Vater, den man auf seinem Totenbett mit Essig gewaschen hatte. Wenn ich Essig roch, musste ich immer an meinen Vater denken.

Ich betrat ein kleines Zimmer. Ein Priester empfing mich. Er trug eine ovale Brille und schwere Stiefel unter seiner Robe. Als er sprach, konnte ich erkennen, dass er fast alle Zähne verloren hatte.

Er bot mir einen Stuhl an. Ich war müde und setzte mich. Er sagte: »Seien Sie nicht traurig. Wir können Ihnen helfen.«

Ich schüttelte den Kopf. Ich war zu müde, um etwas zu erwidern. »Wir können Ihnen tausend Lire geben. Sie müssen es nicht zurückzahlen, bevor Sie es sich leisten können. Wir verlangen auch keine Zinsen.«

Er verschwand in einer Ecke seiner kleinen Zelle. Neben dem Wandsafe stand eine marmorne Waschschüssel, die mit Renaissanceengeln verziert war. Der Priester kam mit dem Geld zurück. Er nahm eine Füllfeder. Er trat an den Schreibtisch. Der Geldbetrag bestand aus zehn Hundertern. Der Priester legte mir einen Empfangsschein vor.

»Ich verstehe nicht, Pater!«, sagte ich. »Warum geben Sie mir dieses Geld? Sie kennen mich nicht, und ich kenne Sie nicht.«

Er sagte: »Sie werden es brauchen. Es wird eine Weile dauern, bis Sie wieder Kontakt mit Ihrer Bank aufnehmen können. Wir sind moderne Menschen und wir wissen, wo wir stehen, in verschiedenen Lebenssphären. Bitte, es ist nur eine Formalität. Unterschreiben Sie hier, bitte.«

Ich unterschrieb und nahm das Geld. Ich wusste so gut wie er, dass mich die Suche nach Rosika mehr als tausend Lire kosten würde. Aber das war nur der Anfang. Außerdem fühlte ich mich viel besser, sobald ich das Geld in der Tasche hatte. Ich musste jetzt jeden bestechen, jeden!

»Ich verstehe Sie immer noch nicht!«, sagte ich. Er schien einer dieser Priester zu sein, die in ihren Wagen durch die Welt reisen und Weihwasser mit elektrischen Geräten versprühen.

»Sie sind ein recht einflussreicher Mann«, sagte der Priester. »Ich habe von Ihnen gehört. Ich möchte nicht, dass Sie Siena mit einem schlechten Eindruck verlassen. Und ich möchte nicht, dass Sie solch einen Eindruck an andere weitergeben. Wir sind dafür verantwortlich, was die Deutschen in unserem Land tun. Daran möchte ich Sie ausdrücklich und eindringlich erinnern.«

Ich griff in meine Tasche und legte das Bündel Banknoten zurück auf den Tisch. »Ich will nicht bestochen werden«, sagte ich und ging zur Tür. Der Priester folgte mir rasch. Er stand nun neben mir. »Junger Mann«, sagte er. »Sie ziehen voreilige Schlüsse. Ich will Sie nicht bestechen. Freundschaft, reine Freundschaft.«

Seine Augen blinzelten hinter der Brille. Er war ein guter Mann. Ich fragte ihn, ob er einen Wagen fahren könne. Er sagte: »Klar. Ich habe sieben Jahre in den Staaten gelebt.«

Ich nahm die zehn Hundert-Lire-Scheine wieder an mich und steckte sie in die Tasche.

Er sagte auf Englisch: »Ich werde mich nachdrücklich nach Ihrer Frau erkundigen. Mehr kann ich nicht sagen. Sie sollten nicht erwähnen, woher Sie das Geld haben. Je weniger Sie sagen, desto besser.«

»Ich verstehe«, sagte ich und verbeugte mich. Er sagte auf Englisch: »Gott schütze Sie!« und verbeugte sich ebenfalls.

Ich ging zurück in mein Hotel. Die Gastwirtin hatte ihren Glasschalter verlassen. Sie trug immer noch ihr Seidenkleid. Bis jetzt hatte ich nicht geahnt, dass sie überhaupt gehen konnte.

Sie sah mich scheel an und sagte: »Sie werden von der Polizei gesucht!«

»Danke«, sagte ich. Ich hasste diese Frau. Ich konnte immer noch ihre Blicke im Rücken spüren, als ich ging.

Nun saßen zwei andere Faschisten im Wartezimmer. Einer war ein langer Kerl, fast so groß wie ich, mit kurzgeschnittenem Haar und dicken Lippen. Der andere war stämmig. Er trug seine Mütze so, dass die Quaste direkt über seiner Nase baumelte. Alle Fenster standen offen. Es war Abend.

Man führte mich in das Büro des Inspektors.

Ich sagte: »Es ist sehr nett von Ihnen, dass Sie nach mir geschickt haben, Inspektor. Sehr nett. Sie arbeiten hier wirklich effizient. Ich wollte ...«

Er ließ mich nicht aussprechen. Er war bestimmt der dickste Inspektor im ganzen Königreich Italien. Er bot mir auch keinen Stuhl an.

Er sagte: »Sie haben gegen die Registrierungsvorschriften verstoßen. Warum haben Sie sich nicht bei mir registriert?«

»Aber ich bin aus einem ganz anderen Grund hier!«, sagte ich ein wenig ungehalten. »Meine Frau ist verschwunden.«

Der Inspektor blickte über dicken Tränensäcken zu mir auf. Die Schublade zu seiner Rechten stand offen. Während er sprach, aß er Brot und *Mortadella*, die jemand offensichtlich für ihn in Scheiben geschnitten hatte. Vielleicht hatte er eine Mutter oder eine Frau, die sein Essen zubereitete. Neben ihm auf dem Boden stand eine Korbflasche Wein. Wenn er trinken wollte, musste er sich danach bücken. Er sagte: »Interessiert mich nicht. Sie hätten sich registrieren sollen und haben es nicht getan.« Er kramte in einigen Papieren auf seinem Tisch.

Ich sagte: »Während meiner vielen Reisen durch Italien, habe ich so etwas nie tun müssen. Das erledigen die Hotels für uns. Sie wissen, dass sie das tun.«

»Versuchen Sie nicht, mich zu belehren. Jetzt ist es anders. Jetzt herrscht Krieg. Sich im Hotel zu registrieren reicht nicht!«, sagte der Inspektor.

Ich wurde sehr wütend. Ich zog ein Dokument aus der Tasche. »Bitteschön. Hier ist mein *Permesso di Soggiorno*, wenn's recht ist, ausgehändigt bei meiner Landung in Syrakus. Wollen Sie jetzt meine Anzeige aufnehmen oder nicht?«

Er nahm das alte, gefaltete Dokument in seine dicken Finger. Er las es ganz langsam durch. Man konnte die Wachen draußen vorbeimarschieren hören.

Er sagte: »Gut. Reden Sie. Ich warte. Was haben Sie auf dem Herzen? Hier, bitte ...« Er gab mir mein Dokument zurück. Ich hatte nicht einmal bemerkt, dass wir so lange geschwiegen hatten. Ich hatte mich in Gedanken verloren. Ich hatte an Syrakus gedacht, an den nebeligen Tag, als wir in Italien gelandet waren, Rosika und ich; an den Brunnen von Arethusa und das Hotel mit dem langen Table d'Hôte. Ich hatte an Leben und Tod gedacht und beide verdammt.

Der Inspektor sagte: »Nun ... Sie sind anscheinend ein österreichischer Journalist, der vor kurzem von seiner Zeitung als Kommunist gefeuert wurde. Sie müssen zugeben, dass Sie politisch gegen das faschistische Regime agiert haben!«

»Zugeben? Aber das stimmt nicht. Ich bin überhaupt nicht politisch und bin es seit Jahren nicht gewesen. Ich habe nie etwas gegen Ihr Regime geäußert. Ich habe keine einzige Zeile dagegen geschrieben. Meine Frau ist verschwunden, hören Sie mir nicht zu?«

»Viele Frauen verschwinden und kommen zurück, Dr. Boldt!« Der Inspektor grinste. Er aß seine Mortadella.

»Aber meine Frau ist unter verdächtigen Umständen verschwunden.«

»Irgendwelche Zeugen? Vielleicht der junge Kerl, der so oft mit Ihrer Frau zusammen war?« Er blätterte in einigen Papieren, die wahrscheinlich so etwas wie ein vollständiges Dossier über mich darstellten. »Dieser junge Mann, Esmert hieß er, wie? Versuchen Sie nicht, es zu erklären. Dieser junge Mann ist uns wohlbekannt. Er steht nicht unter Verdacht, politisch gegen uns zu agieren. Verstehen Sie? Unter keinen Umständen! Er nicht!«

Aber ich verstand keineswegs. Ich sagte nur: »Diesmal irren Sie sich. Ich habe nicht den geringsten Grund, meinen Freund Gerhart Hesmert zu verdächtigen. Er ist nach Rom abgereist. Er war es, der mich darüber informiert hat, dass meine Frau verschwunden ist.«

Der Inspektor schwieg. Ich sagte: »Ich bitte Sie, dieselben Schritte zu unternehmen, die Polizisten überall auf der Welt unternehmen würden, wenn jemand verschwindet!«

»Zunächst müssen Sie Ihre Identität nachweisen. Es herrscht Krieg. Italien führt Krieg gegen Barbaren! Wie haben Sie diesen *Permesso di Soggiorno* bekommen? Vielleicht haben Sie die Behörde drüben in Sizilien hinters Licht geführt? Wer sind Sie? Ein ehemaliger Feind des Königreichs, ein ehemaliger Offizier der alten Armee von Österreich-Ungarn. Warum haben Sie zwischen 1924 und 1928 in Deutschland gelebt? Was haben Sie die ganze Zeit in Italien gemacht? Wir sind hier keine Sizilianer, wir sind Toskaner. Sie können uns nicht für dumm verkaufen. Was wollen Sie hier? Haben Sie hier irgendwelche Freunde, italienische Freunde?«

Ich sagte mit gewissem Stolz: »Die Familie Gatti. Am Tag vor dem Palio habe ich ihr Landhaus besucht. Die Gattis. Das dürfte genügen, vielleicht sogar Ihnen?«

»Ja, das genügt!« Der Kerl schien abermals zu grinsen. Er hatte endlich seine Wurst aufgegessen. Ich stützte mich auf seinen Schreibtisch, denn ich war müde und benommen. Ohne lang zu fragen, nahm ich einen Stuhl und setzte mich.

»Ich rufe die Gattis an, dann können Sie mit ihnen sprechen«, sagte ich.

»Tun Sie das!«, sagte der Inspektor. Er erhob sich von seinem Tisch. Er gab mir das Telefonbuch. Er sagte mir ihre Nummer, so dass ich nicht nachschlagen musste. Dann verließ er das Zimmer. Ich hörte ihn draußen reden.

Ich bat zweimal um die Nummer der Gattis, erhielt aber keine Antwort. Dann erinnerte ich mich, dass Hesmert mir erzählt hatte, die Gattis seien abgereist. Nach Österreich? Hatte Gatti mir nicht selbst gesagt, dass er mich zurück nach Österreich bringen wolle? Die ganze Geschichte fiel mir wieder ein. Ich hätte mit ihm fahren sollen! Oder doch nicht?

Ich ging im Zimmer auf und ab. Ich nahm das Telefonbuch und schlug selber Gattis Nummer nach. Ich misstraute diesem Inspektor. Dann rief ich Gattis andere Nummer an, sein Stadthaus. Auch dort antwortete niemand. Vielleicht hatte er die Stadt verlassen und einen kleinen Ausflug aufs Land gemacht. Er könne all den Lärm des Palio nicht ertragen, hatte Hesmert gesagt. Aber wo waren all seine Freunde und wo seine Dienstboten? Der Inspektor kehrte zurück. Diesmal begleitete ihn einer der Faschisten von draußen, der Mann, dem die Quaste vor die Nase hing.

»Na?«, fragte der Inspektor.

»Ich kann sie telefonisch nicht erreichen«, sagte ich.

»Vielleicht sind Ihre italienischen Freunde auch abgereist. Was für ein Zufall!«, sagte der Inspektor und drehte mir den Rücken zu. Er setzte sich wieder an seinen Schreibtisch. Er reichte mir ein Blatt Papier mit einer Fragenliste, und ich musste sie alle beantworten. Ich füllte die Liste ganz mechanisch aus. Ich tat, was verlangt wurde. Ich unterschrieb das Dokument. Ich wollte die Sache schnellstmöglich hinter mich bringen und zum wichtigen Punkt kommen. Rosika.

Ich sagte: »Natürlich habe ich einen Verdacht. Meine Frau wurde zuletzt in Begleitung eines Engländers gesehen. Ich vermute, dieser Engländer hatte seine Hände im Spiel.«

Der Inspektor samt Bauch sprang auf. Er sagte etwas im Dialekt zu dem Faschisten. Ich konnte ihn nicht verstehen. Er ging auf und ab. Er rieb sich die Hände.

»Ein Engländer, sagen Sie?«, wiederholte der Faschist. »Ein Engländer? Ausgezeichnet!«

Ich muss zugeben, dass ich tatsächlich ein wenig mit solch einer Reaktion gerechnet hatte. Ich wusste sehr wohl, dass die Erwähnung der »Sanktionsschweine« elektrisierend auf diese faulen Faschisten wirken würde.

»Kennen Sie seinen Namen?«

»Nein«, sagte ich. »Unter uns haben wir ihn ›Bobby‹ genannt. Er war groß und blond.«

»Das hat nichts zu sagen. Alle Engländer sind groß und blond. Aber warum haben Sie ihn ›Bobby‹ genannt?«

»Ich weiß nicht«, sagte ich. »Meine Frau hat mit ihm gesprochen. Es war irgendwo in der Kirche Santa Peregrina oder wie die heißt …«

»Sie scheinen ein schlechtes Namensgedächtnis zu haben. In ganz Siena gibt es keine Kirche, die so heißt.«

»Ich war krank. Bin ich immer noch.«

Der Faschist griff nach der Weinflasche. Er schob das Glas des Inspektors auf meine Seite. »Nehmen Sie einen Schluck«, sagte er. »Leider haben wir nur ein Glas. Hieß der Engländer nicht Gibbons und arbeitete für den britischen Geheimdienst?«

Ich trank den Wein in einem Zug. Sofort fühlte ich mich besser. Ich bat um noch ein Glas Wein und schenkte mir selbst ein. Ich hatte das Glas, das von den Lippen des Inspektors noch fettig war, bereits mit meinem Taschentuch abgewischt. Der Inspektor verließ das Zimmer. Ich stand auf.

Ich sagte zu dem Faschisten: »Ich will Gattis Landhaus besuchen.«

»Unmöglich.«

»Warum? Einige Ihrer Leute könnten mitkommen. Warum ist das unmöglich?«

»Stellen Sie nicht so viele Fragen. Das ist *ungesund*.«

Draußen herrschten Lärm und Bewegung. Das Zimmer füllte sich mit Faschisten, einige davon in Zivil, die man auf zehn Meter als Schläger erkennen konnte. Das Dumme an der Geschichte war, das »Engländer« auf Italienisch »Inglese« heißt und man in Italien alle Ausländer »Inglesi« nennt, als eine Art *Pars pro Toto*. Darum wusste ich nicht, ob ich oder Bobby Anlass für ihre Aufregung war. Sie deuteten auf mich, schnappten mein Registierungsblatt vom Tisch und schubsten mich ständig herum. Der Inspektor erteilte Befehle. Er sagte zu mir: »Gehen Sie zurück in Ihr Hotel. Wir sagen Ihnen, wenn Sie gebraucht werden. Sie sind natürlich vollkommen frei, aber wenn Sie Siena verlassen wollen, müssen Sie sich erst bei mir melden. Vielleicht haben Sie uns einen großen Gefallen getan. Ich danke Ihnen im Namen des faschistischen Regimes.«

Er streckte die Hand aus. Ich ergriff sie. Ich sagte: »Sie helfen mir also, meine Frau zu finden?«

Abermals lachte er. Er wischte sich die Stirn. Das Zimmer war wieder leer. Ich verließ das Zimmer und knallte die Tür hinter mir zu. Im Korridor trat der zweite Faschist an mich heran, der große Kerl mit dem Kurzhaarschnitt.

Er sagte: »Ich heiße Arturo. Nennen Sie mich einfach Arturo. Still, sagen Sie jetzt nichts. Ich bleibe mit Ihnen in Kontakt. Ich ahne, worum sich die ganze Sache dreht. Vertrauen Sie mir! Sie hören spätestens morgen früh von mir. Es ist nicht so einfach, wie Sie denken. Ich weiß das.«

Ich kehrte zurück ins Hotel. Als erstes ging ich in die Telefonkabine. Ich hatte den seltsamen Verdacht, dass der

Inspektor es irgendwie arrangiert hatte, dass ich die Gattis von der Polizeistation aus nicht erreichen konnte. Es war jedoch auch vom Hotel aus unmöglich.

In der Telefonkabine war es sehr heiß. Ich ging in die Hotelbar auf einen Wermut. Ich wollte verschiedene Leute anrufen. Draußen war es dunkel. An der Bar trank ich zwei Whiskeys. Ich war mir sicher, wieder ganz gesund zu sein. Rosika ging es wahrscheinlich auch gut. Am liebsten hätte ich ihr noch eine gründliche Tracht Prügel verabreicht. Wenn ich sie nur finden könnte! Endlich hatte ich meine Benommenheit abgeschüttelt. Tatsächlich hatte ich ein wenig Angst, fühlte mich aber fast wie ein Jäger auf der richtigen Spur. Ich war dem Engländer nicht böse, und das war das Allerwitzigste. Sobald ich Rosika gefunden hatte, wollte ich mich von ihr scheiden lassen. Sie war die ganze Aufregung nicht wert. Nein, ich würde sie nicht einmal verprügeln, wenn ich sie fand. Es war zwecklos. Ich würde nach England fahren, meinen Sohn besuchen. Und ich wollte mein Buch fertigschreiben.

Die Gastwirtin kam herüber. Sie sagte: »In Anbetracht dessen, was geschehen ist, muss ich Sie bitten, das Hotel heute Abend zu verlassen. Die Rechnung ist fertig.«

»Ach ja?«, fragte ich. »Was ist denn geschehen?«

Sie sagte: »Wir wollen während der *Fiesta* keinen Skandal im Haus. Wir brauchen hier keine Gäste, die von der Polizei gesucht werden. Wenn Sie die Wahrheit wissen wollen, da haben Sie's.«

»Na schön«, sagte ich. »Dass die *Fiesta* noch andauert, wusste ich nicht. Es interessiert mich nicht.«

Ich ging ins Büro und empfing die Rechnung aus den ungewaschenen Händen des Portiers. Letztendlich war es doch nicht so schlecht, dass die Leute vom Hospital mir etwas Geld gegeben hatten. Die Rechnung war unverschämt hoch. Ich stellte fest, dass Hesmert nicht für sein Zimmer gezahlt hatte. Das kam mir recht sonderbar vor. Aber ich hatte keine Zeit, Zweifel anzumelden und mich zu beschweren. Ich bezahlte einfach. Dann ging ich zurück in die Telefonkabine. Etwas in mir begann sich zu regen. Ich konnte es noch nicht als Verdacht bezeichnen. Ich nannte es Neugier. Als Journalist war ich von Natur aus neugierig. Das war mein Beruf.

Ich bat um ein Ferngespräch nach Rom. Während ich darauf wartete, rief ich einige andere Hotels in Siena an, um ein Zimmer für die Nacht zu finden. Ich sprach mit vier Hotels. Sie behaupteten stets, keine freien Zimmer übrigzuhaben, sobald ich meinen Namen erwähnte. Auch das kam mir seltsam vor. Meine Neugier wuchs. Ich öffnete die Tür der Telefonkabine. Darin war es furchtbar heiß. Das Hotelfoyer war leer. Weder die Wirtin noch der Portier ließen sich blicken. Der Page brachte Rosikas Gepäck aus unserem Zimmer. Da standen sie, ihre Koffer und andere Siebensachen.

Ich sagte zum Pagen: »Bringen Sie mir einen *Americano* aus der Bar.«

Er sah mich mit einem ziemlich dummen Gesichtsausdruck an. Ich rief noch ein Hotel an und bekam dieselbe Antwort. Der Page brachte mir den *Americano*. Ich trank ihn in einem Zug. Der Page sagte leise: »Und Ihr Gepäck ... Soll ich auch Ihr Gepäck herunterbringen?«

»Es ist noch nicht gepackt.«

»Oh, doch. Es ist fertig gepackt.«

Ich ließ ihn noch einen *Americano* holen. Als er damit zurückkam, sagte er: »Versuchen Sie es doch im Grand Hotel. Dort ist immer ein Zimmer frei. Es ist das teuerste Hotel in Siena. Heutzutage gibt's nicht viele Reiche.«

»Vielen Dank«, sagte ich. Ich gab ihm ein Trinkgeld und rief an. Im Grand Hotel war ein Zimmer frei. Ich fragte nach den Kosten. Eine weibliche Stimme sagte auf

Deutsch: »Unsere Zimmer kosten zwischen fünfundzwanzig und vierzig Lire. Welche Art Zimmer hätte der Herr Doktor denn gerne?«

Es war doppelt so teuer wie der übliche Preis in Siena. Ich bestellte ein Zimmer für dreißig Lire. Während ich mit dem Grand Hotel telefonierte, kam meine Verbindung nach Rom zustande. Ich hatte das Archäologische Institut angerufen, da ich davon ausgegangen war, dass Hesmert sich sofort nach seiner Ankunft dort melden würde. Gestern Abend oder schon vorgestern? Ich wusste es nicht. Auf jeden Fall hatte er jenes Telegramm erhalten, das ihn zurückrief. Nur das Institut hätte ihm befehlen können, so rasch zurückzukommen. Hatte er es mir denn nicht selbst erzählt? Jedenfalls, müssten sie über ihn Bescheid wissen. Aber was wollte ich eigentlich erfahren? Traute ich ihm nicht mehr? Unsinn – ich brauchte einfach seine Hilfe. Ich war alleine und krank. Nebenbei hatten die Whiskeys und die *Americani* mich fast vollständig geheilt.

Ich sprach mit einem der Sekretäre. Der Mann schien es eilig zu haben. Er sagte, er wisse nichts über Hesmert. Ich fragte: »Aber kennen Sie Dr. Hesmert denn überhaupt? Ist Professor Marius da?«

»Professor Marius ist in Pompeji.«

Wie hätte ich das vergessen können? Die Pompeji-Reise, die Hesmert unseretwegen aufgegeben hatte! Offensichtlich hatten sie Hesmert in Pompeji gebraucht und zurückbeordert. Aber da ich das Gespräch schon bezahlt hatte, konnte ich ebenso gut irgendeine klare Antwort bekommen. Neugier. Neugier ist die Krankheit der Journalisten.

Ich erinnerte mich, dass der Bibliothekar Dr. Riegler sich immer besonders für Hesmert interessiert hatte. Ich wusste nicht, worin dieses Interesse bestand. Vielleicht

war es gar kein wohlwollendes Interesse gewesen. Ich erinnerte mich nicht. Ich hatte ein schlechtes Gedächtnis. Es
war die Krankheit. Das Fieber.

Ich wartete am Telefon auf Dr. Riegler. Die Telefonistin
in Rom fragte, ob ich weitere drei Minuten haben wolle.
Ich sagte: »Ja, bitte!« Ich segnete das Geld vom Hospital.
Guter alter Martino! Guter alter Priester!

Dr. Riegler kam ans Telefon. Er verstand sofort. Er zumindest schien ein gutes Gedächtnis zu haben. Ich hörte
seine Stimme, als käme sie von nebenan.

Er sagte: »So viel ich weiß, wird Dr. Hesmert nicht in
Pompeji erwartet. Ich habe erfahren, dass er Italien verlassen hat und über Österreich nach Deutschland gereist
ist.«

»Unmöglich!«, sagte ich. Ich erbleichte. »Er hat mir gesagt, dass er nach Rom zurückgerufen wurde.«

»Bilden Sie sich Ihre eigene Meinung, Dr. Boldt. Ich
habe nichts mehr zu sagen. In Rom ist er bestimmt nicht.
Guten Abend.«

Der Mann hatte aufgehängt. Ich spürte, wie blass ich
geworden war. Ich bat sofort um eine zweite Verbindung
nach Rom. Ich wollte mit Pucher sprechen. Ich wollte ihn
um seinen Rat bitten. Meine Neugier war beinahe befrie-
digt. Hesmert hatte mich belogen. Wahrscheinlich war er
mit Rosika durchgebrannt und hatte Bobby benutzt, um
mich abzulenken. Ich hatte die Nase voll. Sollte er sie doch
behalten, und viel Spaß dabei! Ich wollte mit Rosika nichts
mehr zu tun haben.

Ich wollte ihn trotzdem drankriegen. Er hatte mir das
Schwimmen beigebracht, mich aber auch hereingelegt
und belogen. Nicht nur einmal, in einem Anfall von Lei-
denschaft, sondern immer wieder und vorsätzlich. Aber
konnte ein Deutscher wie er im Liebestaumel einen kühlen
Kopf bewahren?

Diesmal klappte es fast reibungslos. Meine zweite Verbindung nach Rom kam viel schneller zustande als die erste. Und ich erreichte Pucher auf Anhieb.

»Sie haben Glück, mein Freund«, sagte er mit seiner angenehmen Stimme. »Wir wollen Rom gerade verlassen. Unsere Koffer sind schon gepackt und warten.«

»Welches Glück?«, schrie ich ihn an, obwohl ich ihn sehr mochte und in diesem Moment mehr denn je. »Meine Koffer sind auch gepackt und warten. Aber Rosika ist verschwunden.«

»Ich kann Sie nicht verstehen. Hören Sie auf zu schreien.«

Ich erklärte ihm alles in einem gemäßigten Ton und ganz langsam. Er sagte, er könne es nicht begreifen. Nein, sie hatten sie natürlich nicht gesehen, seit sie Rom mit mir verlassen hatte. Und mit Hesmert.

»Hesmert ist auch verschwunden«, sagte ich. Pucher schwieg. »Und Kecz ist tot«, sagte ich mit ganz tiefer Stimme. Bei einem Ferngespräch muss man mit tiefer Stimme sprechen, um verstanden zu werden. »Ich habe niemanden mehr außer Ihnen. Ich tappe im Dunkeln. Können Sie mir helfen?«

»Nur einen Augenblick, mein lieber Dr. Boldt!« Wieder herrschte Schweigen. Ich hörte dort andere Stimmen, die schrillen Stimmen der Kinder und eine Frauenstimme. Es war jedenfalls nicht Rosikas. Mit wem sprach sie wohl in diesem Moment, was aß sie und was trank sie? Diese billige, schamlose, widerwärtige Hure, dieses Miststück, dieses geliebte Drecksstück?

Ich hörte, wie jemand mich auf Italienisch ansprach. »Wer ist am Apparat?«, fragte ich. Die Stimme fuhr auf Italienisch fort: »Hier Tucci. Ja, Tucci, der dicke alte Mann, den Sie bei den Puchers getroffen haben und mit dem Sie ein ziemlich langes Gespräch über Kunst führten. Hören

Sie mir zu und antworten Sie genau: Hatte Hesmert in Siena nicht mit einer gewissen Familie Gatti zu tun?«

»Ja«, sagte ich, »und wir können sie im Augenblick auch nicht finden.«

»Im Augenblick ist sehr gut. Augenblick ist das Schlüsselwort!«, sagte Tucci, und ich hörte ihn lachen wie ein Elefant. »Sie haben etwas Glück, trotz all Ihres Pechs. Tun Sie, was ich Ihnen jetzt sage. Die Puchers brechen gerade auf, um in meinem Wagen in die österreichischen Alpen zu fahren. Ja, es ergab sich eine Gelegenheit. Stellen Sie keine Fragen. Wir fahren über Siena, denn ich habe mich entschlossen, sie zu begleiten. Wir sind spätestens morgen Abend in Siena. Sie müssen mir versprechen, bis dahin Ruhe zu bewahren und nichts auf eigene Faust zu unternehmen, überhaupt nichts. Lang lebe der Faschismus! Lang lebe der *Duce*!«

Ich konnte immer noch sein Lachen hören. Pucher kam nicht zurück ans Telefon. Ich verließ die Kabine, winkte dem Pagen und ließ mein und Rosikas Gepäck in eine Droschke bringen. Die Straßen waren wieder voller Leute in schwarzen Klamotten. Keiner der Hoteldiener lüftete seine Kappe, als ich ging. Wenigstens musste ich ihnen kein Trinkgeld zahlen, aber dem Pagen, der mir die *Americani* gebracht hatte, gab ich doppelt so viel wie üblich.

Das Grand Hotel stand an der *Lizza*, der alten Stadtmauer. Mein Zimmer bot eine herrliche Aussicht über das offene Land. In allen Korridoren des Hotels lagen dicke Teppiche. Das Messingbett war groß genug für zwei. Doch ich hatte aufgehört, an Rosika zu denken. Ich wartete auf Tucci und die anderen. Und ich würde auch diese lieben Kinder der Puchers wiedersehen. Ich dachte an meinen eigenen Buben.

Ich packte nichts aus, außer Zahnbürste, Seife und dergleichen. Mein Zimmer hatte auch einen Balkon. Ich trat hinaus. Ich hatte kein Fieber mehr, aber einen empfindlichen Magen. Draußen hatte es begonnen, leicht zu regnen. Das Land war mit Nebel bedeckt. Ich hatte den ganzen Tag kaum etwas gegessen. Ich bestellte etwas beim Zimmerservice. Die Kellner trugen alle Frack. Und die Empfangsdame war nicht so widerwärtig wie die Wirtin im anderen Hotel. Sie trug ebenfalls ein Seidenkleid, war aber jung und hübsch.

Zum Teufel mit Rosika!

Ich aß nur ein wenig Fleisch und Gemüse. Es gab Brokkoli. Ich aß eine Orange und zwei Pfirsiche. Ich hatte immer noch Hunger und bestellte eine *zabaglione*. Später, als es ganz dunkel war und auch kein Mond schien, trank ich eine Flasche Wein und ging vollständig angekleidet zu Bett, neben mir Gabeln, Teller und Löffeln und eine halbleere Flasche – mehr als halb leer.

2

Ich blieb den ganzen nächsten Tag im Hotel. Nachmittags wollte ich ausgehen, doch als ich die *piazza* überquerte, merkte ich, dass der Faschist mit der Quaste mich beschattete. Er versuchte, in der Menge unterzutauchen, aber ich erkannte ihn sofort. Ich trat an ihn heran und sagte: »Ich dachte, ich wäre frei. Warum verfolgen Sie mich?«

»Ich habe meine Anweisungen. Sie sind frei.«

»Das ist lästig«, sagte ich und ging zurück ins Hotel.

Bei meinem kurzen Spaziergang konnte ich mir einen Vorrat an Zigaretten und Wermut zulegen. Ich wollte für meine Wartezeit gut gerüstet sein. Ich stellte den Sessel ans Fenster und begann zu rauchen. Ich klingelte nach dem Zimmermädchen und bestellte ein spätes Mittagessen. Dazu eine große Flasche Seltzer.

Diese Seite des Hotels lag im Schatten. In meinem Zimmer war es nicht zu heiß, und ich musste die Jalousien erst nach halb vier herunterlassen.

Von meinem Fenster konnte ich weit über das offene Land der Toskana sehen. Ich dachte an Rosika, Hesmert und meine baldige Reise mit Pucher und Professor Tucci. Ich fragte mich, warum Tucci so großes Interesse an den Gattis hatte. Auch meine Gedanken begannen um die Gattis zu kreisen.

Wolken hingen über dem Land. Sie trieben vor einem starken Wind. Ich zählte die Dörfer und Dörfchen zwischen den Weingärten, die Landhäuser und die Schlösser. Direkt unter mir, am Fuß des Stadthügels, lag das neue Industriegebiet mit einer Autofabrik. Dort wurde gerade nicht gearbeitet, wahrscheinlich wegen der *Fiesta*. Neben der Fabrik verliefen Eisenbahnschienen. Neben den Schienen standen zwei riesige Plakatwände, eine für die Autos aus dieser Fabrik und eine für die passenden Reifen. Alles war sehr schön, und manchmal kam es mir vor, als segelte das ganze Land unter den Wolken dahin. Ich zählte die Kirchen und die Kapellen. Ich zählte die Bäume an der *Lizza* und später die weiter entfernten. Ich wartete.

Ich hatte all die Koffer und Reisekisten aufgestapelt, mein Gepäck und Rosikas. Manchmal betrachtete ich die Etiketten der verschiedenen Hotels auf unseren Koffern. Es waren hübsche Etiketten; Rosika hatte eine besondere Vorliebe dafür. Sie zeigten Bilder von Syrakus und Rom, Neapel und Capri, mit blauen Wellen, rauchenden Vulkanen und Ruinen. Das war Italien.

Ich schaute hinaus auf das Land, bis mir die Augen schmerzten. Ich dachte, es sei ein furchtbarer Gegensatz, dieses Land voller Liebe zu betrachten und in das hasserfüllte Herz dieses Landes zu schauen. Unsere Ahnen hatten es da viel leichter gehabt, diese Glückspilze der Romantik,

Jean Paul oder Gregorovius oder sogar Goethe und Winckelmann. Sie hatte nur das Schöne gesehen, und sogar das Leid war für sie romantisch verklärt. Wir aber hatten Ökonomie studiert, Marx und dergleichen gelesen. In unseren Hotels wurden wir von Faschisten bewacht, und es gab ein Bündnis zwischen unseren Feinden und diesen Faschisten. Doch vor den Madonnas und den Tempeln waren wir ebenso gerührt wie unsere Vorfahren, die Romantiker. Allerdings litten wir unter Gewissensbissen. Zu meinem späten Mittagessen hatte ich Bries und grünen Salat. Ich bestellte eine Flasche Chianti und noch mehr Wermut, da mein Privatvorrat frühzeitig zur Neige ging. Ich rauchte und rauchte, und die Stummel sammelten sich überall im Zimmer in den Aschenbechern. Ich fragte mich, warum Pucher noch nicht eingetroffen war; wahrscheinlich wollte er wegen der Kinder nicht zu schnell fahren.

Im Lauf des Nachmittags, als die Sonne direkt auf die Fensterscheiben knallte, war es unerträglich heiß geworden. Ich ging in dem dunklen Zimmer auf und ab. Ich wurde müde und stieß beim Herumtigern an die verschiedenen Möbel. Ich hatte es schon immer gehasst zu warten. Ich hatte in meinem Leben viel Zeit mit Warten verbracht. Es hatte in der Schule begonnen, dann beim Militär und in meinen verschiedenen Anstellungen. Immer sollte irgendjemand kommen und Entscheidungen treffen. Freilich konnte man manchmal auch selbst entscheiden. Oder man konnte sich weigern zu warten. Aber das war eher die Ausnahme als die Regel.

Ich legte mich wieder aufs Bett. Vielleicht schlief ich ein. Da war eine Art Dunstschleier im Zimmer. Womöglich hatte ich wieder Fieber, aber später dachte ich, es ist nur die Hitze im Zimmer. Als ich auf meinem Bett lag, dachte ich auch an Rosika, so wie ein Mann an eine Frau denkt, mit der er viele Male geschlafen hat. Ich dachte an ihre verschiedenen Liebkosungen, an all das Streicheln und Küssen und an ihren Körper. Ich dachte an alles, was ich falsch gemacht und wie viel ich versäumt hatte. Ich machte mir Vorwürfe: Ich war es gewesen, der mit ihr gespielt, sie in Gefahr gebracht hatte, nur weil ich meine Eifersucht auf so seltsame Weise in den Griff bekommen wollte.

Ich dachte an die letzte Party bei den Gattis. Meine Phantasie ging mit mir durch. Ich sah Rosika in jenem Saal zwischen den jungen Männern in ihren braunen Hemden nackt tanzen. In diesem Saal war es so dunkel gewesen wie jetzt in diesem Zimmer. Sie hatten sie an Armen und Beinen gepackt, und sie hatte es zugelassen. Sie hatten sie langsam entkleidet und entblößt, erst die Schultern, dann die Brüste, erst die rechte, dann die linke Brust und dann ...

Ich ertrug es nicht. Ich öffnete das Fenster. Die Hitze strömte herein. Ich leerte ein Glas Wermut und klingelte nach dem Kellner. Niemand kam. Ich klingelte nach dem Zimmermädchen, und niemand kam. Ich entschloss mich, das Zimmer zu verlassen, doch dann erinnerte ich mich, dass man mich beobachtete. Ich klingelte noch einmal. Was wollte ich tun? Ich wollte die Gattis aufsuchen.

Endlich kam jemand. Ein Hoteldiener mit grüner Schürze. Er war ein alter Mann mit rotem Gesicht. Ich hatte ihn nie zuvor im Haus gesehen. Ich hörte ihn sogar durch die Tür schwer atmen. Er trug etwas Schweres und stellte es auf meinen Tisch. Es war ein Grammophon.

Er sagte: »Ich habe Ihnen das mitgebracht. Ich dachte, Sie würden sich langweilen. Es ist uralt, funktioniert aber noch gut. Hier sind ein paar Schallplatten. Wünschen Sie sonst noch etwas?«

Ich sagte: »Vielen Dank.« Während er noch im Zimmer war, legte ich eine Platte auf. Es war »Ramona«. Eine melancholische Platte. Ich legte die nächste auf. Der »Flüsternde Bariton«. Er sang: »When Day is Done ...«, und es war wirklich nicht viel heiterer. Der alte Diener setzte sich auf einen Stuhl.

Er seufzte: »Wir langweilen uns auch. Aber das ist besser, als sich Sorgen zu machen.«

Ich nahm eine andere Grammophonnadel. Ich fragte den Mann: »Kennen Sie Martino?«

»Nein. Wer ist Martino?«

»Einer meiner Freunde. Aus dem Hospital. Schade, dass Sie ihn nicht kennen.«

Die neue Nadel war nicht besser. Der Alte mit der Schürze stand auf.

Ich sagte noch einmal: »Vielen herzlichen Dank. Sie können Ihr Grammophon heute Abend wiederhaben. Ich reise ab.«

»Falls sie Sie gehen lassen!«, sagte der Alte. Ich ging zweimal durchs Zimmer. Ich hatte ganz vergessen, das Grammophon abzuschalten. Die Nadel lief über das Ende einer Schallplatte, krrr, krrr. Ich blieb vor dem alten Mann stehen.

»Ich weiß Bescheid. Ich weiß ganz gut Bescheid«, sagte er. »Aber Sie haben hier mehr Freunde als Sie glauben. Sie können die Hintertreppe benutzen, durch mein Zimmer gehen und so das Hotel verlassen, wenn Sie wollen.«

Er ging zur Tür. »Warten Sie einen Moment!«, sagte ich. »Ich komme mit Ihnen.« Ich klappte das Grammophon zu. Ich hatte den Entschluss gefasst, sofort Gattis Villa aufzusuchen, sobald ich unbemerkt entkommen konnte. Wir gingen die steile Eisentreppe hinunter. Ich sagte: »Wie heißen Sie?«

»Peppino.«

»Peppino, wenn meine Freunde eintreffen, sagen Sie ihnen bitte, dass ich bald wieder da bin. Passen Sie auf!« Ich griff in meine Tasche und holte einen Fünfzig-Lire-Schein hervor. Ich war froh, das Geld vom Hospital bekommen zu haben.

Er würdigte den Schein keines Blickes. Doch ich merkte sehr wohl, wie sehr er sich freute. Ich schlüpfte aus dem Hotel und nahm eine Droschke, die ich in einer der Seitengassen fand.

Ich wollte nicht direkt vor dem Haus stehen bleiben. Also sagte ich zu dem Kutscher: »Über die Gleise. Ich möchte irgendwohin fahren.« Nach einer halben Stunde hielten wir vor einem Gasthaus inmitten der Weingärten. Ich sagte dem Kutscher, er solle dort warten, das Pferd abspannen und sich auf meine Rechnung Wein bestellen. Ich sei bald wieder da. Kaum hatte ich hundert Schritte auf der Straße zurückgelegt, da stieß ich auf einen Lastwagen mit Soldaten. Auf dem Beifahrersitz schlief ein Faschist. Der Lastwagen stand neben der Straße. Nach weiteren zehn Minuten erreichte ich das Außentor des Hauses. Es war jetzt fast dunkel und bewölkt.

Zwei Faschisten bewachten die Torpfosten. Sie trugen ihre Gewehre am Arm und gähnten. Als ich an ihnen vorbeigehen wollte, hielten sie mich auf.

»Halt! Sie dürfen nicht weitergehen!«, sagte einer in einem recht freundlichen Ton.

»Warum?«, fragte ich. »Ich bin ein Freund der Familie.«

Beide lächelten. Der Erste sagte: »Auch wenn Sie ein Freund der Familie sind, müssen Sie stehen bleiben. Sie müssen umkehren. Die Villa ist geschlossen.«

»Was ist los? Ich muss da hinein. Verstehen Sie nicht? Es ist wichtig!«

»Wer sind Sie denn überhaupt? Sie scheinen ein Ausländer zu sein. Können Sie sich ausweisen?«

Die ganze Sache entwickelte sich in eine für mich unangenehme Richtung, und ich beschloss, es auf einem an-

deren Weg zu versuchen. Ich zuckte die Schultern. »Na
schön!«, sagte ich und kehrte um. Ich ging auf derselben
Straße zurück, wieder an dem Lastwagen vorbei, und bog
dann rechts querfeldein ab. Von meinem letzten Besuch
erinnerte ich mich an eine Seitenstraße, die rund um das
Haus zum Hintereingang führte. Vielleicht wurde dieser
Eingang nicht bewacht.

Ich hatte mich geirrt. Dieselbe Geschichte wie vorher.
Das ärgerte mich. Einerseits wollte ich mich nicht ausweisen, weil diese Faschisten wahrscheinlich von meiner Befragung in der Polizeistation wussten. Andererseits wollte
ich die Gattis treffen. Ich fragte nach dem Kommandanten
der Wachen.

Ich stand im Dunkeln unter einem Baum. Wieder musste ich warten. Ich verlor immer mehr die Fassung, denn
ich fürchtete, dass die Puchers mittlerweile in Siena eintreffen würden. Endlich erschien der Kommandant. Es war
derselbe große Faschist Arturo, der am Vortag so freundlich zu mir gewesen war.

Er schien mich nicht wiederzuerkennen. Ich zwinkerte
ihm zu, aber er schien es vollkommen falsch zu verstehen.
Doch er würde mich bestimmt erkennen, wenn sie eine
Lampe brachten und mir ins Gesicht leuchteten. Warum
gab er vor, mich nicht zu kennen?

Er sagte: »Der Mann soll reinkommen. Der Mann soll
mich begleiten. Er soll befragt werden.«

Er ging mir voraus, und hinter mir folgte ein anderer
Faschist. Wir erreichten das Haus. Es war voller Polizisten
und Faschisten. Ich fragte: »Wo sind die Gattis? Sind sie
schon abgereist?« Mein Freund vom Vorabend würdigte
mich keiner Antwort.

Das Haus war in einem schrecklichen Zustand. Sie führten mich zunächst in Gattis Büro. Sein Schreibtisch wurde
anscheinend in aller Eile zurückgelassen. Alle Schubladen

standen offen, und Papiere lagen überall in dem Zimmer verstreut. »Ja, ja«, sagte der große Faschist und sah mich scharf an.

Der große Saal, wo sie getanzt hatten, war übersät mit fortgeworfenen Kleidungsstücken. Auf dem Boden lagen Glasscherben, Blumen, Unterwäsche. Ein Tisch war umgekippt. Dutzende leere, ganze und zerbrochene Weinflaschen stapelten sich. Die Kleidungsstücke stammten zum Teil von Uniformen, zum Teil waren es Frauenkleider. Ich wurde blass und spürte mein Herz klopfen. Sogar die Fensterscheiben waren zerbrochen. Kein einziges Glas war unbeschädigt. In den Fensternischen standen überall Wachen. Sie rauchten. Auf dem Boden standen brennende Lampen, die alles von unten beleuchteten. Die langen Schatten kreuzten sich an der Decke.

»Aber das ist ja schlimmer als ein Albtraum!«, sagte ich.

Der große Faschist führte mich zu einem Stuhl. Er bückte sich. Er rief: »Licht!«

Ein anderer Faschist brachte eine Lampe. Ich betrachtete die Kleidungsstücke, die der Mann in der Hand hielt. Sie gehörten Rosika. Es war dasselbe Kleid, das sie am Tag des Palio getragen hatte, und ihre Unterwäsche. Doch alles war ordentlich zusammengelegt, anders als die andere im Saal verstreute Kleidung.

»Aber das sind ...«, begann ich. Der Faschist unterbrach mich: »Sie können diese Kleidungsstücke also nicht identifizieren? Das habe ich mir gedacht. Keine Blutspuren und keine Anzeichen von Gewalt.« Er hielt Rosikas Kleid hoch. Da war es, hing an seiner Hand, ohne menschliches Wesen darin, tot wie eine Vogelscheuche im braunen Licht der Petroleumlampen.

Ich wollte aufschreien, doch es fühlte sich an, als drücke mir jemand die Hand auf den Mund. Ich sagte nur: »Keine Blutspuren. Das ist gut.«

Ein zweiter Faschist brachte Männerkleidung von dem nächsten Stuhl. Kniebundhosen und eine Reisemütze. Ich hätte schwören können, dass sie diesem Engländer gehörten, den ich Bobby genannt hatte. Ich hatte ihn zum Spaß »Bobby« genannt, nur zum Spaß.

Der Spaß war nun vorbei.

»Genug«, sagte ich. »Lassen Sie mich gehen. Ich muss sofort zurück ins Hotel. Nein, ich kann diese Kleider nicht identifizieren. Bitte, lassen Sie mich gehen. Und sagen Sie mir um Himmels Willen, wo sind die Gattis?«

Der große Faschist durchquerte mit mir den Saal. Er hatte mich jetzt fest am Arm gepackt. Er führte mich zu einem Tisch im Saal, auf dem eine Kerze brannte. Am Tisch saß ein Mann in Zivil und las eine italienische Zeitung. Er las über Pferderennen.

Mein Faschist legte mir ein Formular vor, und ich musste es unterschreiben. Ich hatte es sehr eilig. Ich musste schleunigst zurück ins Hotel. Ich musste sofort mit den Puchers abreisen. Die Gattis hatten Rosika entführt und sie auf eine Spritztour mit Hesmert mitgenommen. Weiß Gott, was geschehen war! Die italienischen Behörden hatten alles bis zu einem gewissen Grad vertuscht, denn die Erklärung, die ich unterschreiben musste, besagte, dass ich nichts identifizieren konnte und keinen Anlass hatte, irgendwen zu beschuldigen.

Mein Faschist brachte mich mit der Wache zur Haustür. Dann sagte er zu dem Mann, der hinter mir ging: »Bleiben Sie zurück. Ich tu es alleine.«

Wir gingen über den Kies. Ich war unbewaffnet. Ich rechnete jeden Augenblick damit, eine Kugel abzubekommen. »Ich bringe Sie zu Ihrer Droschke«, sagte der Faschist. Wir gingen durch das Außentor. Dann weiter die Straße entlang. Der Mann trug eine Taschenlampe am Gürtel. Ich sagte kein Wort, und er schwieg ebenfalls.

Wir kamen an einen kleinen Teich. Er konnte nicht weit von meinem Gasthaus entfernt sein. Ich dachte daran, im Schutz der Dunkelheit fortzulaufen.

Der Mann sagte: »Es war dumm von Ihnen hierherzukommen. Versuchen Sie, Siena heute Nacht zu verlassen. Ich bin Ihr Freund. Mehr kann ich nicht sagen. Aber die Dinge sind oft nicht, was sie scheinen.«

»Um Himmels Willen!«, sagte ich und sah ihn an. »Was ist Rosika passiert? Wer sind diese Gattis? Und wo ist der Engländer?«

»Ich weiß nicht viel mehr als Sie. Es scheint einer dieser Skandale zu sein, in welche diese Leute aus Deutschland hierzulande regelmäßig verwickelt sind. Unsere Freundschaft mit Hitler wird eines Tages unser Ende sein, unser aller Ende. Halten Sie den Mund, wenn Sie leben wollen, und laufen Sie, so schnell Sie können. Ich habe Befehle ... Los ...«

Als ich ungefähr zwanzig Schritte zurückgelegt hatte, hörte ich zwei Schüsse.

Es war völlig klar, welche Befehle der Mann gehabt hatte. Ich rannte immer noch, als ich das Gasthaus erreichte. Ich ging nur die letzten hundert Meter langsam, damit ich nicht zu aufgeregt wirkte.

Mein Kutscher hatte das Pferd schon eingespannt. Ich dachte an gar nichts mehr. An der Porta della Camollia entließ ich die Droschke. Ich ging zurück zu meinem Hotel und wieder über die Hintertreppe hinauf. Peppino wartete im Dunkeln auf mich.

Er flüsterte: »In Ihrem Zimmer ist ein Telegramm für Sie. Ich habe es hinaufgebracht, damit niemand merkt, dass Sie fort sind.«

»Kommen Sie mit!«, sagte ich.

Ich schaltete das elektrische Licht ein. Es war herrlich nach all diesen Petroleumlampen und der Dunkelheit. In meinem Zimmer war es warm und sauber. Vielleicht hatte ich alles nur geträumt.

Das Telegramm lag auf dem Tisch. Es lautete: »Längere Panne in Arezzo Stop können unmöglich nach Siena Stop Bitte kommen Sie so schnell wie möglich hierher ins Hotel Brandi Stop Warten bis morgen 9 Uhr früh Pucher.«

Das Telegramm kam aus Florenz. Es war um acht Uhr abends abgeschickt worden. Jetzt war es halb elf.

Ich drehte mich um. »Fährt heute Nacht noch ein Zug nach Florenz?«

Peppino zuckte die Schultern. »Da muss ich die anderen fragen.« Und er verschwand. Ich legte meine Zahnbürste zurück in den Koffer und drückte meinen Schwamm aus.

Ich packte mein Rasierzeug ein und aß einen Pfirsich, der vom Mittagessen übrig war. Ich leerte die Flasche Chianti. Ich dachte: »Rosika.« Was ist mit Rosika? Was ist mit Rosika? Lebt sie noch, wo ist sie und wie geht es ihr? Was ist mit Rosika, Rosika, Rosika?

Dann kam Peppino zurück und sagte, der letzte Zug sei gerade abgefahren. Ich sagte: »Ich muss nach Florenz! Könnte ich einen Wagen bekommen?«

»Die Stadt wurde abgeriegelt«, sagte Peppino. »Angeblich werden Manöver abgehalten. Wir sind im Krieg gegen Abessinien, wissen Sie, deswegen gibt's jetzt so viele Manöver. Aber vielleicht steckt etwas anderes dahinter. Die Gattis.«

Ich hakte nach. »Was ist mit den Gattis?« Er zuckte die Schultern. »Ich weiß nichts.«

Vielleicht wusste er wirklich nichts. Er sagte: »Ich kann Sie auf einem Fußweg aus der Stadt führen. Nur die Tore werden bewacht. Jeder kann aus der Stadt raus, wenn er den Weg kennt. Gehen Sie zur nächsten Haltestelle. Dann erwischen Sie einen frühen Marktzug nach Florenz, um fünf Uhr.«

»Ist dieser Zug um neun Uhr früh in Florenz?«

»Er wird um neun Uhr da sein.«

»Ich nehme nur den kleinen Koffer. Den Rest des Gepäcks schicken Sie bitte nach Florenz zur Aufbewahrung im Bahnhof. Ich gebe Ihnen Geld für die Hotelrechnung und das Gepäck.«

Ich hatte noch genug Geld übrig. Ich legte dreihundert Lire auf den Tisch, und Peppino dankte mir sehr. Natürlich hatte ich für diesen kurzen Aufenthalt zu viel bezahlt. Ich hatte gewartet und niemand war gekommen. Wenigstens wusste ich jetzt, wie es weitergehen sollte.

Ich ging mit Peppino die Hintertreppe hinunter. Es war dort sehr heiß. Man hatte bereits alle Lichter ausgeschaltet. Ich verließ das Hotel und Siena. Ich stand auf der staubigen Straße, über mir die Sterne. Ich gab Peppino die Hand. Er verbeugte sich recht anmutig. Ich ging unter den Sternen, unter Pappeln, an Häusern vorbei. Peppino hatte mir die Straße bis ins letzte Detail beschrieben. Die Luft war kühl und wunderbar. Ich konnte gut durchatmen.

Ich erreichte den Bahnhof. Es war nun helllichter Tag, und ich setzte mich in den offenen Warteraum. Es war ein lächerlicher kleiner Bahnhof. Irgendwo gab es einen Brunnen, und irgendwo quakten Frösche. Ich roch Blumen, sah aber keine. Ich hatte Durst. Ich trank etwas Wasser am Brunnen. Bald erschienen Marktfrauen mit großen Paketen und auch Männer. Alle wollten nach Florenz.

Ich kam um halb neun am Hauptbahnhof von Florenz an. Im Zug hatte ich ein wenig geschlafen und fühlte mich gut.

In den ersten Sekunden nach dem Erwachen wusste ich nicht einmal, wo ich mich befand und was überhaupt los war. Ich hatte einen Fahrschein Erster Klasse gekauft, um allein zu sein und zu schlafen. Nun – ich hatte geschlafen und war allein gewesen.

Ich nahm eine Droschke. Ich fuhr zu dem Hotel, das die Puchers erwähnt hatten. Es lag irgendwo in der Nachbarschaft der Piazza della Signoria, nicht sehr weit vom Bahnhof entfernt. Der Kutscher verlangte nur eine Lira, es dürfte also nicht weit entfernt gewesen sein. Ich konnte die Domkuppel hinter den schönen Renaissancepalästen sehen. Ich fragte nach den Puchers. Der Portier sagte, sie seien gerade abgereist. Ein anderer Portier kam und sagte: »Was redest du da, du Esel? Sie sitzen da drüben bei ihrem Frühstückskaffee. Sie reisen gleich ab. Sie haben auf diesen Herrn gewartet.«

Er zeigte mir ein Kaffeehaus auf der anderen Seite des Platzes, neben der weltberühmten Loggia dei Lanzi. Seine gestreifte Markise war heruntergelassen. Doch die Sonne schien noch nicht so stark. Ich sah zwei Herren an einem Tisch am Straßenrand. Ich erkannte Pucher und Tucci.

Eilends überquerte ich die Straße. Während ich hinüberrannte, wunderte ich mich, warum Frau Pucher und die Kinder nicht zu sehen waren.

»Hallo! Hallo!«, schrie ich und winkte.

Sie standen auf. Pucher streckte die Hand aus. Tucci setzte sich sofort wieder. Er hielt eine Art Semmel in der Hand und tunkte sie in seinen Kaffee. Deshalb konnte er mir nicht die Hand geben. Der ganze Tisch vor ihnen war mit Zeitungen bedeckt. Ich sagte: »Ich muss Ihnen etwas Schreckliches erzählen. Ich ... Aber vielleicht wissen Sie, wo Rosika ist? Wissen Sie's? Was hat das zu bedeuten? Was ist passiert? Sie wissen es, und ich weiß nichts, aber ich habe etwas Entsetzliches gesehen. Ich habe jemanden in Verdacht. Können Sie nicht reden? Wo ist Rosika? Wo ist Rosika? Wo ist Rosika?«

Pucher fragte: »Haben Sie die ausländischen Zeitungen noch nicht gesehen?«

»Nein!«, sagte ich. Ich griff nach den ausländischen Zeitungen auf dem Tisch. Pucher wirkte bekümmert. Doch Tucci legte seine schwere Hand auf die Zeitungen. »Nein!«, sagte er. »Bitte nicht, lieber Dr. Boldt, bitte! Die Presse lügt. Niemand weiß irgendetwas. Wir brechen in fünf Minuten auf.«

Ich sagte: »Lassen Sie mich nicht im Ungewissen. Sagen Sie's mir.« Ich barg mein Gesicht in den Händen.

Pucher sagte: »Mein lieber, lieber Dr. Boldt. Ihre Frau ist noch am Leben. Wir erzählen Ihnen alles. Kommen Sie, beruhigen Sie sich.«

»Beruhigen Sie sich, um Himmels Willen!«, sagte Tucci. »Es ist sehr wichtig, dass wir uns nicht verdächtig machen. Die Rechnung, bitte!«

Er trank seinen Kaffee aus. Er steckte all die Zeitungen in seine große Manteltasche. Er kam mir jetzt gerade selber sehr groß vor, an diesem Morgen auf der Piazza della Signoria in Florenz.

Ich sagte: »Wo ist Ihre Frau? Wo sind Ihre Kinder, Dr. Pucher?«

»Sie folgen uns mit dem Zug. Wir müssen uns beeilen, und die Kinder können unmöglich eine solche Geschwindigkeit durchhalten.« Ich warf Seitenblicke auf die Zeitungen in Tuccis Tasche. Der Ober erschien, und die beiden bezahlten ihre Rechnungen. Ich sagte: »Ich brauche auch einen Kaffee!« Der Ober brachte mir eine Tasse.

Wir gingen zurück über die *piazza* und in die Garage des Hotels Brandi. Die beiden hatten anscheinend auch nur sehr wenig Gepäck. Der Wagen war ein offener Lancia. Als wir hineinsprangen, sagte Pucher: »Das ist natürlich nicht der Wagen, mit dem wir die Panne hatten. Der ist irgendwo bei Arezzo.« Er lächelte. Ich mochte ihn sehr, wenn er so charmant lächelte.

Tucci setzte sich ans Steuer. Er winkte mich auf den Beifahrersitz. Die Portiers verbeugten sich tief, als wir aufbrachen. Sie hatten ihn wahrscheinlich erkannt. Pucher saß auf dem Rücksitz. Sie hatten tatsächlich nur noch auf mich gewartet, denn Pucher hatte sich von seiner Familie verabschieden müssen, bevor ich gekommen war. Und was für eine Geschwindigkeit! Aber ich hatte sie mit meinem Kaffee aufgehalten.

Tucci sagte: »Zum Glück hatten wir diese Panne. Sonst hätten wir die Zeitungen nicht gesehen. Wir haben sie gestern Abend in Florenz gelesen!«

Wir fuhren auf der schönen neuen Straße in den Apennin. Tucci griff mit seiner linken Hand in seine Tasche. Er reichte mir die *Œuvre*, Madame Tabouis' Zeitung. Er gab Gas. Wir fuhren nach Norden. Ich konnte nicht lesen, denn die Buchstaben tanzten bei dieser Geschwindigkeit vor meinen Augen.

3

An jenem Abend fuhren wir an Treviso vorbei und rasten nach Nordost über die venezianische Ebene. Wir erreichten eine regenreiche Gegend. Es regnete leicht und unaufhörlich.

Ich sagte zu Tucci: »Die Zeitungen sagen, der Regen würde mögliche Spuren auf den Straßen wegwaschen.«

»Unsinn!«, sagte Tucci. »Wir schaffen das. Diese ausländischen Zeitungen lügen. Manchmal.«

Wir überquerten die Piave bei Ponte di Piave. Wir fuhren an einem Kriegerdenkmal vorbei. Wir bemerkten einen Reisebus vor einem Gasthaus. Touristen besuchten die Schlachtfelder. Bei Oderzo bogen wir von der Hauptstraße ab. Wir machten einen Bogen nach Südwest. Wir erreichten Cessalto und Ceggia. In Ceggia fragte Tucci nach dem Weg. Er wollte in die Gegend, wo man laut der ausländischen Zeitungen die Leiche eines Mannes gefunden hatte. Druckten die ausländischen Zeitungen nichts als Lügen?

Tucci besuchte das Postamt und ließ mich mit Pucher allein. Wir winkten einen Buben heran und baten ihn, uns Kaffee zu bringen. Ich lehnte mich auf die Wagentür und musterte Pucher. Ich trug meinen Regenmantel, aber kein Jackett darunter. Ich hatte nur ein Hemd und graue Flanellhosen an. Ich trank den Kaffee, den der Bub gebracht hatte, und starrte Pucher an.

Ich sagte: »Wo ist Rosika? Woher wissen Sie, dass sie noch lebt? Wie können Sie mir so etwas sagen, wenn Sie es nicht wissen?«

»Man hat sie jedenfalls nicht gefunden. Sie dürfen die Hoffnung nicht aufgeben.«

»Zum Teufel mit der Hoffnung. Ich will Rosika.«

»Sie haben sie vielleicht in einem zweiten Wagen mitgenommen. Schließlich gab es zwei. Hätten sie schon ... Ich will damit sagen ... Man hätte sie auch gefunden.«

»Vielleicht war sie in dem verunglückten Wagen. Vielleicht ist sie bei lebendigem Leibe verbrannt.«

»Mein lieber Dr. Boldt!«

Tucci kehrte schließlich aus dem Postamt zurück. Er sagte kein Wort. Wir verließen die Ortschaft. Wir mussten eine noch schlechtere Straße benutzen. Sie war voller Schlaglöcher und fast unbefahrbar. Wir kamen an Kornfeldern vorbei, an Reisfeldern, an Weiden, die über Lagunen hingen. Es roch nach dem Meer. Das Meer konnte nicht weit entfernt sein. Hier wurde 1918 ein deutscher Angriff zurückgeschlagen. Doch die Deutschen kommen immer wieder.

Tucci sagte: »Angeblich ist es hier irgendwo ...« Er hielt mitten auf der Straße. Ein Ochsenkarren näherte sich von der anderen Seite. Wir mussten wenden. Wir fuhren ein gutes Stück zurück, um trockenen Boden auf der rechten Seite zu erreichen. Tucci sprach mit dem Ochsentreiber. Ich konnte sie nicht verstehen, denn sie sprachen im venezianischen Dialekt. Die Ochsen hatten lange gewundene Hörner, und ihre Bäuche waren schwarz vom Schlamm.

Die Luft um den Karren war von Moskitos und Mücken erfüllt. Endlich hatte es sich ein wenig aufgeklärt. Es hatte aufgehört zu regnen, aber wir konnten die Sonne nicht sehen. Sie ging hinter den Alpen im Westen unter. Ein silbernes Licht breitete sich über die Felder. Der Nebel stieg auf und verschwand wieder.

Wir fuhren von den Sümpfen bergauf und erreichten einen Wald aus Stecheichen und Kastanien mit einem dichten Unterholz.

Tucci sagte: »Sie dürfen sich nicht wundern, wenn die Dinge manchmal nicht so sind, wie sie scheinen. Es gibt Unterströmungen und es werden Gräueltaten begangen, für die der Boss überhaupt nicht verantwortlich ist. Der Boss hasst die Nazis ebenso sehr wie ich.«

»Ich habe schon etwas über diese Untergrundströmungen in Erfahrung gebracht. Jammerschade!«

»Jammerschade?«

»Ja. Jammerschade!«, sagte ich. »Mörder sind Mörder.«

Tucci sagte: »Ich bin kein Mörder.« Und dann mit leiser Stimme: »Sie haben eben Ihre Frau gefunden. Sie lebt.«

»Ha! Ha! Ha!«, lachte ich. »Ist das Leben nicht wunderbar?« Ich freute mich trotzdem. Ich zog meinen Regenmantel aus, denn in den Wäldern war es wie in einem türkischen Bad.

Wir kamen zu einer Lichtung. Vor uns standen drei oder vier Häuser. Sie hatten kleine Vorgärten mit Sonnenblumen und Gemüse. Die ganze Lichtung wimmelte von Faschisten. Auf einer Wiese, wo sich zwei Straßen kreuzten, hatte man zwei Zelte aufgebaut. Ich hörte Hunde bellen und sah eine Koppel bei einem der Häuser.

Wir fuhren mit Höchstgeschwindigkeit vor. Zwei Eukalyptusbäume breiteten ihre Blätter über eines der Häuser; man hatte sie als Vorkehrung gegen das Fieber gepflanzt. Wind rauschte durch das Laub. Neben einem der Häuser stand ein großer Wagen. Hinter demselben Haus bog eine kleinere Straße von unserer ab und führte direkt nach Norden. An dieser Gabelung lagen die Überreste eines anderen Wagens. Ich erkannte ihn wieder. Es war derselbe, den Gatti mir hinter seinem Haus in Siena gezeigt hatte. In diesem Wagen hatte er mit mir nach Österreich fahren wollen. Nun war er alleine in einem anderen Wagen nach Österreich entkommen – wenn man Madame Tabouis' Zeitung glauben wollte.

Wo war Rosika, wo war Rosika, wo war Rosika, wo war Rosika?

Ein anderes Haus zur Rechten schien das Postamt zu sein. Ich sah das italienische Wappen über der Tür. Ein Faschistenoffizier trat an Tucci heran und salutierte wie ein Soldat. Er überbrachte eine Nachricht. Ich hörte nicht zu und ging zu dem anderen Haus. Es waren niedrige, ärmliche Häuser, weiß getüncht. Ihr ganzer Stolz waren ihre Sonnenblumen.

Vor diesem Haus standen ungefähr vier Männer mit dem Rücken zu mir. Ich konnte erkennen, dass einer von ihnen ein weißes Gewand trug, eine Art Overall. Wieder hörte ich Hundegebell, und Pucher stand neben mir. Er packte mich am Ärmel und sagte laut: »Sie können da nicht hineingehen! Ich flehe Sie an, gehen Sie nicht hinein!«

Eine Krankenschwester mit weißer Haube und blauem Kleid kam aus dem Haus. Sie war so groß, dass sie sich bücken musste, als sie über die Türschwelle trat. Ich konnte sehen, dass sie die Schultern zuckte, als sie mit dem Arzt sprach. Der Mann in dem weißen Overall war offensichtlich ein Arzt.

Ich hörte Tucci hinter mir schreien.

Er schrie: »Ich lass euch alle erschießen. Ich lass euch erschießen, verstanden? Ihr seid Verbrecher, Mörder und Mordgehilfen. Wo ist das Postamt? Ich will den Boss anrufen. Lauf, du Mörder, mach schon!«

Ich stand zwischen den Leuten an der Tür. Die Krankenschwester sagte: »Sie können nicht hinein. Sie ist ...«

»Halten Sie den Mund!«, sagte ich. Ich betrat den Korridor. Das Haus schien leer zu sein, denn ich traf niemand im Korridor. Zu meiner Linken war eine offene Tür. Ich betrat ein leeres Zimmer. Hinter mir hörte ich die Schritte der anderen.

In einem Bett, das man ans Fenster gestellt hatte, lag etwas. Es war ganz zugedeckt mit Woll- und Steppdecken. Das Gesicht war blutrot. Ich konnte zwei Augen sehen, die nach oben starrten. Ich blieb zwei Schritte vor dem Bett stehen. Die Augen sahen mich an, aber erkannten mich nicht. Das Gesicht schien zu einer anderen Frau zu gehören.

Es war Rosika.

Ihr Mund öffnete sich und ich hörte sie kreischen. Ich verließ das Zimmer. Ich ging aus dem Haus, vorbei an dem Arzt und der Krankenschwester.

Ich stand auf dem Rasen zwischen Faschisten, einigen Bauern und Hunden. Tucci kehrte vom Postamt zurück. Er fluchte fürchterlich. Ich konnte nicht hören, was er sagte. Vielleicht verfluchte er den *Duce*. Es war mir egal. Das war Rosika, das war Rosika!

Ich fragte den Arzt: »Gibt es noch Hoffnung?«

Er sagte. »Wir versuchen, sie irgendwo hinzubringen.«

»Was ... Was hat sie?«

Er drehte mir den Rücken zu und ging zurück ins Haus.

Später am Abend kam der Krankenwagen aus San Donà di Piave. Der Krankenwagen holte den Arzt, die Schwester und Rosika ab. Wir folgten in unserem Wagen. Der Staatsanwalt war eben aus Treviso eingetroffen. Wir mussten langsamer fahren. Unsere Scheinwerfer umspielten das Rücklicht des Krankenwagens. Es war eine lange Nacht, die Zweige versperrten die Sicht und es begann wieder zu regnen. Pucher saß jetzt neben Tucci, aber sie sprachen nicht miteinander. Ich saß auf dem Rücksitz und rauchte die ganze Nacht.

Wir erreichten San Donà gegen sechs Uhr früh. Das kleine Krankenhaus lag direkt an der Hauptstraße, zwischen Hauptstraße und Bahnstrecke in einem schönen Park. Die Hauptstraße führte über einen großen Damm zum Bahnhof.

Ich fragte den Arzt, ob sie noch lebte.

Er sagte: »Ja. Sie lebt. Aber sie ist bewusstlos.« Ich ging mit Pucher in ein Hotel. Tucci sagte, er fahre nach Rom. »Mir reicht's«, sagte er. »Glauben Sie nicht, dass ich wegen dieser Sache in Rom einen Wirbel mache. Nein, das werde ich nicht. Es hat keinen Zweck. Vielleicht können Sie Ihre Frau noch retten, Dr. Boldt. Das hoffe ich. Gute Nacht, die Herren. Sie müssen mich entschuldigen, Dr. Pucher, aber ich kann Sie nicht zurück in Ihr Dorf in Kärnten fahren oder wo auch immer es liegt. Es ist mir zu viel.«

Er war grau im Gesicht. Er war ein grauer, dicker, alter Mann. Wir sahen ihn unter Schmerzen und sehr langsam zurück in seinen Wagen steigen, dann ging ich mit Pucher ins Haus.

Ich drängte ihn, mir zu erzählen, wie man Rosika gefunden hatte. Er sagte, er wisse es auch nicht. Ich sagte, ich hätte ihn mit den Schwestern sprechen gesehen. Alle Krankenschwestern sind Plaudertaschen. Sie genießen es regelrecht, über die Schrecken ihres Berufs zu reden und über den Tod.

»Aber Rosika ist nicht tot!«, sagte Pucher. »Sie ist ...«

Doch ich bedrängte ihn weiter. Schließlich erfuhr ich, dass diese Nazis sie in der Wildnis aus dem Wagen geworfen hatten, wo sie wie ein hilfloses Kind herumgelaufen war, halbnackt, verwirrt und was nicht sonst noch alles – wahrscheinlich nach dem Unfall mit dem ersten Wagen. Vielleicht hatten sie den Engländer schon lange vorher ermordet.

Niemand wusste, was genau sie Rosika angetan hatten. Sie konnte es bestimmt nicht verraten. Sie hatte völlig den Verstand verloren. Sie mussten sie wie eine ausgequetschte Zitrone weggeworfen haben. Die Polizeihunde hatten sie gefunden. Sie hatte schon genug gelitten, indem sie durch das dornige Gestrüpp geirrt, in Sumpflöcher gefallen und ganz allein in der Sonne im Kreis gegangen war. Der Regen sei ein richtiges Wunder gewesen, sagte Pucher. Er sagte auch, sie hätten sie geschlagen. Sie hatten sie bestimmt verprügelt. Von den Schlägen könnte sie eine allgemeine Blutvergiftung bekommen haben, sagte Pucher. Sie hatte hohes Fieber. Solange sie keine Lungenentzündung bekomme, sei alles in Ordnung, hatte die Schwester laut Pucher gesagt. Er sprach die ganze Zeit im Wiener Dialekt. Wir tranken währenddessen Rotwein. Ich schlief am Tisch ein. Hesmert war entkommen; die Italiener hatten ihn über die Grenze entwischen lassen. Auch die Gattis waren entkommen. Doch wer hatte in dem Wagen der Verbrecher gesessen, als er gegen den Eukalyptus prallte? Man hatte keine weitere Leiche gefunden. Sie hatten ihre eigenen Leute fortgeschafft. Zurückgelassen hatten sie unsere Leichen, unsere Toten und Halbtoten.

Ich schlief am Tisch bis spät am Morgen. Auf dem Tisch lag eine dunkelbraune Tischdecke. Sie schmiegte sich weich an meine Wange. Draußen hörte ich Vögel zwitschern und einen Esel brüllen.

Am Nachmittag durfte ich Rosika im Krankenhaus besuchen. Sie erkannte mich nicht. Ich erkannte sie ebenfalls nicht. Ihr ganzes Gesicht war bandagiert.

Pucher hatte seine Familie angerufen. Er würde bei mir bleiben, sagte er. In San Donà gab es keine ausländischen Zeitungen, und die italienischen erwähnten die Sache mit keinem Wort. Für mich war es jetzt klar, dass Gatti und seine Leute für die Auslandsabteilung der Gestapo gearbeitet hatten, ebenso unser Freund Hesmert. Er hatte zunächst den Auftrag gehabt, alles über »Kilian« herauszufinden und ob dieser ehedem gefährliche Mann tatsächlich identisch mit dem harmlosen Dr. Martin Boldt war. Er hatte es schließlich herausgefunden. Er hatte mit der Durchsuchung meiner »Arbeitszelle« in Rom begonnen. Oder sogar noch früher. Es hatte sehr lange gedauert, wirklich sehr lange. Dann hatte er mir in Siena eine Falle gestellt. Schließlich, nachdem der Plan mit dem Wagen in der Villa Gatti gescheitert war, mussten sie mit Rosika Vorlieb nehmen. Mit Rosika war es einfacher. Wahrscheinlich war sie wegen ihres Wissens über die Gegenwart ebenso nützlich wie der ehemalige Feind Kilian wegen seines Wissens über die Vergangenheit. Es war auch ihre eigene Schuld. Sie hatte zu viel über Radwan gesprochen. Vielleicht hatten sie etwas aus ihr herausgeprügelt, das sie gar nicht wusste und mit dem sie nur angegeben hatte. Und den Engländer hatten sie einfach ermordet. Er hatte sich wohl nur durch zu große Neugier unbeliebt gemacht. Vielleicht war er nur in Rosika verliebt gewesen.

Vielleicht hatte Hesmert sie wirklich geliebt. Er hatte sie gefoltert, weil er sie wirklich geliebt hatte. Die Deutschen foltern, wenn sie lieben. Was sind die Deutschen. Eine Nation der Dichter und Folterknechte.

Am vierten Tag gegen sechs Uhr nachmittags kam die Schwester ins Zimmer. Sie sagte zu mir: »Sie können jetzt Ihre Frau besuchen. Sie ist bei Bewusstsein. Sie spricht auch. Aber Sie dürfen nicht länger als fünf Minuten bleiben.«

Ich lief die Treppe hinunter, über die Straße, durch den Park. Rosika lag auf ihrem Bett, ausgestreckt und reglos. Die Schwestern blieben irgendwo im Hintergrund. Die Sonne schien ins Zimmer. Der Arzt kam und sagte: »Wir versuchen immer noch, ihr Fieber zu senken.«

Ich hatte ganz vergessen, ihn nach dem Fieber zu fragen und wie hoch es war. Ich hatte ihm überhaupt keine Fragen gestellt. Vielleicht würde sie doch keine Lungenentzündung bekommen. Man konnte nie wissen, bei einer Frau wie Rosika, die sich einfach alles einfing.

Rosika begann zu reden. Zunächst verstand ich kein Wort. Ich erinnerte mich beiläufig, dass sie ihr wahrscheinlich auch die Zähne eingeschlagen hatten. Sie sprach, während sie zur Decke hinaufsah. Sie sprach sehr schnell. Sie redete Unsinn. Sie redete so schnell, so schnell. Ich konnte kaum die Hälfte davon verstehen. Die Schwester gab mir Zeichen. Ich durfte mich nicht über das Bett lehnen.

Rosika sagte: »Moio, jetzt ist alles gut, nicht wahr? Ich komme schon zurecht. Ich habe vorzügliche Arbeit geleistet, das muss ich mir zugutehalten. Sie haben dich nicht erwischt, dafür kannst du dich wohl bei mir bedanken. Oh, dieser dumme Hesmert, dumme Hesmert, dumm! Sie gaben mir etwas zu trinken und da war Bobby, und er war dumm, dumm ...«

Und sie hörte auf zu reden. Sie begann wieder zu kreischen. Sie kreischte lange Zeit, auf dieselbe Weise wie zuvor. Die Schwester führte mich aus dem Zimmer. Im Park hörte ich immer noch Rosikas Kreischen.

Sie starb am nächsten Morgen gegen sieben Uhr. Ich hatte sie nicht gesehen, bevor sie starb. Am Ende hatte sie doch eine Lungenentzündung bekommen. Sie hatten ihr dreimal eine Bluttransfusion verabreicht und mit der besten und modernsten Medizin gegen Lungenentzündung behandelt. Bevor die Medizin wirken konnte, war Rosika gestorben.

Nein, sagte ich, ich wollte sie nicht sehen, bevor man sie beerdigte.

4

Pucher saß mit Blick in Fahrtrichtung und ich saß ihm gegenüber. Er sagte, er könne es andersherum nicht ertragen. Wir reisten abermals Erster Klasse und waren allein. Unser Zug fuhr langsam entlang des Kanaltals zur österreichischen Grenze. Tief unten im Tal konnte ich das grüne Wasser mit den vielen runden Steinblöcken und zerklüfteten Felsen sehen. Pucher lehnte sich nach vorne und sprach mit leiser Stimme zu mir. Sein Gesicht war mir so nahe, dass ich die Poren in der Haut seiner Nase erkennen konnte. Ich hätte sie zählen können. Der kleine Tisch zwischen uns war aufgeklappt. Darauf lagen unsere Brieftaschen, unsere Fahrkarten und andere Papiere. Es war Morgen. Der Zug fuhr elektrisch, so konnten wir die Fenster offen lassen. In den Gesprächspausen hörten wir deutlich das Rauschen des Wassers und manchmal eine Art Donner, als würden die Felsblöcke ins Tal rollen. Manchmal konnte ich Pucher kaum verstehen, und dann musste er lauter sprechen, um das Tosen des Wassers und das Donnern der Felsen zu übertönen. Er sagte: »Hier sind die Fahrkarten. Ich habe Ihnen die Fahrt bis nach Wien gebucht. Das macht 110 Lire und 50 Centesimi. Falls Sie wirklich bis nach Wien fahren wollen?«

»Ja«, sagte ich.

»Dann verlasse ich Sie in Villach. Ich steige dort um in die Tauernbahn. Morgen früh gegen zehn Uhr sehe ich meine Kinder wieder.«

»Das ist schön!«

Er nahm Geld aus seiner Brieftasche. Er rechnete etwas auf einem Stück Papier aus.

Er sagte: »Das ist das Geld, das Tucci mir für Sie geschickt hat. Ich ziehe die 110 Lire ab.« Er nahm einen Hundert-Lire-Schein vom Stapel.

»Und nochmal zehn Lire. Und 50 Centesimi«, sagte er. Er schob das Geld über den Tisch zu mir. Ich rührte es nicht an. Ich blickte aus dem Fenster.

»Sie müssen dieses Geld annehmen«, sagte Pucher. Er runzelte die Stirn. »Schließlich schuldet die italienische Regierung Ihnen etwas als eine Art Entschädigung.«

»Na schön«, sagte ich und nahm das Geld. Ich zählte es nicht. Ich steckte es in meine Brieftasche. »Es ist mir egal, wo das Geld herkommt. Wir brauchen Geld.«

Pucher sah mich an. »Das ist die richtige Einstellung! Und wenn ich Ihnen einen Rat geben darf, bleiben Sie nicht zu lange in Österreich. Es ist nicht gut für Sie. Die wissen zu viel über Sie.«

»Das stimmt. Es ist nicht gut.«

»Besonders, wenn das Abkommen mit Hitler unterschrieben ist. Nur eine Frage von Tagen. Vielleicht morgen.«

»Morgen?«

»Erinnern Sie sich, als ich Ihnen zum ersten Mal davon erzählt habe? Sie wollten es mir damals nicht glauben«, sagte Pucher.

»Aber jetzt glaube ich Ihnen.«

»Sie verlassen also Österreich und Deutschland sobald Sie können?«

»Das wohl nicht.«

»Sie werden doch Ihren Buben besuchen, nicht wahr? Sie müssen sich nach Ihrem Buben sehnen, mein lieber, lieber Dr. Boldt!«

»Ich werde ihn bestimmt besuchen.«

Er gab mir die Hand. Ich drückte sie. Er trat zum Fenster und sah hinaus.

»Was haben Sie übrigens mit Ihrem Gepäck gemacht?«, fragte er.

»Ich habe es von Florenz nach Wien vorausschicken lassen.«

»Das ist gut. Also bleiben Sie trotz allem in Wien? Nicht zu lange! Sie müssen Ihr Gepäck sofort am Bahnhof abholen, sobald Sie ankommen. Sie müssen sehr vorsichtig sein.«

Ich antwortete nicht. Ich rauchte. Dann sagte ich. »Ich lasse mein Gepäck in Wien im Bahnhof verrotten. Meine Kleidung soll verschimmeln, meine Bücher sollen zerfallen und Rosikas Kleider verfaulen.«

»Was werden Sie tun?«

Ich stellte mich neben Pucher und sah aus dem Fenster. Der Bergwind wehte durch mein Haar. Puchers Gesicht wirkte wie das eines Mannes, der alle Sorgen Österreichs mit sich herumschleppt. Ich lächelte. Ich deutete auf den Fluss unten im Tal.

»Schauen Sie«, sagte ich. »Schauen Sie dort unten. Da liegen große Felsblöcke im Wasser. Das Wasser überspült sie und schiebt sie immer wieder ein kleines Stück weiter, aber sie zerbrechen nicht. Doch schließlich werden sie vom Wasser bewegt, das unentwegt von den Bergen herabströmt, und letztendlich trägt es die Steine, die Felsen und alles, was sich ihm in den Weg stellt, fort. Kraft, mein lieber Dr. Pucher, ich habe noch Kraft.«

»Tun Sie, was Sie tun müssen. Wenn Sie Geduld haben, werden Sie durchhalten. Aber vergessen Sie nicht:

Hinter diesen Leuten steht die gesamte Macht des Dritten Reichs. Haben sie Theodor Lessings Mörder erwischt? Oder die Mörder dieses tschechischen Ingenieurs Formis? Sagen Sie mir ... Auf wen haben Sie es abgesehen? Hesmert? Gatti?«

»Auf alle«, sagte ich. »Auf alle.«

Wir erreichten die Grenze. Ich hatte keine Probleme mit dem Zoll. Ich konnte ihnen eine offizielle Genehmigung der italienischen Devisenstelle zeigen, Geld mitzunehmen. Tucci hatte an alles gedacht.

Wir tranken Kaffee und Wermut am Imbissstand. »Der letzte Wermut für lange Zeit«, sagte Pucher. »Auch das kann ich überleben«, sagte ich. Er biss sich auf die Lippe. Er wurde immer traurig, wenn er glaubte, etwas Taktloses gesagt zu haben.

»Wann sind Sie wieder in Italien?«, fragte ich. Wir stiegen in den österreichischen Zug.

»Ende August, glaube ich.«

»Grüßen Sie Ihre Frau und Ihre Kinder von mir«, sagte ich. Ich zeichnete ein paar lustige Bilder für die Kinder auf eine unbenutzte Postkarte. Pucher stieg in Villach aus. Ich begleitete ihn auf den Bahnsteig. Ich wollte während des Halts Süßigkeiten für die Kinder kaufen. Pucher musste eine halbe Stunde auf seinen Anschlusszug warten.

»Auf Wiedersehen!«, sagte er. »Und liebe Grüße an Ihren Sohn. Er ist bestimmt schon ein erwachsener englischer Gentleman?«

»Das ist er wohl!«, sagte ich.

Ich hatte das Abteil für mich. Ich stieg in Klagenfurt aus. Dort wollte ich übernachten. Ich ging in ein Hotel auf der anderen Straßenseite. Ich bezahlte das Zimmer im Voraus. Mit so wenig Gepäck hätte es sonst einen schlechten Eindruck gemacht.

Ich ging die Hauptstraße von Klagenfurt entlang. In einem schönen Geschäft kaufte ich mit meinen Lire schwere Stiefel, eine Sporthose, einen Rucksack, ein Jackett, eine Golfjacke, drei kragenlose Hemden, eine Lederweste – aber das war schon zu viel. Die Stiefel waren aus schönem Leder und fest mit Nägeln beschlagen. Ich erregte großes Aufsehen auf der Straße, als ich mit ihnen in Klagenfurt auf und ab ging, auf und ab.

Sie betrogen mich ein wenig mit dem Wechselkurs.

Ich suchte nach einem Gasthaus. Ich aß Wildbret mit Preiselbeeren. Ich trank zwei große Gläser Bier und dann etwas Rotwein zum Kaiserschmarren. Der Rotwein schmeckte ein wenig sauer. Der Kaiserschmarren schmeckte genauso wie ich ihn aus meiner Kindheit in Erinnerung hatte.

Ich wollte meiner Mutter eine Zeile schreiben, ließ es aber sein. Ich schrieb auch nicht nach England. Momentan hatte ich mit England nichts zu tun. Ich würde nur das tun, was meine Genossen von mir verlangten. Vielleicht würden sie mich später nach England schicken. Dann würde ich vielleicht tatsächlich meinen Sohn besuchen.

Im Hotel in Klagenfurt schlief ich sehr gut. Der Page, der mich um neun Uhr weckte, trug eine grüne Schürze wie Peppino in Siena. Ich hatte Siena vergessen. Doch ich dachte an Rosika, an ihre Augen und Lippen, ihre langen Beine und schönen Arme, ihre schönen Brüste und Schultern; vor all den Ereignissen. Ich dachte an sie, während ich mich wusch, während ich mich ankleidete und während ich in den Zug stieg, und dann dachte ich nicht mehr an sie.

Ich verließ den Zug gegen drei Uhr nachmittags an einem kleinen Bahnhof im Mürztal. Ich ließ meinen Koffer zurück, mitsamt meinen schmutzigen Flanellhosen und meinem alten Jackett. Ich trug alles auf dem Rücken in meinem Rucksack.

Ich überquerte ein Kornfeld und erreichte ein Dorf. Ich suchte nach einem Laden, aber es gab nicht viel Auswahl. Klingeling machte die Tür des kleinen Ladens, als ich eintrat. Es roch nach Petroleum und Wurst. Ich kaufte eine deutsche Wurst und Brot, ein paar Konserven, Dörrzwetschken und zwei Tafeln Schokolade.

Ich bezahlte alles. »Sind Sie aus dem Ausland?«, fragte die alte Frau, die mich bediente. Sie trug ein Schultertuch.

»Ja«, sagte ich überaus höflich. Ich zählte das Geld. »Na ... na ... Was geschieht wohl mit Österreich? Öl ist schon wieder teurer. Haben Sie gehört, was Hitler gesagt hat?«

»Nein«, sagte ich. »Auf Wiedersehen.«

»Auf Wiedersehen«, sagte die Frau. Sie zählte immer noch das Geld, als ich den Laden verließ.

Ich schwitzte, bevor ich den Wald erreichte. Ich folgte der roten Markierung. Ich hatte es zuvor im großen Postamt am Marktplatz nachgeschlagen. In den Bergen verirrte ich mich nie. Ich konnte mich in jedem Land gut zurechtfinden. Ich wollte die Gleinalm überqueren und den Bezirk Köflach erreichen, wo es Kohlebergwerke und große Gießereien gab und wo ich Genossen finden konnte. In den Wäldern war es kühl. Zunächst gab es alle Arten von Bäumen, doch bald überwogen Fichten und Kiefern. Es ging steil bergauf. Ich hatte schöne Aussichten über die geraden und schmalen Waldwege, und ich ging vorbei an großen Bäumen, an einem Kruzifix, sammelte Erdbeeren und traf Holzfäller. Ich aß mein Brot, meine Wurst und meine Schokolade, während ich immer höher kletterte. Manchmal blickte ich hinunter ins Tal. Ich sah den Fluss unten im Tal und den Wald mit mir hinaufklettern, und ich übernachtete in einem winzigen Dorf, unweit des Passes.

Es war genauso wie ich es mir vorgestellt hatte. Ich ging auf rutschigen Tannennadeln. Ich hörte die Baumwipfel im Wind schwanken. Ich hörte das Wasser im Tal. Ich sah Adler oder Falken am Himmel. Ich sah höhere und weniger hohe Berge. Ich sah ein weiteres Tal.

Am Abend des zweiten Tages sah ich von einer Anhöhe, die ich eben erst erklommen hatte, ein rotes Glühen im Süden. Das waren zweifellos die Gießereien von Köflach und Voitsberg. Die rote Glut verschluckte all die Sterne, wenn man lange genug hinsah. Sie kroch über die Wipfel der Kiefern und färbte die Wolken. Zwischen ihnen und mir konnte nicht mehr als eine Kette aus Wäldern und Bergen liegen.

Ich dachte an Rosikas zerschlagenes Gesicht und wie sie gekreischt hatte, damals, am Ende. Wenn ich stillstand, war es sehr ruhig in dem Wald. Ich musste mich beeilen, denn es wurde schon dunkel. Ich war mir sicher, dass ich mich nicht verlaufen würde.

Gegen neun Uhr an jenem Abend erreichte ich ein größeres Dorf. Vor dem Gasthaus wartete ein Bus. Ich fragte den Fahrer, ob er am selben Abend zurück nach Köflach oder nach Oberndorf fahre.

»Nicht heute Abend. Aber früh am Morgen«, sagte der Mann. Er hatte ein sonnenverbranntes Gesicht. Er sprach sehr langsam.

»Wie geht es euch hier in der Gegend?«, fragte ich.

»Keine Beschwerden bislang«, sagte der Mann. Er wich meinem Blick aus.

»Wie geht's den Arbeitern in Köflach?«, fragte ich.

»Interessieren Sie sich für die Arbeiter?«, fragte er. Er sah mich sehr offen an.

»Ja«, sagte ich. Niemand war in der Nähe. Doch er zog mich am Ärmel. Er sagte: »Sie sollten hier nicht reden. Wir sprechen uns morgen.« Und er ging in das Gasthaus.

Ich betrat das Gasthaus. Ich setzte mich an einen Tisch. Ich bestellte Wildbret. Ich konnte meine Erinnerungen nicht abschütteln. Man hatte mich ein Leben lang gelehrt, sanft, fügsam, gütig und menschlich zu sein. Es war höchste Zeit, das alles zu vergessen.

Ich aß und trank und ging zu Bett. Morgen war auch noch ein Tag.

EDITORISCHE NOTIZ

Der Text folgt der US-amerikanischen Ausgabe von *Masquerade* (New York 1939). Wir haben uns für den Titel *Maskerade* entschieden, da er uns im Vergleich zu jenem der britischen Ausgabe (London 1939) offener erscheint. Der Titel *The Blond Spider*, »Die blonde Spinne«, ist mit seiner Tiermetapher und der Anspielung auf das Blond des »arischen« Deutschen greller.

Emendationen

Italienische Schreibweisen haben wir angepasst: »Duca dell' Aosta« zu »Duca d'Aosta«, »Casino delle Rose« zu »Casina delle Rose«, »à la Giudeaea« zu »alla Giudia«, »Palazzo di Diavoli« zu »Palazzo dei Diavoli«, »Ballila« zu »Balilla«, »San Onofrio« zu »Sant'Onofrio«.

Eingriffe

S. 15f.: Im Original: »[...] and this newcomer, Dr. Gerhart Hesmert from Flensburg in Schleswig. [/ 2 /] This Dr. Hesmert was certainly straight-forward.« Um die unschöne Wiederholung »this«/»this« zu vermeiden, entschieden wir uns für folgende Übersetzung: »[...] und der Neuankömmling, Dr. Gerhart Hesmert aus Flensburg in Schleswig. [/ 2 /] Dieser Dr. Hesmert war zweifellos sehr direkt.«

S. 25: Im Original: »I spat the stones back into the room.« Da kurz vorher die Rede davon ist, dass beide »unter dem Moskitonetz« liegen, kann Martin die Kirschkerne nicht auf den Boden spucken – daher Kürzung zu »Ich spuckte die Kerne aus.«

S. 35: Im Original: »We talked about it the whole afternoon«. Enrietta bringt den beiden Sirup und die Post, also ist es »fünf Uhr«, wie laut Erzähler immer bei dieser Gepflogenheit, dann schlafen die beiden miteinander – danach steht nicht mehr der »ganze Nachmittag« für das Gespräch im Bett zur Verfügung, daher: »Wir sprachen den Rest des Nachmittags darüber«.

KOMMENTAR

S. 6, Shakespeare: *Antonius und Kleopatra* In der New Yorker Ausgabe des Romans (*Masquerade*) steht fälschlicherweise, dass es sich hier um ein Zitat aus der zehnten Szene des dritten Akts von *Antonius und Kleopatra* handelt. Es ist die achte Szene, hier in der deutschen Übersetzung von Paul Hense 1867. In der Londoner Ausgabe (*The Blond Spider*) ist die Szenenangabe richtig.

S. 6, Für Hilde und Peter in Freundschaft Flesch widmete das Buch 1939 den Londoner Freunden Hilde Spiel und Peter de Mendelssohn. Die beiden Schriftsteller:innen Spiel und de Mendelssohn waren, frisch verheiratet, 1936 nach England emigriert. Spiel kehrte 1963 (ohne de Mendelssohn) nach Österreich zurück, 1972 heiratete sie Flesch-Brunningen.

S. 7, Corso d'Italia Der Corso d'Italia – nicht zu verwechseln mit der Via del Corso in der Altstadt – ist eine Straße entlang der Aurelianischen Mauer zwischen der Porta Pinciana und der Porta Pia. Stadtteil wird damit keiner bezeichnet. Pinciano und Salario sind die *quartiere*, durch die dieser Straßenzug führt.

S. 7, *Wiener Presse* Flesch wählte einen allgemeinen, fiktiven Zeitungsnamen für Martin Boldts Arbeitgeber, möglicherweise eine Anspielung auf die *Neue Freie Presse* (die allerdings nicht schon seit 1798 – dem später vom Ich-Erzähler genannten Gründungsdatum – existierte). Eine Zeitung dieses Namens bestand – lange vor der Zwischenkriegszeit – tatsächlich, die kurzlebige *Wiener Presse* (1882–1891) war ein liberales Wochenblatt.

S. 8, Via Vittorio Veneto Die bei der Porta Pinciana endende Straße ist vor allem in ihrem geschwungenen, ansteigenden Anfangsteil eine der vornehmsten Adressen in Rom. Sie wurde 1960 durch Fellinis Film *La Dolce Vita* berühmt.

S. 9, in den Park Villa Borghese: seit Anfang des 20. Jahrhunderts für die Öffentlichkeit zugängliche Parkanlage, benannt nach den Besitzungen der Familie Borghese

S. 9, *Cavalizza* Ital. la cavalizza: die Kavallerie; das von Flesch ange-
sprochene Reitgelände in der Villa Borghese hieß *Galloppatoio*.

S. 9, Casina delle Rose Die aus der Mitte des 18. Jahrhunderts
stammende Casina delle Rose (»Rosenhaus«) in der Villa Borghese diente verschiedenen Zwecken, ehe sie nach dem Ersten
Weltkrieg in ein Restaurant und Tanzlokal umgebaut wurde.
Heute ist hier die Casa del Cinema untergebracht.

S. 10, Als wir die *piazza* erreicht hatten Bei diesem Platz mit der
»schöne[n] Aussicht über die Piazza del Popolo« dürfte es sich
um die Terrazza del Pincio handeln.

S. 12, Eingang zu den Vatikanischen Sammlungen Das kleine
Wettrennen bis zum Eingang der Vatikanischen Museen (Musei
Vaticani) auf der Viale Vaticano führt genau genommen nicht
»rund um den Petersdom«, sondern entlang der Mauer rund
um die Vatikanstadt, vorbei an der von der Schweizergarde bewachten Porta Sant'Anna.

S. 12, Direktor des Deutschen Archäologischen Instituts Das
Deutsche Archäologische Institut ist eine in verschiedenen Län-
dern aktive wissenschaftliche Forschungseinrichtung, heute
Teil des Auswärtigen Amts. Das Institut wurde 1829 gegründete.
Die Abteilung in Rom, beheimatet im noblen Stadtviertel Ludo-
visi, ist daher auch die älteste.

S. 13, *Corriere della Sera* 1876 gegründete Mailänder Tageszeitung,
seit der Zwischenkriegszeit bis heute ein italienisches »Leitmedium«

S. 13, im Hof des Apollo di Belvedere Der im sogenannten Statuen-
hof des vatikanischen Belvedere aufgestellte Apollo gilt als eines
der herausragenden Beispiele antiker Bildhauerkunst. Es handelt
sich um eine römische Kopie einer griechischen Bronzestatue.

S. 14, Dolman Die Bezeichnung Dolman kann eine Männerjacke der
ungarischen Nationaltracht (bzw. die Uniformjacke der Husaren in der k.u.k.-Armee) meinen. Flesch bezieht sich aber auf
jene aus dem Türkischen kommende Wortbedeutung, die einen
Überwurf bezeichnet.

S. 16, Piazza Rusticucci Heute existiert dieser Platz in unmittelbarer Nähe des Petersplatzes nicht mehr – er fiel dem unter Mussolini 1936 geplanten und von 1939 bis 1950 durchgeführten Bau der Prachtstraße Via della Conciliazione zwischen Engelsburg und Petersplatz zum Opfer. Eine kurze Seitenstraße, die Via Rusticucci, trägt noch den sich von einem Kardinal des 16. Jahrhunderts ableitenden Namen.

S. 16, Sirupe, *sciroppi* **genannt** Ital. il sciroppo: der Sirup

S. 16, *orzata* Ital. l'orzata: der Mandelsirup, die Mandelmilch

S. 17, *Americano* Aperitif-Cocktail aus Campari, rotem Wermut, Sodawasser und Eiswürfeln. Diese Zutaten waren ursprünglich variabler: In dem Buch *Il vermouth di Torino* aus dem Jahr 1907 etwa besteht der Americano allgemein aus Wermut und einem Amaro (Bitterlikör), der Name bezöge sich auf den in den USA üblichen Brauch, diese Zutaten zu »einem Getränk namens ›Cocktail‹ zu mischen.« (vgl. Strucchi 1907, 93)

S. 17, Stadtteil San Carlo al Corso Die Barockkirche Santi Ambrogio e Carlo an der Via del Corso wird auch San Carlo al Corso genannt. Der Altstadtteil (rione), in dem sich die Kirche befindet, heißt Campo Marzo.

S. 17, der Ungarischen Partei Welcher Partei Rosika 1919 beigetreten sein soll, bleibt mit dieser allgemein gehaltenen Bezeichnung offen. (Eine »Ungarische Partei« – ohne Namenszusätze – gab es im rumänischen Siebenbürgen ab 1922.)

S. 18, Multimillionär Gould Boldts Anekdote zur Erfindung des Aperitifs ist frei erfunden, es finden sich dazu keine Belege. Mit dem Multimillionär Gould ist Frank Jay Gould (1877–1956) gemeint, der das Erbe seines Vaters, eines Eisenbahnunternehmers, in Transport- und Energieunternehmen investierte. Vor dem Ersten Weltkrieg übersiedelte Gould nach Frankreich, wo er mehrere Casinos errichtete.

S. 18, *djere ide* Ungar.: komm her

S. 18, Makkaroni Ital. maccheroni: Röhrennudeln, länger und schmäler als Penne. Es bleibt unklar, ob Flesch den Begriff hier als früher übliche Sammelbezeichnung für alle dünnen, länglichen Nudeln verwendet. Einmal schreibt er allerdings auch von Spaghetti.

S. 19, Faschistischen Luftfahrtsministerium Das Commissariato generale per l'Aeronautica wurde 1925 in Ministeriumsrang erhoben (Ministero dell'aeronautica). Es war also von Beginn an Teil der faschistischen Regierung Mussolinis und trug »faschistisch« nicht als Teil der Bezeichnung.

S. 19, Kaiser Vespasian Das markante Aussehen Kaiser Vespasians ist in mehreren Büsten und auf Münzen überliefert: breites Gesicht, hohe Stirne, große Nase, Halbglatze. Die bekannteste Büste steht in den Vatikanischen Museen.

S. 19, *pastasciutta* für vier, mit *alici* Ital. pastasciutta: trockene Nudeln; wie Makkaroni früher ein Sammelbegriff für gekochte, abgetropfte Nudeln; ital. alici: Sardellen

S. 19, Venus Vulgaviva »Vulgaviva« ist eine Variation des gebräuchlicheren Beinamens »Vulgivaga« (die Umherschweifende) für die sinnliche Venus – oft umschreibend verwendet für Prostitution. Boldts Aussage, der Papst und Mussolini hätten die Prostitution verboten, entspricht nicht den historischen Tatsachen. Das faschistische Regime ging allerdings rigoros gegen Straßenprostitution vor, ab 1926 machte sich bereits strafbar, wer sich an öffentlichen Orten »in provokanter Art und Weise aufhielt« (vgl. König 2006, 91). Daneben gab es Bordelle (case di tolleranza), Zuhälterei war nicht explizit verboten. »1934 folgte ein Gesetz, welches die Gesundheitsbehörden berechtigte, Arbeitskräfte zur medizinischen Untersuchung zu verpflichten, wenn der Verdacht bestand, dass sie mit einer Geschlechtskrankheit infiziert waren und diese an ihrer Arbeitsstelle verbreiteten« (König 2016, 91).

S. 19, Mausi »Little Mouse«, wie es im Original heißt, dürfte nicht zu den zeitgenössischen Spitznamen Mussolinis gezählt haben. Jedenfalls taucht »topo« (Maus) oder »topolino« (Mäuschen) nicht in Menarinis zeitgenössischer Untersuchung zu den populären Spitznamen Mussolinis und Hitlers (*soprannomi popolari di Mussolini e Hitler*) auf (vgl. Menarini 1947, 84–100).

S. 26, Schloss Ottenschlag in Oberösterreich Es gibt ein Renaissanceschloss im niederösterreichischen Ort Ottenschlag im Waldviertel. Flesch wählte aber offensichtlich den Ortsnamen willkürlich und lokalisiert das Schloss von Boldts Vater am Ufer der Donau in Oberösterreich.

S. 29, die Rachefurie »Rachefurie« (»Avenging Fury«) ist im Grunde eine Tautologie, weil Furien die Rachegöttinnen in der römischen Mythologie sind.

S. 31, die Republik Österreich von Schuschniggs Gnaden Für die hier als »Republik« bezeichnete Staatsform nach dem Ende der Ersten Republik durch die Ausschaltung des Parlaments im März 1933 gibt es unterschiedliche Bezeichnungen: Vieles spricht für die Bezeichnung ›Austrofaschismus‹ – wenn auch das genaue »Ausmaß« der »Faschisierung« des Systems umstritten ist; gebräuchlich ist auch ›Ständestaat‹ oder ›austrofaschistischer Ständestaat‹, neuerdings auch ›Dollfuß-Schuschnigg-Regime‹ (zur Begriffsdiskussion vgl. u.a. »Die Diktatur der vielen Namen« im »Haus der Geschichte Österreich«, https://hdgoe.at/diktatur_der_vielen_namen).

S. 31, »Wir sind deutscher als die Deutschen« Das Zitat eines »bedeutende[n] Österreicher[s]« ist in dieser Allgemeinheit nicht zu eruieren. Die ideologische Ausrichtung des austrofaschistischen Regimes zielte auf ein Deutschtum auf Basis eines katholischen Ständestaats. Damit sollten die Österreicher schließlich die besseren Deutschen sein – Dollfuß wurde als »wahrer deutscher Mann« zelebriert (vgl. Dreidemy 2014, 115f).

S. 31, 500 öS Flesch schreibt »Austr. Sh. 500«. Boldts Honorar 1936 entspricht einem heutigen Gegenwert von EUR 2070 (Berechnung mit dem Online-Währungsrechner der Österreichischen Nationalbank, www.eurologisch.at, Stand Oktober 2022).

S. 33, m.p. lat. manu propria: eigenhändig

S. 34, Surrey Grafschaft im Süden Englands, unmittelbar an Greater London anschließend

S. 37, Königlichen Münzamt Flesch meint damit wahrscheinlich die monumentale Staatsdruckerei (mit inkludiertem Münzamt), die ab 1928 im ehemaligen Rechnungshof an der Piazza Giuseppe Verdi untergebracht war. Ein eigenes Gebäude für das »Königliche Münzamt« hatte es bis dahin im Esquilin-Viertel gegeben – was aber nicht zum Weg von Rosika und Martin passt.

S. 38, Bildungsminister in den frühen Tagen des Faschismus Möglicherweise spielt Flesch hier auf Alessandro Casati (1881–1955) an, der 1924/25 Bildungsminister (Ministro della pubblica istruzione) war, sich 1925 aus der Politik (und vom Faschismus) zurückzog.

S. 38, Abessinien Abessinien war eine ostafrikanische Monarchie auf dem Gebiet des heutigen Äthiopien und Eritrea. Teile von Eritrea waren ab 1890 italienische Kolonie – von dort aus begannen italienische Truppen 1935 den Abessinien-Krieg und eroberten bis 1936 unter Einsatz von Massenvernichtungswaffen und mit Unterstützung der Luftwaffe das Königreich, das nun ein Teil der neu gebildeten Kolonie »Italienisch-Ostafrika« wurde.

S. 38, Schwalbach war auch da, ein Wiener Dichter und Dramatiker Es ist nicht unwahrscheinlich, dass Flesch hier satirisch auf einen realen, »ziemlich berühmte[n] Dichter« aus Wien anspielt. Eine Entschlüsselung gelang nicht. Vielleicht dachte er an den heute vergessenen Georg Reik, einem Wiener »Schriftsteller von geheimen Graden« (Flesch-Brunningen 1988, 45), den er laut seiner Autobiographie während jenes Aufenthalts in Siena getroffen hat, der einige Parallelen zur Romanhandlung aufweist. Reik war allerdings nicht berühmt.

S. 38, Gonokokkus-Kultur Gonokokkus: Bakterie, die als Erreger von Tripper gilt

S. 39, ein freundschaftliches Abkommen mit Hitler Das sogenannte Juli-Abkommen 1936 war eine Annäherung zwischen dem Deutschen Reich und Österreich. Die »Tausend-Mark-Sperre«

zwischen den beiden Ländern wurde aufgehoben; die NSDAP blieb zwar in Österreich weiterhin verboten, Lockerungen durch das Abkommen führten jedoch zur Unterwanderung von politischen Strukturen; verhaftete Nationalsozialisten wurden amnestiert; es erfolgte eine Angleichung an die deutsche Außenpolitik; und zwei »Vertrauenspersonen« der NSDAP wurden in die Regierung aufgenommen.

S. 41, *Ôte-toi que je me mette?* Franz.: aus dem Weg, damit ich (deinen) Platz einnehmen kann

S. 42, *Giovinezza* Ital. la giovinezza: die Jugend. *Giovinezza* war die Hymne der italienischen Faschisten, 1910 von Giuseppe Blanc komponiert und von Salvatore Gotta mit einschlägigem Text versehen – Refrain: »Jugend, Jugend, [/] Frühling der Schönheit, [/] Vom Leben in Härte [/] Kündet dein weithin schallender Gesang!«

S. 42, **Verstragödie *Dubarry*** Möglicherweise spielt Flesch – als Insider-Joke – mit diesem Titel in satirischer Absicht auf die Operette *Die Dubarry* von Carl Millöcker an (Uraufführung 1879, Neufassung 1931). Die Handlung spielt allerdings rund dreißig Jahre vor der französischen Revolution.

S. 43, *Die Amazone* Flesch baut hier einen expliziten autobiographischen Verweis ein: Eine Übersetzung seines Revolutionsromans *Die Amazone*, 1930 in Berlin erschienen, wurde unter dem Titel *A Mistress of the Terror* 1931 in London publiziert (diesen Titel verwendet Boldt auch im englischen Original). Der Roman erschien unter der Autorangabe »Hans Flesch« bei Jonathan Cape, dem Verlag, der 1939 *The Blond Spider* herausbrachte.

S. 43, *Pester Lloyd* Deutschsprachige Tageszeitung in Budapest (1854–1945)

S. 48, *Sul mare lucido* Flesch meint hier das neapolitanische Lied *Santa Lucia*, das seit Mitte des 19. Jahrhunderts belegt ist: »Sul mare luccica l'astro d'argento; [/] placida è l'onda, prospero il vento. [/] Venite all'agile barchetta mia! [/] Santa Lucia, Santa Lucia!« (»Auf dem Meer glitzert das Silbergestirn; [/] die See ist ruhig, der Wind günstig. [/] Kommt auf mein wendiges Boot! [/] Santa Lucia, Santa Lucia!«) Das Lied erfreute sich großer Popularität, auch weil es Stars wie Enrico Caruso (und später Elvis Presley) in ihr Repertoire aufnahmen.

S. 48, *Haec est Italia diis sacra!* Lat.: Das ist Italien, den Göttern heilig! Ein Zitat aus Plinius des Älteren *Naturalis historia.* Im deutschsprachigen Raum wurde es nicht zuletzt durch Jacob Burckhardt bekannt, der es seinem Bestseller *Der Cicerone. Eine Anleitung zum Genuß der Kunstwerke Italiens* (1855) als Motto voranstellte.

S. 49, *stabilimento* Badeanstalt

S. 53, *Birra Spiess* *Birra Spiess*: Brauerei in Rimini, ein Auslandsengagement der im schweizerischen Luzern beheimateten Brauerei Spiess, die unter diesem Namen 1899–1922 existierte. Die Brauerei in Rimini bestand bis 1918. Warum Flesch diesen Firmennamen verwendet, bleibt unklar.

S. 59, *alla Giudia* *Carciofi alla Guidia* sind »auf jüdische Art« zubereitete Artischocken, »giudìo« bedeutet Jude im römischen Dialekt. Warum Flesch hier »geröstete Brotrinden« (»roasted breadcrusts« – vielleicht meint er Brösel?) dabeihaben möchte, ist unklar. Diese sind im Rezept, für das man nur Olivenöl benötigt, nicht vorgesehen.

S. 59, Marlene Dietrich in Seidenstrümpfen Es dürfte sich um ein Plakat zum Film *Der blaue Engel* (1930) handeln, mit dem die Dietrich berühmt wurde. Am bekanntesten ist das Lied *Ich bin von Kopf bis Fuß auf Liebe eingestellt*, das die Schauspielerin im Film als Tingeltangel-Sängerin in schwarzen Strümpfen und Corsage singt.

S. 59, *cipria si-vi-emme* Ital. cipria: Puder; »Gi. Vi. Emme« war eine Mailänder Parfümmarke, die nach den Initialen ihres Gründers Giuseppe Visconti di Modrone (1879–1941), Vater des Regisseurs Luchino Visconti, benannt wurde. Die »Werbung für eine bekannte Kosmetikfirma« könnte ein (antiquarisch noch erhältliches) Plakat mit dem Schriftzug »Ciprie« sein, auf dem ein nacktes Mädchen abgebildet ist, das, auf einem Wattebausch (oder einer Puderquaste) sitzend, über eine glitzernde Flüssigkeit gleitet.

S. 60, **Denn wovon das Auge überfließt, davon spricht der Mund.** Variation von Matthäus 12,34: »Denn wovon das Herz überfließt, davon spricht der Mund.« (Einheitsübersetzung)

S. 61, **Giro d'Italia** Das Rad-Etappenrennen wird seit 1909 ausgetragen. Die Ausgabe 1936 fand vom 16. Mai bis 7. Juni statt.

S. 61, **Märchen mit den Menschenfressern** Möglicherweise rekurriert hier Flesch auf Grimms bekanntestes Märchen, *Hänsel und Gretel*, in dem die Hexe im Wald als Menschenfresserin dargestellt wird.

S. 61, **»Duzen wir uns doch!«** Auch wenn das nach dem englischen Original nicht völlig eindeutig nachvollziehbar ist, duzen sie sich offensichtlich nur in dieser kurzen Episode, trotzdem sie sich später gelegentlich mit Vornamen anreden.

S. 66, **sowjetischen Zeitschrift *Das Wort*** Die deutschsprachige »literarische Monatsschrift« *Das Wort* wurde 1935 auf dem ersten »Internationalen Schriftstellerkongress zur Verteidigung der Kultur« angeregt und erschien ab Juli 1936 bis März 1939 in Moskau. Herausgeber waren unter anderem Bertolt Brecht und Lion Feuchtwanger.

S. 71, **Palio-Fest in Siena** Palio: auf der zentralen Piazza del Campo in Siena ausgetragenes Pferderennen, das eine Reinszenierung mittelalterlicher Traditionen und Kostüme darstellt; seit dem 17. Jahrhundert regelmäßig veranstaltet, seit dem Beginn des 19. Jahrhunderts an zwei Terminen (2. Juli und 16. August) ausgetragen. 1935 bestätigte Mussolini auf Ersuchen des Sieneser Bürgermeisters, dass nur Siena sein Pferderennen »Palio« nennen darf (vgl. Warner 2004, 86).

S. 71, **die Femegerichte von 1924** »Feme« und »Femegericht« waren Begriffe, die rechtsextreme Untergrundbewegungen in den Anfangsjahren der Weimarer Republik für ihre Ermordung von »Verrätern« verwendeten. Durch den Versailler Friedensvertrag war die Ausrüstung des Heeres limitiert worden. Paramilitärische Formationen im Untergrund legten Waffendepots an und töten all jene, die diese (und andere) Geheimnisse zu verraten drohten. Die Reichswehr unterstützte diese klandestinen Formationen militärisch. Mit der Rolle Martin Boldts als »Aufdecker« der »Fememorde« spielt Flesch möglicherweise auf den Journalisten Carl Mertens (1902–1932) an, der 1925 in der Zeitschrift *Die Weltbühne* auf diese Untergrundtätigkeiten hinwies.

S. 73, Bowler in Großbritannien Bezeichnung für Melone, benannt nach den Londoner Hutmachern Thomas und William Bowler, die Mitte des 19. Jahrhunderts ein erstes Modell kreierten

S. 77, *Bozener Tageszeitung* Eine Zeitung mit dem Namen *Bozener Tageszeitung* gab es 1936 nicht, die *Bozner Nachrichten* bestanden 1894–1925.

S. 79, Kraus in Wien Karl Kraus starb am 12. Juni 1936, genau in jenen Wochen, in denen *Maskerade* spielt.

S. 85, Strasser Otto Strasser (1897–1974) war ein deutscher Nationalsozialist der ersten Stunde, der für einen antikapitalistischen, sozialrevolutionären, zugleich strikt antimarxistischen Kurs eintrat. Er gründete die »Kampfgemeinschaft Revolutionärer Nationalsozialisten«, 1931 die »Schwarze Front«, einen »Kampfbund«. 1933 wurde die »Schwarze Front« verboten, Strasser ging ins Exil in die Tschechoslowakei. Dort organisierte er die »Schwarze Front« weiter, gab Publikationen heraus und betrieb einen Untergrundsender. (Die Ermordung Rudolf Formis', des verantwortlichen Technikers, erwähnt Flesch im Fortgang des Romans.)

S. 86, Monte Mario Der im Nordwesten der Stadt gelegene Monte Mario (139 m) ist der höchste Hügel Roms.

S. 86, Foro Mussolini Das nach der faschistischen Ära in *Foro Italico* umbenannte Gelände wurde in seiner ersten Ausbaustufe von Mussolini 1932, zum zehnten Jahrestag des »Marsches auf Rom«, eröffnet. Neben dem »Mussolini-Obelisk« und dem »Palazzo dell'Accademia Fascista« (heute *Palazzo H*, Sitz des Italienischen Olympischen Komitees) war das vor allem das *Stadio dei*

Marmi, eine römischen Stadien nachempfundene Sportstätte, die von 59 monumentalen Marmorstatuen, die Provinzen des Landes repräsentierend, gesäumt wird. Bis heute sind an Böden und am Obelisk »Duce«-Inschriften zu finden.

S. 91, *O Sole Mio* 1898 vom napoletanischen Musiker Eduardo di Capua komponiertes Lied

S. 91, *Broadway Baby* Flesch meint vielleicht das Lied *Lullaby of Broadway* aus dem Musikfilm *Gold Diggers of 1935.*

S. 91, *Red Sails in the Sunset* 1935 veröffentlichtes Lied von Hugh Williams nach einem Text von Jimmy Kennedy, Bing Crosbys Version war 1935 eine von acht auf Platte aufgenommene.

S. 93, *Faute de mieux on danse avec son man* Franz.: Wenn sich nichts Besseres ergibt, tanzt man mit seinem Mann.

S. 110, vom Dom hinauf zur Burg Flesch beschreibt in dieser Passage einige der Sehenswürdigkeiten Spoletos recht realitätsnah: Dom, Burg, die »Brücke aus der Römerzeit«, an ein Aquädukt erinnernd, stammt allerdings aus dem Mittelalter (dass sie von den Langobarden – die in Spoleto vom 6. bis zum 8. Jahrhundert ein Fürstentum errichtet hatten – erbaut wurde, wie Hesmert später behauptet, ist unwahrscheinlich). Bei der Kirche mit den »normannischen Reliefs« handelt es sich um San Pietro fuori le mura – die Reliefs wären mit »romanisch« zutreffender bezeichnet.

S. 114, das riesige, elektrisch beleuchtete Kreuz Das gut zwanzig Meter hohe, nächtens illuminierte Metallkreuz steht bis heute auf dem südlich von Spoleto gelegenen Bergrücken Monteluco (780 m).

S. 117, Diese Ortschaft habe alte Wehranlagen und Triumphbögen Die erwähnte Ortschaft ist als Spello kenntlich. Die Stadtmauer aus der Römerzeit ist zum Teil noch vorhanden, an der Porta Consolare sind antike Statuen angebracht. Es gibt zwei antike Bögen in der Stadt, bei denen es sich allerdings nicht um »Triumphbögen«, sondern um Reste von Stadttoren handelt; auch eine Burgruine gibt es in Spello.

S. 123, Balilla 1926 gegründete, uniformierte faschistische Jugendorganisation, benannt nach einem genuesischen Volkshelden des 18. Jahrhunderts

S. 128, die *Fiesta* Flesch schreibt durchgehend spanisch »fiesta«, im Italienischen würde man von einer *festa* sprechen. Hier dürfte ein Echo Hemingways durchklingen. Hemingways *Fiesta* erschien 1927 im selben Londoner Verlag (Cape) wie Fleschs *The Blond Spider* (britischer Titel von *Masquerade*).

S. 132, die große Kathedrale im Tal Die barocke Basilika Santa Maria degli Angeli wurde um die Sterbekapelle des hl. Franz von Assisi herum gebaut.

S. 132, ein antiker Tempel Die Kirche Santa Maria sopra Minerva in Assisi wurde an der Stelle eines antiken Minverva-Tempels errichtet, Fassade und Vorhalle des Tempels aus dem 1. Jahrhundert blieben erhalten. Goethe interessiert sich auf seiner *Italienischen Reise* nicht für den heiligen Franz, sondern nur für »das erste vollständige Denkmal der alten Zeit, das ich erblickte«: »Was sich durch die Beschauung dieses Werks in mir entwickelt, ist nicht auszusprechen und wird ewige Früchte bringen.« (Goethe 1981, 118).

S. 133, hinter der »Alten Kirche« Es bleibt unklar, ob Flesch damit eine konkrete Kirche (und wenn ja: welche) gemeint haben könnte.

S. 136, Faschismuszentrum Der Ruf Perugias, »eine Art Faschismuszentrum« zu sein, rührt von den frühen Erfolgen der faschistischen Bewegung nach dem Ersten Weltkrieg in der Region her. Für das Jahr 1922, als Mussolini an die Macht kam, kann man bereits von einer faschistischen Hegemonie in der Region sprechen. Die Stadt war zudem das »Hauptquartier« der Organisation des »Marsches auf Rom« (vgl. Varasano 2007, 129). Perugia erhielt in faschistischer Ära den Beinamen »capitale della rivoluzione«. 1927 rief man an der Universität Perugia eine Facoltà Fascista di Scienze Politiche (Faschistische Fakultät für Politikwissenschaften) ins Leben – mit der klaren Absicht, damit eine Ausbildungsstätte für die zukünftige faschistische Regierungs- und Verwaltungselite zu schaffen.

S. 140, berühmten Schokoladenmanufaktur Vielleicht spielt Flesch hier auf die seit den 1910er Jahren bestehende Pasticceria Nannini an.

S. 147, *City Streets* US-amerikanischer Film noir (1931, R: Rouben Mamoulian, D: Gary Cooper, Sylvia Sidney), nach einem Kriminalroman von Dashiell Hammett

S. 154, *dopolavoro*-Reise Ital. dopolavoro: nach der Arbeit. Die Opera Nazionale Dopolavoro war eine faschistische Freizeitorganisation.

S. 155, *Tomba della Harpa* Rund um Chiusi bestehen rund zwanzig etruskische Gräber mit Fresken. Der Name *Tomba della Harpa* (»Grab der Harfe«) ist eine Erfindung Fleschs, es gibt auch kein Grab mit freskierten erotischen Motiven wie etwa in den Nekropolen bei Tarquinia.

S. 156, »Heirate, o Mann, und platze vor Lachen!« Ein »altes deutsches Sprichwort«, das dem von Flesch im Original mit »Marry, O man, and you'll burst with laughter!« bezeichneten Redewendung entspricht, konte nicht eruiert werden.

S. 158, *tombola* Der für den Palio wichtige Losentscheid, bei der zwei als Pagen verkleidete Kinder die Zuordnungen zwischen den Pferden und den zehn ausgewählten Contraden aus zwei Urnen auslosen, kann hier nicht gemeint sein. Denn die sogenannte *tratta* findet am Vormittag drei Tage vor dem Rennen statt. Es könnte sich um eine außerordentliche Tombola (»Zweihundert Nummern«, »vierzehn verschiedene Preise«), etwa für einen guten Zweck, handeln.

S. 163, *graffitos* Der berühmte Fußboden im Sieneser Dom wurde nicht in Graffito-Technik ausgeführt, sondern mit Marmorintarsien.

S. 164, Die verschiedenen Stadtteile Die 17 historischen Stadtteile (Contraden) Sienas sind außer den von Flesch genannten: Drache, Stachelschwein, Turm, Schnecke, Giraffe, Einhorn, Wald, Gans, Raupe, Muschel.

S. 164, Der eigentliche Palio Die Standarte, der *palio* oder *drappellone*, ist das Siegeszeichen und wird für jedes Rennen neu angefertigt. Die Größe und das Zeichenrepertoire sind vorgegeben, aber die Ausgestaltung erfolgt individuell. Sieht man sich die *palii* der 1930er Jahre an, gibt es immer wieder welche, die mit einer »Madonna ohne Arme«, also einer gemalten Büste, versehen sind – die meisten sind jedoch mit einer ganzen Madonnenfigur bemalt. Es ist vorstellbar, dass Flesch beim Schreiben eine Abbildung des Palios vom Juni 1936 vorlag: Die mit einer »Madonna ohne Arme« versehene Standarte weist faschistische Zeichen auf, etwa einen Adler (schreibt Flesch deshalb, die Contrada *aquila*, Adler, habe gewonnen?), und zeigt zudem »Italienisch Ost-Afrika« (*Africa Orientale Italiana*), das im Juni 1936 durch den faschistischen Absessinien-Krieg entstandene neue Kolonialreich. Oft wird der Palio mit einer Widmung versehen: Im Juli 2011 etwa dem 150. Jahrestag der Vereinigung Italiens, im Juli 1936 dem *Impero*, dem faschistischen »Reich« (vgl. Papei o.J.).

S. 165, siebzehn Lire und sechzig Centesimi Wie Flesch auf diese Angabe kommt, bleibt unklar. Im Artikel 95 des *Regolamento* zum Palio steht, dass zusätzlich zur Standarte der Sieger des Juli-Palios siebzig, der Sieger des August-Palios fünfzig Silbermünzen erhält, wobei es sich um Münzen der Republik Siena (1125–1555) handelt (vgl. Commune di Siena 2019, 41).

S. 166, Stetson Ein »Stetson« ist ein Hut nach Art der Cowboys. Benannt nach der von John Stetson in den 1860er Jahren gegründeten Hutmanufaktur in Missouri.

S. 167, Palazzo dei Diavoli Richard Wagner unternahm 1880 eine zehnmonatige Reise durch Italien. In Siena blieb er mit Familie ab Ende August bis Anfang Oktober, Franz Liszt und der Pianist Joseph Rubinstein kamen auf Besuch. Wagner sei vom Inneren des Sieneser Doms »zu Tränen hingerissen« gewesen, wie Cosima in ihr Tagebuch schreibt, »der größte Eindruck, der er gehabt von einem Gebäude«, er habe den Wunsch geäußert, das Vorspiel zu *Parsifal* unter der Kuppel zu hören (zit.

n. Harbusch 1996, 133). Wohnort der Familie Wagner war allerdings nicht der Palazzo dei Diavoli, sondern die Villa Torre Fiorentina der Familie Sergardi-Biringucci, ein Gebäude mit großem Park aus dem 17. Jahrhundert (Via Fiorentina, 45; Gedenktafel). Der Palazzo dei Diavoli befindet sich ebenfalls auf der Via Fiorentina, ca. 700 Meter von der Torre Fiorentina stadteinwärts entfernt.

S. 169, Duccio di Buoninsegna Duccio di Buoninsegna (um 1255–1318/1319), Maler, Vertreter der Sienesischen Schule, die byzantinische Einflüsse mit gotischem Stil verband. Als Buoninsegnas Hauptwerk gilt seine 1311 fertiggestellte *Maestà* für den Hochaltar des Sieneser Doms. Das Gemälde der thronenden Gottesmutter mit Engelschar und Heiligen befindet sich seit langem nicht mehr im Dom selbst, sondern im Museo dell'Opera della Metropolitana, dem Dommuseum.

S. 170, *Diamo! Bravo! Bravissimo! Avanti!* Ital.: Los! [»Diamo« = andiamo] Bravo! Sehr gut! Vorwärts!

S. 170, *Avanti! Evviva la bambina! Fa presto! Avanti!* Ital.: Vorwärts! Es lebe das Mädchen! Mach schnell! Vorwärts!

S. 171, Sant'Onofrio Es gibt in Sienas Altstadt eine Kapelle namens Oratorio di Sant'Anna in Sant'Onofrio, aber es gibt kein Kloster dieses Namens außerhalb der Stadt.

S. 191, Duca d'Aosta Nach dem Tod seines Vaters Emanuel Philibert, der als General die in den Isonzoschlachten eingesetzte Dritte Armee befehligte, übernahm 1931 sein Sohn Amedeo von Savoyen-Aosta (1898–1942) den Titel des Herzogs von Aosta (Duca d'Aosta). Amedeo war allerdings nicht »ein Onkel« des um 29 Jahre älteren Königs Viktor Emanuel III. Flesch überlagert hier offensichtlich sehr frei historische Elemente: Amedeo wurde 1936 Generalgouverneur des annektierten Äthiopiens, der Hinweis auf die »gewisse Rolle«, die der Duca d'Aosta im Krieg gespielt hat, scheint wiederum auf seinen Vater Emanuel Philibert, einem Cousin des Königs, hinzuweisen.

S. 192, *Marcia Reale* Ital.: königlicher Marsch; Hymne 1861–1943, komponiert von einem Militärkapellmeister; ab 1922 folgte auf die *Marcia Reale* stets die faschistische Hymne *Giovinezza*.

S. 192, Donna Rachele Rachele Mussolini (1890–1979), seit 1915 mit Benito Mussolini verheiratet; die Ehefrau wurde als vorbildliche Mutter (fünf Kinder) und Hausfrau präsentiert; der »Duce« hatte zahlreiche Affären, 1945 wurde er mit seiner damaligen Geliebten von Partisanen hingerichtet.

S. 197, Der »Adler« hatte gewonnen. Das reale Rennen am 2. Juli 1936 gewann die *Giraffa*.

S. 198, Sant'Onofrio San Giovanni ai Tredicini (auch: Oratorio di San Giovanni Battista) ist die Kirche der Contrada *Aquila*.

S. 205, *Permesso di Soggiorno* Ital.: Aufenthaltsgenehmigung

S. 215, *Lizza* Die *Lizza* meint nicht die »alte Stadtmauer« Sienas, wie Flesch schreibt, sondern bezieht sich der Wortbedeutung nach auf den Turnierplatz vor der mediceischen Festung, der zu einem Stadtpark umgestaltet wurde (wenig später wird der Ich-Erzähler vom Hotelzimmer aus die Bäume an der *Lizza* zählen).

S. 216, *zabaglione* Weinschaumcreme

S. 217, Autofabrik Es gab tatsächlich für sehr kurze Zeit (1906–1908) eine Produktionsstätte für Automobile in Siena (»F.A.S.T. Fabbrica Automobili Siena-Toscana«, vgl. Ginori Lisci 1976, 34). Dass Flesch dieses (vor Ort?) erlangte Spezialwissen in die Gegenwart des Erzählers (1936) holen wollte, ist allerdings unwahrscheinlich, zumal diese »Autofabrik« niemals produzierte.

S. 217, Bilder von Syrakus und Rom, Neapel und Capri In der Ortsliste, der Ansammlung von Hoteletiketten, kann man einen autobiographischen Verweis auf Fleschs Aufenthalte in Italien sehen. Über Rom, Neapel und Capri schreibt er ausführlich in seinen Memoiren (vgl. Flesch-Brunningen 1988).

S. 219, Ramona *Ramona* ist ein Walzer der amerikanischen Komponistin Mabel Wayne, den sie 1928 als Titellied für den gleichnamigen Stummfilm schrieb.

S. 219, Der »Flüsternde Bariton« Der US-amerikanische Sänger
und Pianist Jack Smith (1896–1950) wurde in den 1920er Jahren als »flüsternder Bariton« bekannt. Der Schlager *When Day is
Done* beruht auf dem Lied *Madonna, du bist schöner als der Sonnen-
schein*, das der Wiener Komponist Robert Katscher (1894–1942)
1924 für eine Revue schrieb. 1927 wurde das Lied mit engli-
schem Text in einer US-amerikanischen Schallplatteneinspie-
lung ein Hit und löste einen Boom an »Sweet Music« aus. Jack
Smith spielte den Song 1928 ein. Von Smith gibt es auch eine
Einspielung von *Ramona*.

S. 230, *Œuvre*, Madame Tabouis' Zeitung Geneviève Tabouis
(1892–1985), französische Journalistin, ab 1929 Auslandsredak-
teurin der Tageszeitung *L'Œuvre*. Die Zeitung bestand 1904–
1946 und war politisch explizit sozialistisch und pazifistisch
ausgerichtet.

S. 242, Theodor Lessings Mörder Theodor Lessing (1872–1933),
deutscher Philosoph und Schriftsteller, floh im März 1933 in die
Tschechoslowakei und wurde im August 1933 in Marienbad von
Nationalsozialisten ermordet. Die Täter flohen nach Deutschland, wo sie Tarnidentitäten erhielten.

S. 242, Ingenieurs Formis Rudolf Formis (1894–1935), deutscher
(nicht, wie Flesch schreibt, »tschechischer«) Radioingenieur, fiel
1933, obwohl SA-Mitglied, bei den Nationalsozialisten in Ungnade, betrieb für die »Schwarze Front« um Otto Strasser (dem im
Roman der Bruder Hesmerts »folgt«) in Prag einen Untergrundsender, 1935 wurde er von zwei Agenten des »Sicherheitsdiens-
tes« im Senderaum, dreißig Kilometer südlich von Prag, ermordet. Den beiden Agenten gelang die Flucht nach Deutschland.

S. 243, Mürztal Flesch verwechselt hier offensichtlich Mur- und
Mürztal. Die Gleinalm, von der anschließend die Rede ist, ist
vom Murtal aus erreichbar.

DIE BLONDE SPINNE
Nachwort

Sprach- und Verlagswechsel

Es war für alle Schriftsteller:innen, die aus Nazi-Deutschland oder dem klerikalfaschistischen Österreich emigrierten bzw. flohen, eine schwierige und existenzielle Entscheidung, entweder in ihrem künstlerischen Schaffen weiterhin auf die gewohnten Nuancen der Muttersprache zurückzugreifen oder sich auf die neue Sprachumgebung und die Mühsal eines Spracherwerbes einzulassen. Da es nur wenigen Autor:innen gelang, ihr Exil in der deutschsprachigen Schweiz zu verbringen (Hans Weigel war eine dieser Ausnahmen), mussten sich alle anderen dieser Entscheidung stellen – und ihre je eigenen Wege der Sprachpraxis im Exil finden. Viele Schreibende wollten oder konnten nur bei ihrem deutschsprachigen Werkzeugkasten bleiben. Damit hatten sie sich, wenn sie in den USA oder Großbritannien lebten, zu vergegenwärtigen, in der Sprache des Feindes zu schreiben – wobei sich die meisten Exilant:innen, die weiterhin auf Deutsch schrieben, als Verteidigende des deutschsprachigen Kulturguts gegen das Propagandadeutsch der Nationalsozialisten sahen.

Einige Exilant:innen in England begannen, »leichtere« Texte auf Englisch zu schreiben, Journalistisches etwa oder Biographien. Der Wechsel ihrer literarischen Produktion in die neue Sprache (und in englische Verlage) gelang nur wenigen. Robert Neumann, der wie Stefan Zweig 1934 nach Großbritannien emigrierte, schrieb ab 1942 auf Englisch (ermuntert durch den großen Erfolg seines 1939 auf Englisch erschienenen Romans *By the Waters of Babylon*). 1939 veröffentlichte Hilde Spiel, seit 1936 in London ansässig, ihren Roman *Flute and Drums*. Und ähnlich schnell assimilierte sich die 1939 eingewanderte Hermynia zur Mühlen sprachlich und brachte 1942 ihren englischen Roman *We Poor Shadows* heraus. Neben der künstlerischen Entscheidung hatte der Sprachwechsel natürlich auch ökonomische Gründe: Es ging darum, das Auslangen durch Schreibtätigkeit zu finden.

Hans Flesch-Brunningen gehört zu jenen Schriftsteller:innen, die in beiden Sprachen schrieben. Wie Neumann und Zweig emigrierte er 1934 nach England (er hatte bereits 1933 Berlin verlassen und kam Anfang 1934 nach einer Zwischenstation in den Niederlanden in London an). Der 39-jährige Flesch war – wie man aus den biographischen Skizzen, die seine Selbstdarstellung als *Homme à Femmes* (vgl. Flesch-Brunningen 1988) übernehmen, erfährt – seiner zukünftigen zweiten Frau nach London gefolgt (vgl. Dove 1995, 96; Pross 2000, 126). Eines seiner Bücher war dem Autor vorangereist: Mit dem Revolutionsroman *Die Amazone*, auf den der Ich-Erzähler in *Maskerade* anspielt, war Flesch 1930 ein gewisser Erfolg beschieden, und seinem Verlag, dem Ullstein-Imprint Propyläen (wo 1929 Remarques *Im Westen nichts Neues* erschienen war), gelang es, eine englische Übersetzung zu lancieren. *Mistress of the Terror* erschien 1931 (unter dem republikanisch gekürzten Realnamen Hans Flesch) bei Jonathan Cape. Der 1921 gegründete Londoner Verlag legte einen Schwerpunkt auf die Verbreitung US-amerikanischer Autoren in Großbritannien und hatte mit Sinclair Lewis, Eugene O'Neill und Ernest Hemingway gleich drei spätere Nobelpreisträger im Programm, brachte aber auch frühe Neuauflagen von James Joyces *A Portrait of the Artist as a Young Man* (1924) und *Dubliners* (1926) heraus.

Die drei Jahre zurückliegende Publikation in einem renommierten Verlagshaus war keinerlei Basis für den wohl noch schlecht Englisch sprechenden Schriftsteller. Er musste sich mit Gelegenheitsjobs über Wasser halten. Flesch verschaffte sich aber bald Freiräume zum Schreiben und realisierte ein Projekt, das er schon länger mit sich herumtrug: einen Roman über den athenischen Staatsmann Alkibiades. Der Verlag Putnam gewährte dem Autor einen generösen Vorschuss von 200 Pfund (vgl. Dove 1995, 96). Er schrieb den Text auf Deutsch, Carl Ehrenstein, der Bruder des Expressionisten und Flesch-Vertrauten Albert Ehrenstein, lieferte die Rohübersetzung. *Alcibiades* erschien 1935/36 in zwei Teilen unter dem Pseudonym Vincenz Brun. Auf Deutsch erschien *Alkibiades* 1936 im Amsterdamer Exilverlag Allert de Lange 1936 – ebenfalls unter nämlichem Pseudonym. Hermann Kesten, Leiter der deutschsprachigen Abteilung bei de Lange, erinnert sich 1959 daran, den Roman damals »für einen der schönsten historischen Romane der neueren deutschen Literatur« gehalten zu haben (zit. n. Kesten 2003, 51).

Alkibiades wurde 1936 auch von einem kleinen Wiener Verlagshaus ediert: E. P. Tal & Co., einem »der angesehensten und rührigsten ›Individualverlage‹ im Österreich der Ersten Republik« (Hall 1985, 415), der ab 1933 einen Schwerpunkt auf Literatur des (österreichischen) Exils legte und in seinem ersten Bestandsjahr 1919 bereits Fleschs Roman *Baltasar Tipho*, den laut Gerd Schäfer (2003, 21) »besten deutschsprachigen Science-Fiction-Roman«, herausgebracht hatte. Mit der Tal'schen Ausgabe des *Alkibiades* heben die bibliographischen Verdunkelungen der Bücher Flesch-Brunningens an: An Österreichs Bibliotheken ist kein einziges Exemplar vorhanden, nur im Deutschen Exilarchiv in Frankfurt/M. sowie der British Library.

1938 begann Flesch auf Englisch zu publizieren, es erschienen erste Beiträge in britischen Zeitschriften, er schrieb auch Filmscripts. 1939 wurde er Mitarbeiter bei

Hans Flesch-Brunningen hinter dem BBC-Mikrofon.

der österreichischen Abteilung der BBC, wo er als Sprecher und Übersetzer tätig war. Die BBC blieb bis 1958 Arbeitgeber Fleschs, unterbrochen von seiner Internierung als »enemy alien« 1940 und anschließenden Monaten als mittelloser Tagelöhner. 1939 gelang Flesch die erste Buchpublikation auf Englisch: *Masquerade/The Blond Spider*. In seiner Autobiographie *Die verführte Zeit*, rund vier Jahrzehnte später entstanden, schreibt Flesch eigenartigerweise nichts über seinen Sprachwechsel. (Es ist allerdings auch denkbar, dass betreffende Ausführungen den Kürzungen des Herausgebers Manfred Mixner zum Opfer fielen. Mixner erwähnt 1989, Abschnitte zur Exilzeit gestrichen zu haben, weil dazu im Manuskript »einiges einfach zu verwirrt und unklar« gewesen sei; vgl. Lukasser 1989, 141.) Nachdem der zweiteilige *Alcibiades* kein Verkaufserfolg war, hatte Flesch beim Putnam-Verlag wohl schlechte Karten für eine weitere Publikation. Er konnte für seine beiden englischen Unterhaltungsromane – *The Blond Spider* und *Untimely Ulysses* (1940) – den Verlagskontakt von *Mistress of the Terror*, Jonathan Cape, auffrischen. Den Vornamen seines Pseudonyms gestaltete er nun mit »Vincent« eine Spur anglophoner.

Mit *The Blond Spider* gehen die bibliographischen Verdunkelungen weiter: In deutschsprachigen Bibliotheken befindet sich kein Exemplar, an drei britischen Bibliotheken steht das Buch (bzw. eine Mikrofilm-Kopie). Im Nachlass Fleschs (der als »Kryptonachlass« Teil des Hilde-Spiel-Nachlasses am Literaturarchiv der Österreichischen Nationalbibliothek ist) findet sich eine Kopie der Londoner Ausgabe – eine alte Kopie auf vergilbtem Papier, die sich daher nicht als Grundlage einer digitalen Rekonstruktion des Textes eignete. 1939 erschien das Buch in New York unter demselben Pseudonym, aber anderem Titel: *Masquerade*. Fleschs New Yorker Verlag, Carrick & Evans, bestand nur kurze Zeit. Nach der Gründung 1938 ging er bereits 1941 im Verlagshaus Lippincott aus Philadelphia auf (vgl. red. 1941) – ein Umstand, der, wie die Kriegszeit, wohl auch nicht zur Verbreitung der Bücher in Bibliotheken beitrug.

Die schwierige Überlieferungslage der beiden Romanausgaben führte auch dazu, dass in den Lexika zur Exilliteratur falsche, auch verschiedene Angaben zu finden sind. Das Erscheinungsjahr von *The Blond Spider* – der Verlag schreibt im Titel nicht *Blonde* – wird meist mit 1937 angegeben und *Masquerade*, die US-amerikanische Ausgabe, als eine zwei Jahre später nachfolgende Neuauflage angesehen (vgl. Strauss 1983, 306; Bolbecher/Kaiser 2000, 202; Kosch 2006, 109; Sternfeld/Tiedemann 1954, 137). Im deutschsprachigen Raum ist von *Masquerade* nur im Frankfurter Exilarchiv sowie dem Marbacher Literaturarchiv je ein Exemplar vorhanden.

Zeitgenössische Rezeption

Richard Dove schreibt davon, dass *Masquerade* »coolly received«, zurückhaltend rezipiert worden sei (Dove 1995, 98). Aber anders als die karge Überlieferungslage in den Bibliotheken ahnen ließe, wurde das Buch, soweit rekonstruierbar, von der Kritik durchaus wahrgenommen – und in den USA nicht nur »coolly«. Immerhin erschienen im Mai 1939 Besprechungen sowohl in der *New York Times* als auch der *New York Times Book Review*. Charles Poore, einer der Hauskritiker der *New York Times*, bescheinigt dem Buch, die multidimensionalen Konflikte »with smooth and skillful ease« zu bewältigen. Die flüssige Erzählung sei gespickt mit »adroit characterizations and lively dialogue«, Brun sei ein »excellent story-teller, and he tells his tale with engrossing dramatic force«. Poore fühlt sich bei der Schilderung des Palio in Siena erinnert an »another story of a festival week when the sun also rose in Pamplona«, auf Hemingways *Fiesta* anspielend (Poore 1939).

Die *New York Times Book Review* schreibt (vom Verlag darüber informiert?) davon, dass Vincent Brun ein österreichischer »free-lance journalist« gewesen sei bis zum Zeitpunkt, als die Nazis an die Macht kamen, nun lebe er in England: »This is the first novel he has written in English«. Den Roman sieht der Rezensent sich auf den Konflikt mit dem »Nazi Caliban« (eine Anspielung auf den Bösewicht in Shakespeares *Sturm*) zuspitzen, und neben diesem Nazi seien die italienischen Faschisten trotz des Abessinien-Kriegs mild und harmlos dargestellt. Der Autor schaffe es, das alles zu erzählen, ohne in Propaganda abzugleiten. (Cournos 1939) Kurze Besprechungen finden sich in einigen US-amerikanischen Regionalzeitungen. Der *Oakland Tribune* vom 4. Juni 1939 etwa merkt kritisch an, dass es unwahrscheinlich sei, dass ein

Ex-Kommunist naiverweise in Italien herumreise »with the papers reveiling his past, and accept a known Nazi agent as intimate and roommate«. Dennoch fasst die Zeitung die Lektüre unter dem Titel »Distinguished Refugee Tale« zusammen.

Die *Los Angeles Times*, das Leitmedium in Kalifornien, wiederum hat nichts auszusetzen an dem Buch. Die Rezensentin sieht sich hier zwar mit leichter, simpel konstruierter Muse konfrontiert, die aber exzellent gearbeitet sei: »So simply, with such casual skill, does Vincent Brun stack the blocks of his narrative towards this tense climax that the reader is disarmed, through many chapters, into accepting ›Masquerade‹ as light fiction. It is excellent fiction, a crescendo from the first page, delicately temporized, studiously achieved.« (Barish 1939)

Exzellent, behutsam, fleißig: Solche positiven Adjektive und Adverbien findet man in der zurückhaltenderen britischen Rezeption nicht. *The Blond Spider* fand Aufnahme in das *Times Literary Supplement* vom 2. September 1939, wo man konstatierte, dass sich das meiste Interesse an diesem Buch auf die Einblicke in politische Spionage und die unfreiwillige Enthüllung »of the mentality of a not uncommon type of political refugee« richte. Den literarischen Wert beurteilt das Blatt sehr nüchtern: »Its literary merit is another matter.«

Der Schriftsteller und Kritiker Frank Swinnerton sieht hier nicht nur einen »nicht seltenen Typ an politischen Flüchtlingen« vor sich, sondern spricht in seiner Rezension für den *Observer* gar von Übersättigung durch die immer gleichen Geschichten: »If ›The Blond Spider‹ misses a welcome, it will be because we are sated with tales of the brutal treacheries of German spies and their organisation.« Swinnerton zeigt sich zugleich von der Lebendigkeit des Erzählten und der Spannung angetan, das Erzählte sei »very much of the time and for the time« – aber nun, Anfang September 1939, habe die Zeit die Geschichte überrollt: »I suspect that with the coming of the war [the story] has just missed its essential moment.« (Swinnerton 1939)

Maskerade innerhalb von Flesch-Brunningens Œuvre

Hans Flesch-Brunningen war ein »Erz-Expressionist« (Schäfer 2003, 21). Der 1895 in Brünn Geborene trat bereits während seiner Wiener Gymnasialzeit als Dichter auf den Plan. Gemeinsam mit Paul Zsolnay, dem späteren Verlagsgründer, und dem Dichter Hans Kaltneker, dessen Werk Zsolnay nach Kaltnekers frühem Tod 1919 verlegte, gab er eine literarisch engagierte Schülerzeitung heraus. Der 19-jährige Flesch brachte es zu Publikationen im »Zentralorgan« des Expressionismus, der von Franz Pfempfert seit 1911 in Berlin herausgegebenen Zeitschrift *Die Aktion*. Das Heft 30 (1914) der Zeitschrift hatte gar einen Flesch-Schwerpunkt, sein von Egon Schiele gezeichnetes Porträt zierte das Cover.

1917 erschien im renommierten Kurt Wolff Verlag – vermittelt von Albert Ehrenstein, dem Wiener Expressionisten der ersten Stunde – die Novellensammlung *Das zerstörte Idyll*, womit Flesch in die expressionistische Reihe *Der jüngste Tag*, herausgegeben von Max Brod und Franz Werfel, aufgenommen wurde. Dem Expressionismus zugerechnet werden muss auch der Science-Fiction-Roman *Baltasar Tipho, eine Geschichte vom Stern Karina*, den der frisch gebackene Dr. jur. 1919 publizierte. In diesem Nachkriegsroman satirisiert der Autor die Dekadenz der Kriegsschieber und Spekulanten und liefert dabei eine libertinäre Dystopie, in der die Oberschicht Orgien feiert, während die Unterschicht alle Arbeiten erledigt und Revolutionen

Egon Schieles Porträtzeichnung von Hans Flesch-Brunningen am Einband
der Literaturzeitschrift »Die Aktion«, 1914

zu keinem Ergebnis führen. Schäfer (2003, 21) sieht in dem
Bild einer technisch hochentwickelten Gesellschaft mit
Bioengeneering-Elementen Inhalte von Langs »Metropo-
lis« vorweggenommen.

Nach diesen expressionistischen Anfängen folgt eine
(auch gesundheitlich bedingte) Pause bei den Buchpubli-
kationen, die erst gegen Ende der 1920er Jahre wieder ein-
setzen. Auch wenn quer durch sein Œuvre immer wieder
expressionistische Elemente auftauchen, hat sich Flesch,
1928 nach Berlin übersiedelt, von seinen dichterischen
Anfängen weit entfernt. Flesch schreibt nun zum Brot-

erwerb auch Unterhaltungsliteratur, etwa Fortsetzungsromane für das *Berliner Tageblatt* oder den *Börsenkurier*. Er veröffentlicht 1929 den Roman *Auszug und Wiederkehr*, in dem einige Konstellationen – erotische Verwirrungen, eine Reise durch Italien, ein schriftstellernder Protagonist – an *Maskerade* erinnern.

Überblickt man Flesch-Brunningens Werk in seiner Gesamtheit, fällt die Vielfalt und Inkohärenz ins Auge. »Radikale Diskontinuität« hat das Evelyne Polt-Heinzl (2005, 101) genannt. Das gilt nicht zuletzt für die Zeit seines knapp drei Jahrzehnte dauernden Exils. Der Großteil seines Schaffens in London war der Tätigkeit für das Radio gewidmet – seine literarische Arbeit changierte zwischen den beiden »Thrillern« *Masquerade* und *Untimely Ulysses* und dem Joyce verpflichteten Roman *Perlen und schwarze Tränen* (1948). Dieser stellt »ohne Zweifel eines der drei großen, auch formal herausragenden Bücher der österreichischen Exilliteratur« dar, »zusammen mit Friederike Manners im selben Jahr erschienenem Romanbericht *Die dunklen Jahre* [...] und Martina Wieds 1951 erschienenem Buch *Das Krähennest*« (Polt-Heinzl 2020, 6) – alle drei in der Edition Atelier wieder aufgelegt.

Mit *Maskerade* greift der Autor auf seine Erfahrungen als Unterhaltungsschriftsteller zurück. (Richard Dove [1995, 100] mutmaßt im Übrigen, dass die Zurückhaltung der Exilforschung gegenüber Fleschs Werk daran gelegen haben mag, dass er auch Unterhaltungsliteratur geschrieben hat.) Man könnte das Buch als Agenten- oder Spionageroman bezeichnen, zugleich ist es auch ein Exilroman. Der enge Zusammenhang mit der nachfolgenden Publikation *Untimely Ulysses* (1940) ist jedenfalls augenscheinlich. Die Sprache des Romans ist einfach gehalten, der Text ist dialoglastig, die Sätze sind kurz und in Alltagssprache gehalten, mit vielen Wiederholungen, bewusst ›harmlos‹,

»was im Gegensatz zu den im Untergrund wirkenden politischen Bemühungen steht und ein Spannungsverhältnis zwischen dem Gesagten und dem Gemeinten hervorruft.« (Patsch 1985, 81) Der Autor baut auf Andeutungen und lässt im Unklaren, was genau Rosika durchschaut und welche Funktion genau Hesmert innehat.

Flesch-Brunningen war in London Mitglied, von 1938 bis 1941 Vorsitzender des kommunistisch orientierten »Freien deutschen Kulturbunds« (1943 trat er aus und engagierte sich fortan im »Club 43«), er war also im für Exilant:innen möglichen Rahmen politisch engagiert. Die beiden auf Englisch verfassten Romane können durchaus als Teil seines antifaschistischen Engagements verstanden werden. Der sprechende Titel der britischen Version von *Masquerade* zielt auf die Verdammung des Bösen ab: »Blond« ist das Insignum der nationalsozialistischen Rassenideologie, die Spinne (Hesmert) fängt ihre Fressopfer in unsichtbaren Fäden. Evelyne Polt-Heinzl (2005, 104) erkennt in *Maskerade* zudem Parallelen zu Wilhelm Reichs pathologisierender Faschismusanalyse (*Die Massenpsychologie des Faschismus*, 1933), die die faschistische Haltung unter anderem in einer Unterdrückung des Trieblebens und emotionaler Perversion begründet sieht.

Der Roman stellt die Frage nach den Möglichkeiten antifaschistischen Engagements. Der Ex-Kommunist Boldt besteht die längste Zeit darauf, sein politisches Engagement hinter sich gelassen zu haben. Die Ermordung seiner Frau lässt ihn wieder zu einem Mann der Tat werden. In der reinen, sauberen Bergnatur der Steiermark kann er innerlich genesen und im Anblick der »roten Glut« der Industrieanlagen seinen Kampf für ein freies Vaterland vorbereiten. 1939 war vom englischen Exil aus wohl etwas Pathos angebracht. Dass Flesch seinen Protagonisten ausgerechnet in diese Landschaft zurückkehren lässt, ist mit

Bedacht gewählt: Die steirischen Industrieorte waren neben Wien Schauplätze des Bürgerkriegs 1934, und der in Leoben am 19. Februar 1934 hingerichtete Koloman Wallisch wurde zu einer Symbolfigur des Freiheitskampfs.

Das ist wahrscheinlich die größte Stärke des Romans: das Ineinanderführen dreier Faschismen in einer fiktiven, aber stark an der Zeitgeschichte orientierten Handlung. Boldts Auftraggeber, eine Wiener Tageszeitung, geht mit dem austrofaschistischen Regime konform und entlässt den missliebigen Auslandsredakteur; zudem sind in der römischen Gesellschaft einige Anhänger des vaterländischen Regimes versammelt. Die Schwarzhemden sind naturgemäß omnipräsent, 1936, in ihrem 14. Jahr, ist Mussolinis Regierung längst konsolidiert; sie geht im Sinne des Bellizismus und der permanenten Eskalation – beides definitorische Grundlagen des Faschismus – mit dem Abessinien-Krieg den Schritt in die offene internationale Expansion. Der deutsche Faschismus schließlich ist in der Figur Hesmerts ebenfalls ständig präsent, wenn auch verdeckt operierend; es bleibt unklar, welche Unterstützung die Gestapo vor Ort erhält; die Tötung Rosikas und Bobbys jedenfalls scheint selbstständig durchgeführt worden zu sein.

Maskerade ist ein von einem männlichen Standpunkt aus geschriebener Text. Das Ausmaß von Rosikas Wissen lässt der Autor im Vagen, aber die Frau agiert hier in erster Linie über ihre körperlichen Reize. Der Mann ist der Bestimmende (»Ich hatte sie erwählt«), der Gewalttätige – Boldt schlägt Rosika. Und auch wenn das Volk der Ehefrau des »Duce« zujubelt: Die Faschisten im Roman sind Männer. Mag sich der Autor beim stereotypen Geschlechterverhältnis dem Genre verpflichtet gefühlt haben, er konnte auch anders. Im Revolutionsroman *Die Amazone* etwa steht die historische Figur der Anne-Josèphe Théroigne im Mittelpunkt, eine selbstbewusste französische

Revolutionärin, die den Männern unheimlich geworden sein dürfte und 1794 weggesperrt wurde. Allerdings interessiert Flesch hier »nicht Geschlecht, sondern Geschlechtlichkeit.« (Straub 2011, 201) Oder der Roman *Die Teile und das Ganze* (1969), den man als »schonungsloses Selbstporträt« sehen kann, in dem »männlicher ›Vergrößerungswahn‹, selbstgerechte Possenhaftigkeit und martialische wie auch homoerotische Frontromantik aus dem Ersten Weltkrieg zu einem Zeit- und Charakterbild verwoben werden«, was »eine Analyse der Zeitstimmung und auch des Geschlechterverhältnisses [ergibt], wie man sie so aus Männerhand wohl selten zu lesen bekommt.« (Polt-Heinzl 2005, 106)

Autobiographische Elemente in *Maskerade*

1988, sieben Jahre nach seinem Tod, erschienen Hans Flesch-Brunningens Lebenserinnerungen, redigiert und stark gekürzt von Manfred Mixner. Die Darstellung Italiens in *Maskerade* schöpft der Autor wohl zu einem Gutteil aus eigener Anschauung. Flesch lebte einige Jahre in verschiedenen Teilen der Halbinsel, die längste Zeit auf Capri. Nach seiner Übersiedlung nach Berlin 1928 lernt er dort eine Ungarin kennen, eine ehemalige Varieté-Tänzerin, inzwischen Ehefrau des Chefredakteurs einer Lokalzeitung. Mit dieser Klari geht er sogleich eine Beziehung ein. Es folgt eine Italien-Reise, bei der man in Rom die Vatikanischen Museen samt Apollo von Belvedere besichtigt (Flesch-Brunningen 1988, 38) – das erste mit dem Roman übereinstimmende Detail. Bei diesem Rom-Aufenthalt, so erinnert sich Flesch, habe er ohne Klari mehrmals das Deutsche Archäologische Institut aufgesucht, wo im Leseraum der Plan zum *Alkibiades* entstanden sei (39).

Nach einem Zwischenaufenthalt in Berlin geht es im neuen Jahr wieder nach Italien mit Klari. Diesmal sei ihnen am Deutschen Archäologisches Institut ein »Günther Hesmert aus Flensburg in Holstein vorgestellt« worden (42). Die Übereinstimmungen zwischen Autobiographie und Roman gehen weiter: Mit Hesmert seien sie gemeinsam zum Palio nach Siena gefahren, am Tag des Rennens habe das Volk Mussolinis Frau »Rachele! Rachele!« zugerufen, man habe mehrere Runden »Americano« getrunken und Hesmert begeistert vom neuen Deutschland erzählt, woraufhin der Ich-Erzähler krank und »febril« geworden sei und er den Abend des Rennens wie einen Fiebertraum erlebt habe (43). Hesmert sei dann ohne Verabschiedung abgereist (44).

In Fleschs Erinnerung gewann die Contrada der Schildkröte, die Tartuca, den Palio. Wenn sich Flesch an dieses Detail richtig erinnert, dann waren Klari, Hesmert und er im August 1930 in Siena (vgl. Papei o.J.). Die auffälligen Parallelen der Siena-Passagen in *Die verführte Zeit* und *Maskerade* lassen es nicht unmöglich erscheinen, dass Fleschs Erinnerungsarbeit Ende der 1970er Jahre in einigen Details von literarisch ausgestalteten ›Bildern‹ aus dem Exilroman überlagert wurde – so wie Fotografien bekanntlich unser Erinnern leiten.

Wolfgang Straub

Hans Flesch-Brunningen.
Photographie um 1965

BILDNACHWEISE

LITERATUR

Barish, Mildred (1939): Blocks of Tense Narrative Built with Casual Skill. In: The Los Angeles Times, 4.6.1939, 50.

Bolbecher, Siglinde u. Konstantin Kaiser (2000): Lexikon der österreichischen Exilliteratur. Wien: Deuticke.

Brun, Vincenz (1935): Alcibiades. Beloved of Gods and Men. London: Putnam.

Brun, Vincenz (1936): Alcibiades. Forsaken by Gods and Men. London: Putnam.

Brun, Vinzent (1939): The Blond Spider. A Novel. London: Jonathan Cape. (Kopie im Kryptonachlass Flesch-Brunningen, Literaturarchiv der Österreichischen Nationalbibliothek, ÖLA 15/91, Sa. 1.1.1.3)

Brun, Vinzent (1939): Masquerade. New York: Carrick & Evans.

Commune di Siena (2019): Regolamento per il Palio [approvato: 28.11.2019]. Online: www.ilpalio.org/regolamento_palio_2021.pdf [6.10.2022].

Cournos, John (1939): Pursued by Nazis. In: The New York Times Book Review, 21. 5. 1939, 17.

Dove, Richard (1995): The Gift of Tongues: German-speaking Novelists writing in English. In: William Abbey u. a. (Hg.): Between Two Languages. German-speaking Exiles in Great Britain 1933–45. Stuttgart: Heinz, 95–116.

Dreidemy, Lucile (2014): Der Dollfuß-Mythos. Eine Biographie des Posthumen. Wien: Böhlau.

Flesch-Brunningen, Hans (1988): Die verführte Zeit. Lebenserinnerungen. Wien: Christian Brandstätter.

Ginori Lisci, Leonardo (1976): Storia dell'automobilismo toscano, 1893–1906. I pionieri, le prime automobili. Firenze: Bonechi.

Goethe, Johann Wolfgang (1981): Italienische Reise. München: C.H. Beck.

Hall, Murray G. (1985): Österreichische Verlagsgeschichte 1918–1938, Bd. II (Belletristische Verlage der Ersten Republik). Wien u. a.: Böhlau.

Harbusch, Ute (1996): Rheingold aus La Spezia – Richard Wagner und Italien. In: Günther Oesterle, Bernd Boeck, Christine Tauber (Hg.): Italien in Aneignung und Widerspruch. Tübingen: Niemeyer, 116–136.

Kesten, Hermann (2003): Wunderlicher Mensch, wunderliche Geschichten [Ausschnitt aus *Meine Freunde, die Poeten*, 1959]. In: Schreibheft. Zeitschrift für Literatur, H. 61 (Oktober 2003), 50–52.

König, Malte (2016): Der Staat als Zuhälter. Die Abschaffung der reglementierten Prostitution in Deutschland, Frankreich und Italien im 20. Jahrhundert. Berlin, Boston: de Gruyter (Bibliothek des Deutschen Historischen Instituts in Rom).

Kosch, Wilhelm et al. (Hg.) (2006): Deutsches Literaturlexikon. Das 20. Jahrhundert. Bd. 9: Fischer-Abendrot – Fries. Zürich, München: Saur.

Lukasser, Michael: Die Exilerfahrung im Werk von Hans Flesch-Brunningen. Innsbruck: Univ. Dipl. 1989.

Menarini, Alberto (1947): Ai margini della lingua. Firenze: Sansoni.

Papei, Orlando (o.J.): »I Palii dal 1633« und »2 luglio 1936 GIRAFFA«. Online: www.ilpalio.org/vittorie.htm; www.ilpalio.org/sch1936.2.7.htm [6.10.2022]

Patsch, Sylvia (1985): Österreichische Schriftsteller im Exil in Großbritannien. Ein Kapitel vergessene österreichische Literatur. Wien u. a.: Brandstätter.

Poore, Charles (1939): Books of the Times. In: The New York Times, 20.5.1939, 13.

Polt-Heinzl, Evelyne (2005): Hans Flesch-Brunningen (1895–1981). In: Literatur & Kritik, H. 393/394 (Mai 2005), 101–109.

Polt-Heinzl, Evelyne (2020): Vorwort. In: Hans Flesch-Brunningen: Perlen und schwarze Tränen. Wien: Edition Atelier, 5–13.

Pross, Steffen (2000): »In London treffen wir uns wieder«. Vier Spaziergänge durch ein vergessenes Kapitel deutscher Kulturgeschichte nach 1933. Berlin: Eichborn.

red. (1941): Carrick & Evans Merged with Lippincott. In: The Publishers' Weekly. The American Book Trade Journal, Jg. 139, 11.1.1941, 141.

Schäfer, Gerd (2003): Die Zukunft des Gestern. Eine deutsche Literatur zwischen Science und Fiction. In: Schreibheft. Zeitschrift für Literatur, H. 61 (Oktober 2003), 19–28.

Sternfeld, Wilhelm u. Eva Tiedemann (1954): Deutsche Exil-Literatur 1933–1945. Eine Bio-Bibliographie. Heidelberg: Schneider.

Straub, Wolfgang (2011): Geschlechterordnung in Zeiten revolutionärer Unordnung. Hans Fleschs Revolutionsroman *Die Amazone*. In: Stefan Krammer, Marion Löffler u. Martin Weidinger (Hg.): Staat in Unordnung? Geschlechterperspektiven auf Deutschland und Österreich zwischen den Weltkriegen. Bielefeld: transcript, 197–212.

Strauss, Herbert A. et al. (Hg.) (1983): International Bibliographical Dictionary of Central European Emigreés 1933–1945. Bd. II/1: A–K, The Arts, Sciences, and Literature. München u. a.: Saur.

Strelka, Joseph (1999): Des Odysseus Nachfahren. Österreichische Exilliteratur seit 1938. Tübingen: Francke.

Strucchi, Arnaldo (1907): Il vermouth di Torino. Torino: C. Cassone [Zitat: Übers. WS].

Swinnerton, Frank (1939): Topical and Timeless. In: The Observer, 10.9.1939, 5.

Varasano, Leonardo (2007): »La prima regione fascista d'Italia«. L'Umbria e il fascismo (1919–1944). Bologna: Univ. Diss.

Warner, Anna-Kathrin (2004): Die Contraden von Siena. Lokale Traditionen und globaler Wandel. Frankfurt/M.: Campus.

BIOGRAFIEN

Hans Flesch-Brunningen, * 1895 in Brünn/Tschechien, † 1981 in
Bad Ischl/Oberösterreich, studierte in Wien Jura, ab 1925 lebte er
in Italien, Frankreich und Berlin. 1934 emigrierte er nach Großbritannien, von 1939 bis 1958 war er als Sprecher, Übersetzer und
Redakteur in der österreichischen Abteilung der BBC tätig. 1963
kehrte er nach Wien zurück und heiratete 1972 die Schriftstelle-
rin Hilde Spiel. In der Edition Atelier wurde zuletzt sein Exilroman
»Perlen und schwarze Tränen« (hg. Evelyne Polt-Heinzl) neu aufgelegt. »Maskerade« erschien 1939 im englischen Original und ist nun
erstmals auf Deutsch erhältlich.

Wolfgang Straub, geboren in Salzburg, Leiter der Abteilung Hand-
schriften, Musikalien und Nachlässe der Wienbibliothek im Rathaus,
Lehrbeauftragter am Institut für Germanistik der Universität Wien,
Projektleiter am Robert-Musil-Institut für Literaturforschung, Kla-
genfurt. Diverse Herausgeberschaften, aktuell die kommentierte
Werkausgabe von Werner Kofler (Bde. IV u. V, Sonderzahl 2023).

Alexander Pechmann, geboren in Wien, Autor und Herausgeber,
übersetzte und edierte zahlreiche Werke der englischen und amerikanischen Literatur des 19. und 20. Jahrhunderts: u. a. von Herman
Melville, Mary Shelley, Henry David Thoreau, Lafcadio Hearn, F.
Scott und Zelda Fitzgerald.

»Das London Fleschs kann
leicht mithalten mit Döblins
Berlin, Doderers Wien oder
Joyces Dublin.«
(Wolfgang Straub,
Ö1/Ex libris)

Hans Flesch-Brunningen
Perlen und schwarze Tränen
Roman

In London vibriert während des Kriegs die Ungewissheit. Der Exil-Schriftsteller John Truck wandert durch den nächtlichen Nebel und verabredet sich in einem Lokal mit Jane, in die er rettungslos verliebt ist. Doch Jane will sich nicht festlegen, und auch sie kämpft als Emigrantin mit ihren eigenen Sorgen und Ängsten. So macht sich Truck auf den Weg zu seinem Nachtdienst im BBC-Gebäude. Dabei sieht er die Ausgebombten in U-Bahnschächten campieren und wird von toten Londoner Dichtern begleitet. Marlowe, Shelley, Keats und Byron klagen über ihre Schuld an der Wirklichkeit und ihre Hilflosigkeit vor diesem Moment der Geschichte. Truck hingegen kehrt in Gedanken immer wieder zu Jane zurück.

Herausgegeben von Evelyne Polt-Heinzl, 328 Seiten
halbleinengebunden
25 Euro, ISBN 978-3-99065-038-7

Erste Auflage
© Anna Mendelssohn
© dieser Ausgabe: Edition Atelier, Wien 2023
www.editionatelier.at
Coverillustration: Jorghi Poll
Druck: Grafički zavod Hrvatske, Zagreb
ISBN 978-3-99065-092-9
E–Book–ISBN 978-3-99065-098-1

Mit freundlicher Unterstützung BMKÖS, des Zukunftsfonds Österreich und des Literaturreferats der MA7 Kultur:

Bundesministerium
Kunst, Kultur,
öffentlicher Dienst und Sport

WIEN
KULTUR

ZukunftsFonds
der Republik Österreich